———— 用快乐的方式传承中国传统文化

古剑奇谭2：永夜初晗 贰

上海烛龙 蘑尼拔 故事原案

凤歌 执笔

新 星 出 版 社　NEW STAR PRESS

序

《古剑奇谭二：永夜初晗》图书终于要面世了。

看着眼前凝结了古剑团队无数心血的厚厚的这一摞书稿，作为《古剑奇谭》这一IP从诞生至今的亲历者、参与者，虽驰骋商海数十载，此刻依然不免心情澎湃。

一转眼，《古剑奇谭》问世已十年。

2007年，国产单机游戏市场愁云密布，可谓一片惨淡。也正是在那一年，我遇到了一群睿智聪颖、踌躇满志的年轻人。他们朝气蓬勃、充满激情，共同的志趣和做本土最有价值文化品牌的理想将我们凝聚在一起，于是就有了上海烛龙，有了《古剑奇谭》。

最初，《古剑奇谭》只推出了单机游戏，但在产品形态、情节设计、故事架构尤其世界观设定上，却按照"树立经典文化品牌、实现多元立体开发"这一思路，做了系统完整的发展规划——虽然当时国内IP概念刚刚萌芽。

我相信，产品有边界，理想无际涯。

理想需要有坚实的基础，需要脚踏实地，一步一个脚印去践行。早在十年前，我们团队内部就达成了共识：以内容为核心，实现对产品品质的卓越追求。直到今天，我们仍在执著努力，不敢有片刻松弛。

《古剑奇谭》的故事背景设定在中国古代，这主要基于我们对中国传统文化的热爱、对华夏灿烂文明的自信。

上古神话，是华夏文明中尤为壮丽的一笔。

宛如历史留在时光长河中的倒影，神话记录了华夏民族在其童年时代，曾是何等飞扬恣肆。那些峻丽的幻想、不屈的精神、拼搏的意志，不仅催生了中国最早的古代文学，也是整个中华民族的文化源头、精神渊范。我们以上古神话为古剑的人文根基。由于历史久远，记载多有散佚，在设计制作过程中，我们不得不遍寻典籍、上下求索，力求既想象瑰丽、意象丰美，又事出有处、凿凿可据。

从神话中来，到传说中去，上穷碧落下黄泉，只为编织一场最优美繁盛的梦。

所以我一直认为，古剑的诞生与成长，是一趟造梦之旅。

作为创办人，作为最资深、最热忱的造梦者之一，我对所有参与《古剑奇谭》内容发掘和制作的团队成员充满感激。

他们对文化的执著、对品质的一丝不苟，他们宁可错失商机也绝不粗制滥造的"洁癖"，不仅为众多玩家激赏，也获得了业内专家及海内外同行的尊重和高度褒奖。在刚刚在美国结束的E3展上，《古剑奇谭》再一次赢得了西方游戏玩家的一致赞誉。

研精毕智、迁思回虑、磨砻淬砺、精益求精，这是古剑团队的工作信条。

这支近百人的制作团队，以人文设定为基础、以核心成员为主导，同力协契、和衷共济，多年来进行了成千上万次的推演、试做、锤炼，仅剧情设计文档就达几百万字，设计图样更是云屯雾集、数不胜数。正是这样的呕心沥血、精雕细琢，才有了被业内和众多玩家公认为"逻辑缜密、完整宏大"并自成文化体系的世界观；才有了百转千回、扣人心弦的故事情节，栩栩如生、呼之欲出的人物，天马行空、遐想无极的场景；才有了历历在目、念念不忘的经典桥段，言犹在耳、脱口而出的经典台词；才有了面世十年、却益发为大家所喜爱的《古剑奇谭》这一超级IP。

十年中，中国游戏产业风起云涌、如火如荼。

值得欣慰的是，古剑团队从不缺乏耐心和定力。时至今日，《古剑奇谭》依然没有为市场所左右，堕入抛声炫俏的打打杀杀；没有为利益所驱使，追求感观刺激的故弄玄虚，而是一如既往、厚积薄发，饱含人文情怀，倡扬积极进取，传承美好、启迪心智、注重品质、追求完善。

十年只为磨一剑。

如今，《古剑奇谭》单机游戏已历两代，并衍生出网络游戏、手机游戏、舞台剧、电影、电视剧、周边等众多品类，充分显现了《古剑奇谭》作为拥有深邃文化内涵和自主知识产权的超级IP所具有的多重文化延展性。随着品牌影响力的提升、内容资源的积累，《古剑奇谭》多元延展的前景也将益发广阔。

我们"筑梦奇谭"之愿景，正日复一日变得清晰切实、触手可及。

十年，弹指一挥间。

《古剑奇谭》从萌芽到发展。作为创办人，我感激古剑团队为此付出的辛勤劳动和青春岁月；作为造梦者，我感恩所有读者、观众、玩家朋友，是大家的肯定和大力支持，让我们有缘十年同做这场梦。

谢谢！

相信我们一定会有下个十年、下下个十年，必然会有越来越多值得回味值得追忆的梦。

让我们还是回到作品本身。

《古剑奇谭二：永夜初晗》，是以《古剑奇谭二》游戏为蓝本，重新创作的文学作品，书名取自游戏副标题"永夜初晗凝碧天"，意为长夜将尽、曙光熹微，蕴含无限希望与可能。小说故事原案作者为蘑尼拔（贡玮）。古二单机游戏制作期间，蘑尼拔是古剑团队的重要成员，由其主导完成了古二的剧情设计与编写，为古剑系列注入了让人耳目一新的奇思妙想、远古风华。

有了好故事，还要有好小说。

为了尽可能满足大家的期待，我们邀请到著名作家凤歌，由他执笔撰写《古剑奇谭二：永夜初晗》。作为大陆新武侠领军人物，凤歌文笔之雄浑、构思之精妙，定会带给大家酣畅淋漓、荡气回肠的阅读体验。

一个古老的民族，一定有其悠久的历史；一种灿烂的文明，一定有其辉煌的根柢。

作为中华传统文化的爱好者和践行者，我始终认为，以多元形式开发中国文化，以快乐方式传承中国文化，让更多人感受到中华传统文化的魅力和乐趣，增进文化自信，增强民族自豪，不仅是我们企业发展的理念，也是我们的职责和使命所在。

我们将一如既往，秉持"用快乐的方式传承中国传统文化"这一核心理念，踏歌前行，为大家呈现更多更精彩的作品。

是为序。

网元圣唐 CEO　孟宪明
2017 年 7 月 17 日

前情提要

在第一册中,精擅偃术的开朗少年乐无异,因故离家,踏上追寻偃术大师谢衣的修行之旅。旅程中,乐无异邂逅百草谷天罡战士闻人羽,两人同登竹笋包子号偃甲飞船。江陵郊外,两人落入妖物陷阱,幸得太华观弟子夏夷则出手相助,惜因观念相左,三人不欢而散。不久,三人重逢于海市,发现了能令活物七情尽丧的断魂草,随即同往玄妙观,击败灵虚真人,救出受害众妖。三人结伴至纪山谢衣故居,得知谢衣下落,启程前往朗德寨。

目录

1	忘忧·断魂
18	雩风·谢衣
51	仙居·神女
82	静湖·雨忆
107	西行·狂沙
126	神殿·魔窟
153	浑邪·狼王
177	沙人·魔音
205	秘辛·紫鸟
222	脱困·回京
236	恩仇·父子
253	溯往·通天
265	解仇·灭口

忘忧·断魂

那人一声不吭,径直走了过来。乐无异手按晗光,死死盯着人影,只见雾气开合,一个十五六岁的少年男子走出,木木呆呆,两眼无神。

"是活人!"乐无异兴冲冲正要上前,闻人羽一把将他扯住,低声道:"别过去,有点儿不对劲。"

"怎么不对劲?"乐无异扬手招呼,"嗨,小兄弟。"

少年视若无睹,走到三人前方,慢慢靠着墙角坐下,一举一动呆板迟缓,说不出的异样古怪。

"奇怪。"乐无异皱眉,"这个人是聋子吗?"

闻人羽白他一眼,仔细打量少年,忽然有所触动:"无异,你看,这少年像什么?"

"像偃甲,"乐无异下意识道,"不对,金刚力士也比他灵活!"

夏夷则双眉陡扬,长剑出鞘,一股寒气喷薄而出,乐无异打了个冷战。

远处传来一阵尖笑，歇斯底里，如狼如枭。

"肉，肉啊……"一个嘶哑可怕的声音响起，透出难以遏制的饥渴，"新鲜的肉啊……"

"我看见了，看见了。"另一个声音尖叫，"肉啊，肉啊……"

"杀，杀……"嘶哑嗓子咆哮，"杀，杀，杀，杀……"

少年原地打转，呆滞不动，墙角人影晃动，走出两个男子——蓝袍绣花，白布裹头，瘦小的手持木棍，壮硕的提着柴刀，两人满脸是血，嘴巴一开一合，牙关咯咯作响。

"喂！"乐无异见势不对，开口询问，"借问小兄弟，你可是这儿的山民？"

"肉，好多肉……"两个山民望着众人，目光贪婪，口角流出浓稠的涎水，"小娃娃的肉……最好吃……最好吃……"

"肉啊……"山民冲上前来，两眼殷红滴血，有如两头饿狼。

乐无异慌忙拔剑，忽然一股白汽掠过，两个山民撞个正着，登时手足僵硬，坚冰层层包裹，一眨眼的工夫，化为两尊冰雕，龇牙咧嘴、凶相毕露。

乐无异打量那呆滞少年，灵光一闪，忽道："桢姬！我知道了，他像桢姬！"又看冰封山民，"这两个，像博卖行发狂的夷则！"

却见闻人羽脸色剧变，喃喃道："断魂草？又是断魂人……"

"对。"乐无异说道，"就是断魂草！那个拍卖主持白闪闪还说，断魂草能令活物七情尽丧，让活物变成行尸走肉。"

"不止七情尽丧。"夏夷则皱眉道,"还能挑动人心里的暴戾之气,把人变成残杀生灵的怪物。"

他亲身感受过断魂草的威力,所言自然不虚。

闻人羽微微摇头:"断魂人之危害,远胜于此。"

乐无异惊道:"闻人,你见过?"

闻人羽长叹一声:"我见过。"

闻人羽梳理头绪,说明自己曾与师父前往西域公干,途中意外发现一些断魂人,遂捉住一个,辗转送至朝廷,引发重视,之后自己与师父一个留在长安,寻访谢衣踪迹,一个前往西域,调查断魂人源头。

夏夷则心下不免奇怪:闻人若是因调查断魂人而假冒萧鸿渐前往乐府,可算侠义之举,为何她不将此事趁机说出,反而至今仍瞒着无异?

乐无异结结巴巴道:"那、那……原来你找谢衣爷爷,是为这个。"心里知道当此关头,不该纠结小节,且闻人身负师命,自有苦衷,但终究心中有个疙瘩。

闻人羽点头,心有愧疚,又因仍有所隐瞒,越发局促不安。

夏夷则有心解围,沉声道:"来龙去脉尚不清楚,说不定断魂人仍有挽救之机,不可肆意杀伤。"

"嗯。"乐无异用力点头,"我们小心从事!"

寨子依山而建,街道起伏曲折,铺满古拙砖石——砖上血迹斑斑,残肢断臂、五脏六腑四处散落,惨烈情景,令人恐惧。

越往里走，血腥越浓，渐有尸体横陈，多是老弱妇孺，尸身残缺不全——尽管死状惨烈，死者却神情呆滞，一无痛苦，也无恐惧。

闻人羽身为天罡，经历不少厮杀，可战士搏杀、胜负有道，残杀老弱妇孺，均为天下修道之士所不齿，此等惨景前所未见。她震骇之外，怒血上冲，回头望去——乐无异痴痴呆呆，如中梦魇；夏夷则一脸冷漠，浑若无事。闻人羽忍不住心想："夷则啊夷则，你不但呵气成冰，莫非连心肝也是冰雪凝结的吗？"

这时前方传来咆哮，三人加快脚步，绕过街角，忽见几个山民如癫如狂，按住一个孩童狂啃乱咬。

"该死！"闻人羽一抖长枪，愤怒刺出。叮，晗光斜斜伸来，将她枪尖格住。

"怎么？"闻人羽怒视乐无异，"你要帮坏人？"

"他们不是坏人。"乐无异摇头，"他们只是迷失本性。"放出金刚力士，口中念道，"天地威神，诛灭鬼贼……"

虚空中法阵涌现，噼里啪啦，金刚力士见风就长，凌空变形，伴随一连串悦耳的金属撞击声，瞬间长大十倍，直至成人大小。

金刚力士大大改良，脱去粗陋外形，近乎人类模样，看上去就像三个顶盔贯甲的赳赳武士，翻腾下落，抓住发疯山民，拎小鸡似的扔了出去。

山民咆哮爬起，金刚力士早已扑到。铮铮铮，偃甲弹出铁环，锁住山民腰身，山民乱啃乱咬，牙齿所及，无非铁石，倏尔白光扑面，奇寒彻骨，眨眼间，化为了一个个寒冰雕塑。

乐无异驱偎甲捉人，夏夷则施法冰冻，配合无间，风扫残云。闻人羽看得眼花缭乱，心中暗暗喝彩，待到山民均被制伏，上前一瞧，孩童早已断气。

三人围住尸首，一时默然。忽听怪声大作，屋内、墙角、道路尽头，陆续走出山民，三三两两，均陷疯狂，摇摇晃晃地奔跑过来。

"金刚力士！"乐无异念动法咒，三只偎甲飞身纵出，双腿为轴，旋风急转，手臂化为棍棒横扫四方，所过山民纷纷飞出。

"水生骨。"夏夷则长剑飞舞，四周地面结冰，山民一旦踩中，立刻冻入坚冰。闻人羽趁势使出"横扫千军"，长枪抽打四方，将山民赶入夏夷则的法阵。

山民数目众多，打倒一群，又来一批，三人一时虽然不虞危险，但长此下去，三人总有力竭之时，山民却都无知无觉，三人必然无幸。

一时间，狭窄街道均为人流挤满，嘶吼、咆哮、哭喊、惊叫，鲜血流淌、骨肉支离，各种惨象扑面而来，倘若心志稍弱，面对如此情形，纵不随之癫狂，也会手足酥软。三人每走一步，都觉无比艰难，若是强敌大寇，还可放手厮杀，偏偏这些山民均是寻常百姓，遭受邪法荼毒，不可痛下杀手。

三人束手束脚，这比当日在江陵野外古战场上遭遇狼群更加危险。

"这样下去不是办法。"闻人羽扫翻一群山民，掉头高叫，"擒贼先擒王，毁掉断魂草再说。"

"走天上。"夏夷则旋身跳起，长剑落在双足之间，带起一股寒风，将他推送向前。

"金刚展翅！"乐无异催动法阵，咔咔咔，金刚力士长出钢羽，双臂化为龙骨，用力一扇，风沙大作，周围的山民双眼迷离、踉跄后退。

"闻人。"乐无异跳上一号偃甲，闻人羽扫开山民，转身跳上二号。两只偃甲腾空飞起，下方山民扑空，纷纷撞成一团。他们失去目标，心中杀气仍在，登时纠缠一处，厮打啃咬，无所不为，天上三人望见，心中无不凄惨。

越过竹楼木瓦，冲入黑雾深处，雾气翻卷开合，极力涌向三人。甘露珰遇强越强，发出的绿光越发纯净，融融包围三人，仿佛一轮明月，冲破浑浊长夜。

三人疾行，耳边厮杀之声渐弱，倏尔黑气变淡，前方豁然开朗，三人定睛望去，倒吸一口冷气——一座广场中央，耸立通天巨木，通身紫黑，式样古怪，散发出重重魔气，宛若魔鬼化生，绝非人间所有。仅仅一见之下，便有目眩神迷之感。夏夷则脸色苍白，这气息他永生难忘，与当日海市中别无二致，只是更浓重了许多。

"断魂草！"乐无异喃喃说道。闻人羽皱眉："哪里是草？分明是一棵树。"

"不错。"夏夷则涩声道，"整棵树都是断魂草。"

乐无异凝目细瞧，巨木形体虽大，但其枝叶样貌却与海市中的小草无异，枝叶在风中瑟瑟轻摆，源源释放黑雾。

"是谁操控断魂草？只要找出来，便可稳操胜券。"闻人羽说道。

乐无异点了点头，双手握住晗光剑，战意陡升："管他的，先砍了再说！"

断魂草仿佛也感知到危险，树叶飒飒作响，黑雾弥漫得更快。

三人便要冲上前去，忽听一个女子声音传来："救命啊，救命……"

三人应声一愣，这叫声神志清楚，莫非寨子里还有人幸存？

"那边！"闻人羽手指寨子高处，夏夷则剑光闪动，率先飞出。乐无异收剑紧随其后。

越过几重屋瓦，忽见前方出现火光，飞近一瞧，若干山民手持火把，围住一间竹楼大声咆哮，纷纷扔出火把，竹楼着火燃烧。

"糟糕……"闻人羽话没说完，楼上突然跳出一个少年，手提柴刀，砍向一个山民，山民因而摔倒在地，火把脱手，喉咙里发出尖利的咆哮。

其他山民蜂拥而上，将少年围住撕咬，少年柴刀飞舞，血花四溅，可是敌众我寡，很快陷入绝境。

"三号！"乐无异发令，三号偃甲应声跳下，收起翅膀，拳打脚踢，山民纷纷倒下。少年捂着伤口，神情戒备地看了三人一眼，转身便要向燃烧正盛的竹楼冲去。

闻人羽一伸手，揪住他脖领，少年大叫："娘！"猛地回头，向闻人羽手上咬去。

闻人羽轻轻一掌，斜斩少年脖颈，少年一口咬不下去，拼命挣扎，闻人羽望向夏夷则。

夏夷则手捏法诀："冰华流晶，须臾风雷——"停顿一下，俊目陡张，"水来！"

一股水光有如天河倒泻，瞬间笼罩竹楼，所过烟消火灭，只剩下焦黑的竹木。

"娘——"闻人羽一松手，少年落下地来，快步冲进竹木屋中。

不多时，那少年扶着一个中年女子走了出来。女子满面烟灰，步履蹒跚，看上去十分虚弱。

闻人羽上前，摸了摸妇人脉搏，说道："还好，并无大碍。"夏夷则一挥手，水光笼罩妇人，妇人激灵一下，火气消退，环视四周，茫然道："这、这是怎么啦？"

少年惊喜过望，放开母亲，倒头就拜："在下巴叶，多谢各位相救。"

乐无异扶起巴叶："寨子里的人都中了邪，何以你母子安然无事？"

巴叶说道："数日前，我与娘亲去邻近寨子走亲戚，回来时就见多了这妖树。那时我问邻居，邻居说是前几天有几个人带来'忘忧仙树'，只要对树许下心愿，就什么烦恼也没有了。我见邻居分明已经有些迷迷瞪瞪，就让娘亲在家守着，别去拜树……不想到了今日，乡民们都性情大变，开始自相残杀……"

闻人羽问道："当日那种树之人呢？"

巴叶道："种下之后，见山民参拜，便走了。"

"走，我们去铲除它！"乐无异转身就走。

众人走向广场，巴叶唯恐再次受害，扶着母亲不敢远离乐无异他们。沿途发疯山民均被众人打倒。不久到了断魂草前，乐无异望着紫黑巨木，胸中无比愤懑，大踏步走上前去，提起晗光用力斩出。

笃，一声闷响，乐无异虎口流血，后退两步，瞪着巨木不胜诧异——树上剑痕瞬间消失，树干平平整整，俨然从未中剑。

"怎么回事？"乐无异大为泄气，低头看剑，"不太对劲。"

"是呀。"闻人羽也很诧异，"上次在海市，你一剑就毁了那草，这棵树怎么砍不动？"

"不知道……"乐无异咕哝，"树上有一股极大的力量，将晗光反弹回来。"

乐无异并不死心，下令："金刚力士听令！"

三只偃甲应声上前，乐无异发令："钻到地下去，用火药炸断树根。哼，我就不信，树没了根还能怎么样！"

偃甲手脚转动，变成四根钻头，刺啦啦向下钻入。巴叶母子少见多怪，看得目瞪口呆。

哧溜，电光乍闪，击中一号偃甲，金刚力士一个踉跄摔倒在地。

"谁？"乐无异惊怒回头，就见禹期虚浮半空，抱臂傲然，不由得张口结舌，"你怎么出来了？"

除了他，只有闻人羽见过禹期，剑灵忽然现身，夏夷则大吃一惊，拔出长剑，严阵以待。

"尔等无知小辈，"禹期面孔稚嫩，说话还是老气横秋，"大祸及身，犹然不知！"

"尊驾意欲何为？"夏夷则灵力绷紧，一触即发。

"大胆！"禺期怒视夷则，"吾乃晗光剑灵禺期，不忍尔等轻掷性命，是以屈尊现身。汝有眼无珠，敢以言辞辱谩？"

"晗光剑灵？"夏夷则不胜疑惑，回望无异。

乐无异硬起头皮，点了点头。

夏夷则皱眉："素闻古之名剑栖有剑灵，待剑主忠心无二，在下长久以来不胜向往。不料今日得见，竟是……如此。"却不看禺期，只望着乐无异。

乐无异掩面道："别这样，我也不想啊。是他自己又要跟着我，又不许我卖，还不许我提起。要是有得选，我才不想让他跟着。"

禺期脸色越来越不好看，抬手又一道雷劈在无异脚前："闭嘴！"

"好！好！"乐无异举手求和，"别打雷，有话好说，有话好说……"

"禺期前辈。"闻人羽向禺期行礼："不知为何显露尊身？"

"小女子礼貌甚周，远胜无异小子！"禺期的脸色稍稍缓和，"吾试问一句：尔等小辈，可知黑雾来历？"三人面面相觑，闻人羽又行一礼："晚辈浅薄，还望前辈赐教。"

"哼！"禺期落地，走了两步，假装沉吟一下，冷笑一声，"此乃魔气！"

"魔气？"闻人羽、夏夷则均感震惊，对望一眼。

禺期哼一声，冷冷说道："魔气无形无质，却固若金石，更能将外界冲力四下卸开。若非如此，寨中人为何不一早砍断这树？"他望着巨木，神色警惕，"此木不同海市，魔气强盛万倍，轻易摆布满寨生灵。"

"那又如何，怕它不成？"乐无异道，"看是火药厉害，还是魔气厉害！"

"汝之愚钝，令人发指。"禹期一脸恨铁不成钢的样子，"魔气可卸冲力，若贸然投之以火油火药，爆炸之时力道便被卸开四散，只怕那树无虞，尔等连同左近房屋，却要尽数被炸个粉身碎骨！"

"什、什么……"乐无异白了脸。

禹期冷哼一声，闻人羽伸手擦去冷汗，连声道："好险！好险！禹期前辈，我听师父说过，上古涿鹿之战以后，人界少有魔族现身，前辈确定，这是魔气？"

禹期看一眼断魂草，皱眉道："魔气奇异无比，见过一次便难忘怀，吾岂能错认？既有魔气，必有魔族。然而吾神游四周，一无所获，魔族或许不在此处。"

"如何拯救寨中之人？还请前辈示下。"闻人羽微微欠身，巴叶母子也跪在地上，流着眼泪连连磕头。

"起来，吾从不受人跪拜。"禹期侧身让开，"晗光自古杀戮甚多、冤孽缠身，救此一寨民众，或可略消吾之罪孽。"说着转向夏夷则，"汝出身玄门正宗，可通封印之术？"

"略知皮毛。"夏夷则答道。

"此术凶险，尔可尽知？"禹期再问。

"晚辈知道。"夏夷则神情如常，"封魔不成，反为魔噬，禁妖不得，必为妖吞，封印稍有差池，施术者必遭反噬。"

"然也！"禹期肃然领首，"尔之修为，胜算几何？"

夏夷则打量魔气："五成有余，六成不足。"

"汝可敢一试？"

"人命关天，在下愿意一试。"夏夷则颔首。

禺期向乐无异道："小子，汝将甘露珰予他。"手指夏夷则。

乐无异目露钦佩，如言交出耳环，夏夷则接过，却听禺期说道："道术之本在于驾驭清气，小子道术根基不错，如以道术将甘露珰祛邪之力催动到极致，或可令魔气暂且退散。"

夏夷则点头道："前辈放心，在下必尽力而为。"

"尽力而为，亦未必成功，倘若败北，再无机会。"禺期注目甘露珰，似乎有所遗憾，又向乐无异说道，"魔气乃至浊之物，即便倾尽全力，怕也只能争得一瞬空隙，甘露珰之力亦会耗尽。魔气退散之时，尔要瞅准时机，以剑断树，速战速决。"

当此关头，禺期神情肃然，乐无异也知生死刹那，只是点头。

禺期复又虚浮半空，俯视乐无异，声音似乎有些轻柔："小子，想来你亦有所听闻，晗光乃是邪剑，历任剑主均遭横死。你又力弱身薄，使用之后，恐怕轻则脱力晕眩，重则丧命……你可愿意？"

"啊？"乐无异想到之前使用晗光剑后，便有种种不适，原来是为此，他望向夏夷则，见他神情便知禺期所言并无夸张，又望向闻人羽，闻人羽脸上似乎比他更加紧张。

就见闻人羽忽然上前一步，向禺期抱拳行礼："前辈，既然晗光古剑对使用者力量并无要求，闻人愿意替代无异，砍伐魔树。"

"不可——"乐无异大惊阻止。

禺期已摇头道："自古人择剑，剑更择人。晗光的剑主岂是谁都可以当的？当日尔——"忽听闻人羽咳嗽一声，便住了话头，"总之，非这小子不可。"

乐无异笑嘻嘻的："正是！想来是我自小不爱学剑，所以老天才派了这把性情乖戾的邪剑给我，旁人谁又能使得？"

禹期又看一眼乐无异，微微叹息，蓦地在半空中大喝一声："欲破魔树，当趁此时！破！"忽一晃身，没入古剑。

夏夷则令甘露铛悬浮胸前，抽出长剑，闭眼念诵咒语："六神渺渺，五行颠倒，南火西金，土镇溟涬，太阿为牢，北斗为禁……"一道洁净青芒向魔树冲去，一连串剑光从长剑涌出，重重叠叠，成百上千，化为虚幻剑影，如冰如雪，势如无形牢笼，将魔树层层围住。

魔树周围魔气如冰投火，霎时退散。

嘶嘶嘶，树上涌出黑雾，至浓至稠，仿佛漆黑血液，碰到封印，稍一退缩，便如怪虫毒蟒，猛地向前冲突。刹那间，魔气封印撞击，妖树从上到下起了一串爆响，封印灵光为之一暗，夏夷则俊脸通红，眼里迸射锐芒。

怪鸣激越，黑雾剧烈翻腾，封印忽明忽暗，出现若干细小破绽。黑雾丝丝缕缕，渗出封印，涌向夷则。甘露铛感应魔气，发出明净灵光，如烟如纱，笼罩上下。

魔气垂死挣扎，遇上绿光稍一退让，即又迅猛急进，从四面八方压迫灵光。灵光渐渐暗弱，魔气嘶嘶连声，挤压、钻凿，深入灵光，纵横交错，仿佛邪恶血脉，徐徐扩散蔓延。

乐无异手持晗光，只见晗光原本暗淡，渐渐发光，内中蕴含着一种跳动暴躁的生机之力，与乐无异身躯共鸣共振，便在魔气膨胀到极致,灵光几乎暗淡消散之际,晗光剑骤然发出大光明之力。

乐无异舌绽春雷,大喝一声:"断!"

晗光剑应声大亮,发炽烈光芒,剑光宛如虹霓,环绕妖树,盘旋直上。

封印里响起一片凄厉的鸣响,魔气左冲右突,疯狂撞击封印。夏夷则的双脚钉在地上,两眼死死盯着妖树,封印再度由弱而强,牢牢锁住魔气。晗光剑光所过,往返驰骋,魔气变淡消失,妖树寸寸碎裂,裂缝中飞出七彩光芒,星星点点,仿佛夏日流萤,循着一定路径,流向四面八方。

闻人羽大喜:"成功了!"一转头,却见夏夷则伸手按胸,脸色惨白,乐无异拄剑跪伏于地,过了很长时间才喘息一口气。

"你们……"

夏夷则和乐无异跪伏于地,均极狼狈,乐无异看着夏夷则,似乎想要取笑他,但一张口,便已带动全身剧烈疼痛,几乎身体的每一寸都发出"嘶"的忍痛声。

夏夷则则是全身颤抖,似乎发间都凝结冰霜。

闻人羽大急,却在此时,半空中浮现出禺期,看了夏夷则和乐无异一眼,大摇其头:"如今的后生,真是越发不中用了,区区小事,居然一个灵力耗尽,一个脱力倒地,世风日下,世风日下矣!"

浑似忘了先前他如何郑重其事。

闻人羽一听,便知二人伤势并不如看上去那么重,破涕为笑。

乐无异拄着剑,艰难站起,去扶夏夷则,如握冰雪,强忍着冰冷之意,冲着禹期道:"你这家伙……呼——呼——"终于勉力站起。

夏夷则缓慢吐出一口气,身体渐有温暖之意,微微向乐无异点了点头,便自站到一边调息。

乐无异道:"魔树已被斩断,寨子里怎么样了?"

少年巴叶看着众人施法,早已目瞪口呆,闻言撒腿就跑:"我这就回去看看!"

乐无异点点头,身子一晃,几乎要摔倒。

闻人羽急忙上前,扶住乐无异。

"禹期前辈!"闻人羽问道,"你见多识广,可知这断魂草的来历?"禹期摇头:"此物十分特异,先鼓舞活物心绪,令其颠倒惶恐、暴烈不安,再将喜、怒、思、忧、恐等诸般情绪吞噬殆尽。"

"上古魔族肆虐之时,此事并不鲜见。"禹期侃侃而谈,"魔族有心魔一脉,以人心七情为食,尤喜忧、憎、怒三者,蓄意挑起争端,而后躲在暗处,尽情饱食。"

"禹期前辈,"闻人羽想了想,"你可听说过一个叫流月城的地方?"

"何以问此?"

"我在海市,听博卖行的鼠妖说过:断魂草来自流月城。"

禹期皱眉思索片刻,方道:"吾有所耳闻,只不过相隔太久,细节已记不甚清。远古洪荒之时,不周山天柱倾塌,大水浩洋不息。神农至西北一处天裂,以神树矩木为基,兴建流月城,引烈山部人入城炼制五色石,襄助地皇女娲修补天宇。"

"烈山部？"闻人羽又问，"那是什么人？"

"烈山部乃是远古人种，与今日下界所谓'人'大有不同。烈山部信奉人皇神农，寿数长久、善驭灵气，不忍生灵涂炭，自请入流月城相助。神农感其赤诚，欣然应允，将一滴神血封入矩木，使其蕴含的生命之力通过矩木枝叶发散，以供烈山部人不饮不食而活。自此以后，烈山部人超凡入圣，几与仙神同游。"禹期侃侃而谈。

"这就奇了。"闻人羽惊讶道，"如果金砖没有说谎，堂堂神农部属，怎么会有魔族的东西？"

"神魔……"禹期欲言又止，"如尔所言，事关神魔，惊天动地，尔等凡人，当避则避，不可逞强与敌。"闻人羽和夏夷则对望一眼，脸上均有忧虑。夏夷则道："不错。事关神魔，非我等所能插手，还是尽早告知各大门派为上。"

"不——"乐无异声音虚弱，但坚定，"不。只要下回碰上，我还是会管。和那些神啊魔啊比，我们的确很弱。可是老百姓比我们更弱，要是我们也不管，他们不就死定了？"

"无知小儿。"禹期冷笑，"神魔眼中，人如蝼蚁。"

乐无异道："蝼蚁又如何？我自己的路，我自己会选。"

"愚蠢固执，必惹大祸！"禹期摇头叹息，"凡事可一不可再，往后无论有何事由，一，不准动用晗光；二，不要指望吾再现身相助。尔可知否？"

乐无异待要反唇相讥，禹期一挥袖子，已然消失。

乐无异抱臂，"哼"了一声："说走就走，脾气真差。"

"我本来不想说的，不过，"闻人羽道，"你恐怕还没领会禹期前辈的苦心吧？"

乐无异道:"懒得理他,随他高兴咯。"

闻人羽叹道:"刚才你出手时,虽然周围的魔气已被驱散,但断魂草内部呢?"

"啊?"乐无异松开臂膀,张大了嘴,"这么说,晗光的剑刃,直接和魔气相撞了?"

"嗯。"闻人羽道,"对于晗光来说,那一击异常危险。而禺期前辈是剑灵,只要晗光损毁,他就会形神俱灭。"

"可恶,他为什么不早说!"乐无异抓头,后悔不迭,"这种别扭的家伙最讨厌了!"

这时巴叶已从寨中跑来:"大哥哥,大哥哥——"

乐无异道:"寨中人可是已恢复了?"

巴叶正要开口,忽然一道紫光从天而降,将他笼罩其间,登时动弹不得。

"哎哟!"巴叶惊叫起来,"怎么回事?我动不了啦……"

三人均感诧异,忽听虚空中有人叫道:"闭嘴!"

"我不……"巴叶话没说完,舌头发僵,口中发出一串咕噜噜的怪声。

"禁言术!"夏夷则扬声叫道,"何方高人,还请现身。"

空中响起一阵狂笑,粉白光芒闪烁,馨香弥漫。三人唯恐有毒,慌忙屏住呼吸,忽听一阵曼妙音乐,虚空中飘落无数花瓣,色泽鲜丽,香氛迷人,伴随天花乱坠,五道人影徐徐下降。

雳风·谢衣

　　为首一人身披华服，绿袍金带，面容秀美轻浮，眉宇间饰有金粉，浑身上下无论衣着动作神情，每一处几乎都在告诉别人："请注意我。"他细长双眼目光傲慢，扫过众人，落在断魂草上面——妖树枝干尽毁，少许根须有如枯炭，仿佛轻轻一碰，就会烟消云散。

　　他沉默一下，抬起头来，面孔涨红发紫，涌起一股狂怒："谁干的？谁毁了矩木枝？"

　　"矩木枝？！"乐无异叫道，"你是谁？快放了巴叶！"

　　"巴叶？"该人望着少年冷笑，"你说这个朗德寨的丑鬼？"

　　巴叶大怒，想要回骂，但只发出咕噜噜的怪声。绿袍人鄙夷地瞅他一眼，扬起脸来，冷冷说道："本座行不更名、坐不改姓，流月城巨门祭司雳风是也！"

　　"流月城？"乐无异怒道，"好啊，断魂草果然来自流月城！"

巴叶狂怒，扑向雩风，不料稍一动弹，身周紫光浮现，铁环一样向内勒紧。巴叶吃痛，发出呜呜惨叫。

"我来救你！"乐无异拔剑欲上，夏夷则拦住他道："别动，这个'禁言术'附有猛火咒，贸然出手，会害了巴叶。"

乐无异一时愣住，雩风微感诧异，瞅着夏夷则说道："小子眼光不错，速速报上名来！"

夏夷则冷哼一声，如未听闻。

雩风怒气上涌，可一转念，忽又呵呵冷笑："算了，我堂堂巨门祭司，不跟将死之人计较。"回头对随行祭司说道，"明泉，禀岩，宰了他们！"

众祭司面面相对，其中一人说道："巨门大人，矩木枝被毁，大祭司必定震怒，不如活捉他们，交给大祭司出气。"

"明泉说得是！"另一人也道，"但凭几具尸体，难以向大祭司交代。"

众祭司你一言我一语，俨然将对手当作死人。乐无异等人好气又好笑，而夏夷则嘴唇紧咬，眼中透出杀气。

忽听雩风冷冷说道："啰唆这些做甚？本座亲眼看这几个人冲破你们看守，拼死毁了矩木枝。至于他沈夜信不信——"雩风冷笑，显然并未将沈夜放在眼里，"矩木枝总之是没了，犯人尸首也已带到，他就算不信，又能如何？"

其余四人面面相觑。雩风血统尊贵，一向肆意妄为。他们四人却没这般底气。

见他们犹豫，雩风尖声怒道："怎么，你们晓得怕沈夜，就不晓得怕我？"

"属下不敢，一定唯巨门大人马首是瞻。"明泉、禀岩对望一眼，不约而同打了一个寒战，"巨门大人有何打算？"

"没什么打算！"雩风怪笑一声，"我先杀个痛快。"一挥手，巴叶身上腾起一股火焰，巴叶欲叫不能，身子痛苦扭曲，瞬间变成一个火人。

"寒霜落！"夏夷则长剑指出，冷雾笼罩巴叶，哧，烈火熄灭，复又燃烧。

"水生骨。"夏夷则挥剑催使寒气。雩风指尖变幻，口唇无声开合，烈火不弱反强。

"该死！"闻人羽纵身跳出，挺枪刺向雩风。明泉拔剑迎上，叮叮叮，枪剑交接，连换数招，闻人羽枪如游龙，枪花乱坠，压得明泉灰头土脑、节节后退。

"看招！"乐无异挥剑冲出，禀岩一晃身，分出三个身影，同时扑向对手。

"我也会！"乐无异使出流影剑，也分出三个影子，迎上禀岩的分身。

"咦！"禀岩大感意外，凝神以对，双方以三对三，联翩起落，虚实难分。

"去！"乐无异忽一扬手，晗光呼啸旋转，化为一只光轮，直奔远处的雩风。"新月连环"神速惊人，雩风慌忙躲避，不料晗光有如活物，随之东西，眨眼工夫，已到面门。雩风大感意外，不曾多想，飘然后退，右手斜斜劈出，带起一道金光。

叮，金光撞上光轮，晗光向后弹回，乐无异伸手接过，身形再晃，化为六道人影，以二打一，杀得禀岩招架不住。雩风行法受阻，夏夷则占了上风，哧，火光熄灭，巴叶摇摇欲倒，忽然人影晃动，一人一边扶住少年，雩风定睛望去，不由得

"咦"了一声。

来"人"非人，竟是两具傀甲！

雩风心念一动，冲着乐无异恨声道："好小子！你傀术师出何门！"

唰，乐无异一剑扫过，带起数绺长发，禀岩狼狈后退，面如死灰。扑啦啦，金刚力士拍翅赶回，带来巴叶。乐无异接过一瞧——少年浑身焦黑、面目全非，气息已然十分微弱。夏夷则趁隙施咒，撑起一道结界，暂时将众人护于界中。

"巴叶！"巴叶母亲扑上来，搂住儿子哭喊，"巴叶，你怎么了？"

"娘……"巴叶努力睁眼，"我……我好疼……"巴叶吐出一口气，合上眼，歪头气绝了。

巴母号啕痛哭，夏夷则摸了摸巴叶的脉搏，皱起眉头，微微摇头，闻人羽也收枪返回，见状不由得呆住。夏夷则望着巴母，喃喃说道："身为人母，如何面对丧子之痛？"一挥手，如水灵光灌入巴母头顶，巴母激灵一下，脸上痛苦消失，变得平和安详。

巴母起身，向寨子中走去，步伐轻快了许多，唇齿间隐隐有歌谣透出，无忧无虑。

闻人羽看了夏夷则一眼，已知夏夷则是用幻术篡改了巴叶娘亲的记忆，忍不住叹了口气。乐无异急道："你、你对她做了什么？"闻人羽一扯他的袖子，低声道："夷则乃是好心。若不如此，她将终生活在痛苦之中，一刻有如百年。"

"可……"乐无异还在犹疑，就听夏夷则道："在下令她相信，巴叶被一名云游至此的散仙看中，带回洞天修仙。修成之前，不会归来。"见乐无异仍是犹疑，又道，"人心至为复杂。再高妙的幻术，也不可能完全骗过人心。幻术只不过给了她另一种可能，在事实与幻梦之间，她可以选择更想相信的一个，相信下去。"

乐无异忽然明白了："夷则，你其实是个很好的人。"

夏夷则摇头："莫论善恶，且试生死。"说话间，结界片片剥落，显然一场恶战一触即发，"准备好了？"

乐无异和闻人羽相视一眼，点点头，重重应道："嗯！"

"雩风！"闻人羽扬长枪一顿，厉声喝道，"你滥杀无辜，该当何罪？"

"凭你也配问本座的罪？"雩风一脸嘲弄，"野丫头，你的枪法有点儿眼熟，好像那个百草谷的天、天什么来着？"

闻人羽道："百草谷天罡！今日一战，定叫你永世不忘'天罡'二字！"

"没错、没错！"雩风抚掌大笑，"看来你也是天罡，跟上次那个是一路货。"

"你见过天罡？他——"闻人羽猛一激灵，升起不祥预感，"他、他在哪儿？"

雩风审视少女，微微冷笑："月余之前，有个天罡妄想潜入无厌伽蓝，结果被大祭司沈夜逮个正着。"

"无厌伽蓝？那是何地？后来那人呢？"闻人羽心头咯噔一下，算算时日，师父失联已有许久，他追踪断魂人而去，倘若追查到流月城——

"后来？"雩风漫不经意道，"丢给瞳料理去了。"

"瞳是谁？"闻人羽望着雩风残忍的笑容，不知为何，生出一股恶寒。

"瞳？呵……"雩风笑得诡谲莫测，似有畏惧，又似钦慕，"瞳这个人呢，是个天生的怪物，身上豢养了无数毒蛊。听说他有种蛊，能吊住人一口气好些年，让人眼睁睁看着手脚一点一点、一点一点，烂成黑色的脓水。"

"你们——该杀！！"闻人羽按捺不住，长枪一顿，烈焰笼罩全身。她发出一声清啸，冲天凌云，乳燕似的在寨子上空盘旋。

雩风目转精光，双手合拢，无声念动咒语。

"呵！"闻人羽长枪一抖，冲向雩风，枪尖纵横飞舞，搅起漫天火焰。

"禁！"一串紫色光环从雩风指尖涌出，忽大忽小，忽涨忽缩，接连套上枪尖。

每套一只，闻人羽便觉枪尖一沉，数十道光环前后相连，仿佛一条大蛇，不断吞噬长枪。长枪抖动之间，如负山岳，刺到雩风身前，早已不胜迟缓。雩风从容后退，大袖一拂，冷冷喝道："破！"

砰砰砰，长枪起了一串爆响，紫光匹练一般向闻人羽反卷。

闻人羽措手不及，正要弃枪保命，忽然寒气涌来，霜白光华卷上枪身。紫光白汽，相互抵消，闻人羽枪上一轻，呼呼呼连环数枪，刺得雩风后退不迭。

雩风双手乱舞，指尖所过，画出道道光环，环环相扣，忽集忽分。

闻人羽吃过苦头，抖动枪花，虚虚实实，仿佛千树梨花，光环所套，尽是虚影，枪花夹杂罡风，将霁风全身罩住。

其他祭司见势不对，纷纷拔剑上前。乐无异笑道："慌什么？我陪你们玩玩！"拔剑而上，剑光流散，化为九个虚影，攻向四个祭司。

流月城术法大多传自神农，精深高妙，祭司自负天授，从不将下界修道士放在眼里。不想今日遇上三个硬茬，年纪不大，法力惊人，闻人羽、夏夷则联手御敌，压制霁风。乐无异一身九影，更是匪夷所思，流月城也有分身之术，然而寻常祭司顶多一分为三，再多便驾驭不了。

乐无异攻势凶猛，由不得众祭司多想，以禀岩为首，纷纷一化为三，变出十二个人影，其中三人以九对九，各以九影攻防，剩下一个明泉，驾驭两个分身，从旁掠阵，虎视眈眈。

乐无异喝道："闲着也是闲着，送你三个对手。"右手一招，三个金刚力士一跳而出，动如闪电雷霆，迅猛扑向明泉。

明泉匆忙挥剑，剑锋所过，卷起一股烈焰。偃甲材质多样，但多以铁木打造。木遇火便燃，铁遇火便熔，要破偃术，首推烈火。明泉这一道"猛火咒"声势惊人，他心中盘算，偃甲若不闪避，必然烧毁，如果避让，乐无异出现破绽，便可乘虚而入。

不想偃甲不闪不避，一股脑儿闯入火圈，烈火及身，均被潜力推开。明泉吃了一惊，定睛细瞧——偃甲灵光闪动，涌现凤篆龙文，前后勾连，分明就是一个法阵。

"辟火符！"明泉念头闪过，偃甲已然近身，弹出长枪利刃，风车似的滚切过来。

明泉慌忙召唤分身拦在身前。叮叮叮一阵激鸣，刀光飘雪，剑气凌霜，碰撞声夹杂利刃入体的闷响，分身以二敌三，接连中招，灵气泄漏，化为缕缕轻烟。金刚力士势头不止，翻翻滚滚，又向明泉杀来。

"剑来！"明泉口念法咒，祭起一片剑影，偃甲锋刃轮转、密不透风，只听一阵激鸣，剑影撞上刀轮，缤纷迸散，化为点点流星。

明泉乱了手脚，仓皇后退。众祭司相处日久，应敌时本有一套阵势，攻强守固，颠扑难破。明泉一退，阵势登时崩塌一角，金刚力士乘胜追击，击破禀岩一个分身。禀岩也乱了方寸，乐无异乘虚而入，唰，剑光所过，在他肩头留下一道伤口，血如泉涌，痛得禀岩哼叫起来。

"一群废物！"忽听雩风怒道，"这是幻影，不是分身。"

乐无异瞥眼望去——闻人羽枪势转弱，火光暗淡，雩风身影凸显，两眼望天，十指变幻如飞，不住放出光环，套弄枪火、冰剑。夏夷则悬空行法，长发乱飞，冰白小剑蹿出虚空，灵巧躲过光环，一窝蜂冲向雩风。

到了这个地步，不但较量法力，更是较量心力。无数冰剑被光环套中，更多的冰屑又从虚空中浮现。雩风禁锢有术，善驭猛火，夏夷则骑虎难下，只有不断召唤冰剑，他的面孔阵红阵白，体内灵力消逝，快得超乎想象。可他心里明白，稍一退让，闻人羽势必落入陷阱，雩风的光环十分歹毒，少女若被套中，难免会步巴叶的后尘。

雩风生平自负，本想这些少年男女乳臭未干，可以轻易打倒，不料闻人羽疾进猛攻，险些杀他个人仰马翻，好容易稳住阵脚，又被夏夷则硬生生拖住。闻、夏二人一远一近，一个夺天地之机，一个尽人类之力，远近相生，武法并用，联手之下，竟跟堂堂巨门祭司斗得旗鼓相当。

雩风又羞又恼，不觉心浮气躁，一身本事无意中又削弱不少，这么七折八扣，越想打倒对手，越觉力不从心，忽见乐无异一身化为九影，带了三只偃甲，形同一支大军，打得众祭司手忙脚乱，不由得气急败坏、出声指点。

"这是幻影，不是分身"——说来平平无奇，落到众祭司耳里，却是字字惊雷、振聋发聩。

乐无异的流影剑所生幻影并非实相，而是虚影，炫人眼目，杀伤对手的只有真身；祭司所出分身，却是灵力所化，有形有质，均能伤人杀人。

众祭司忽见一身九影，先入为主，心生惧意，人未败、心先乱，乐无异乘势猛攻，故而大占便宜。

但经雩风一说，众祭司看出关窍，重整旗鼓。分身仗剑居前，抵挡无异猛攻，真身藏在后面，个个祭起法术——明泉剑尖所过，乌云盖顶，方圆数亩之内，冰雹从天而降；禀岩使出"移山卸岭"的能耐，土开地陷，乱石崩起；余下两名祭司，乌呈引来天花乱坠，花瓣片片锋锐，胜过刀片利刃；姜伯劳发出鸟叫，虚空中涌现团团灵光，幻化一群鸟雀，悍不畏死地冲向乐无异。

形势急转直下，乐无异陷入苦战。冰雹、天花、灵鸟、乱石无所不至，加上分身四来，攻势密不透风，他仗着流影剑左躲右闪，还是一面倒地陷入挨打境地。

不仅如此，其他人也被卷入旋涡，闻人羽被灵鸟缠住，鸟儿灵气所聚,散了又聚,杀不胜杀,跟着天花洒落,少女冲天使出"流星",枪尖挑中花瓣,叮叮叮竟如金铁交鸣。

"着!"雩风趁乱出手。闻人羽眼前紫光星闪,心中暗叫不妙,刚要后退,身子陡然一紧,已为光环套住,砰,猛火符剧烈燃烧,闻人羽灵气沸腾,灼热之感笼罩全身。

咻,寒气扑面,火焰熄灭,闻人羽浑身凝结一层白霜。

夏夷则情急救人,用尽全力,剑阵登时出现破绽,雩风乘虚而入,五环齐发,快比闪电。

勉强躲过三环,夏夷则身子一紧,忽然连中两环,火焰升腾而起,慌忙收回灵力。水光所过,烈火熄灭,夏夷则抬头望去,白雾满天,紫光暴涨,剑阵出现巨大缺口,光环蜂拥而入,将他团团围住。

"疾!"夏夷则急忙召回冰剑,锋芒外向,成百上千,恍若一只硕大无朋的冰雪刺猬。

紫环撞上冰剑,化为团团烈火,紫光烈焰,挤捏推压,迫使剑阵不断萎缩。

寒意消散,酷热滋生,夏夷则无计可施,唯有苦苦支撑。

闻人羽猛火焚身,元气大损,雩风下手不容情,光环接连冲来,举目望去,紫茫茫一片,让人生出天地虽大无路可走的恐慌。

"万箭!"闻人羽挺身站起,长枪上指,火光冲天,翻滚中变成巨大火球。

砰,火球爆炸,化为无数幻箭火雨,冥冥中似有大能之手,以天地为纸张,以烈火为水墨,挥洒淋漓,尽情涂抹。

火箭撞上紫环,激起猛烈爆炸,一团团火球坠落地面,鲜艳的红泥变成漆黑的焦土。热浪汹涌扩张，闻人羽站立不住，如同败叶飘零，随着气浪向后翻滚——这一招"万箭"她已倾尽全力，到此地步，虚弱至极。

雩风仿佛江心磐石，迎着热浪，不为所动，面孔冷峻不波，双手法诀千变，光环有如狂蜂出巢，冲开气浪，卷向闻人。

"完了……"闻人羽念头闪过，身子无助地跌落。

唰，阴影笼罩，紫光消失，一只手从旁伸来，轻轻扶住她的腰身。正是乐无异。

偃甲耸立在前，三头六臂，挡住光环。紫气纷纭，光环暴涨，猛火符剧烈爆炸，仿佛烟花流散，偃甲纹丝不动，躯干上的辟火符迸射强光。

"三才偃甲？"闻人羽恍然大悟——三只金刚力士合为一体，化为一堵墙壁，挡住了雩风的攻势。

呜呜呜，偃甲弹出刀刃、吐出尖刺，六臂转动，如轮如风。

"上呀！"乐无异发出一声怒吼。

咚、咚、咚，迎着千百光环，金刚力士向前奔跑，每踏一步，惊天动地。

祭司无不动容，纷纷向后退却！

"后退者死！"雩风纹丝不动，冷冷望着偃甲——大金刚越来越近，刀轮在他身前转动。

"无——妄——禁——环！"雩风目光森寒，吐出字来。

吱嘎嘎，大金刚忽然停下，呜呜呜，锋刃距离雩风不过数寸。

一掌之隔化为天堑，大金刚极力前倾，吱嘎作响，使出浑身之力，也无法逾越雷池，浑身的光环化为流窜的紫蛇，聚集、交汇，结成一团光球，势如骄阳，骇目惊心。

偃甲躯干扭动，分明不胜激荡。

"切！"雩风声音冰冷，砰，光球爆裂，四面流窜，形如无形光刃，切开偃甲躯体，辟火符土崩瓦解，大金刚吱吱嘎嘎，快要四分五裂。

滴答，热乎乎的鲜血滴在闻人羽脸上，少女抬眼望去，乐无异鼻孔淌血，脸膛涨红发紫，显然也受到冲击。

"开！"雩风双手伸出，虚抓前方，用力一分，轰隆隆，偃甲应手解体，从中变成两半。

哗啦，雩风连拉带扯，每一次拉扯，就有零件离开偃甲，偃甲成了玩偶，任由无形的巨手摧残、揉弄。

"噗！"乐无异口吐鲜血，面孔有如白纸。

"无异！"闻人羽欲要挣扎，可是有气无力。

乐无异制造偃甲之时，造有灵力防护罩，也就是镇灵仪，刻画符咒，能辟水火，也能抗拒各类禁术。不料雩风的"禁锢术"出神入化，不但禁锢活人，还能操纵偃甲，紫火所过，势如庖丁解牛，摧毁法阵、肢解偃甲。

对于乐、闻二人，三才偃甲不只是攻敌利器，更是自保的屏障。偃甲一毁，祭司们气焰高涨，一刹那，光环、灵鸟、幻花、冰雹、乱石、飞沙——各种杀招毒手倾巢而出，铺天盖地一般冲了过来！

"破！"夏夷则目眦欲裂，牙关迸出鲜血，他极力挣脱束缚，然而只是徒劳。

乐无异放下少女,盯着前方,高举古剑。

"小子!"禺期的声音在耳边响起,"你不要命啦?"

"闭嘴!"乐无异血染衣襟,腰身挺拔,卓立天地之间,凛然有如神祇。

哧哧哧,晗光剑萦绕电光,明泉唤出的乌云急速翻腾。明泉只觉不妙,乌云疯狂旋转,完全脱离控制,化为一个巨大的旋涡,中心正对晗光的剑尖。

"那是……"雩风注目乌云,微微皱眉。

"九——霄——神——雷——"乐无异一声锐喝。

哧,闪电蹿出剑尖,射入旋涡。咔嚓,无数电光冲出乌云,矫如龙蛇,亮如日月,众人目之所及,尽是霹雳世界。

电流化为狂潮,淹没一切,扫荡所有,灵鸟挣扎死去,冰雹融化消失,天花片片粉碎,土石化为微尘,剩下紫色禁环顽固地扭曲、挣扎,直至灵光暗淡、化为乌有。

闻人羽的心脏几乎停止跳动——电光百川归流,注入晗光剑身,乐无异纹风不动,眼耳口鼻之中,赫然流出鲜血。

"无异……"闻人羽的叫喊被雷声淹没。

乐无异仿佛置身炼狱,浑身贯注闪电,大能左冲右突,如针如刺、如琢如磨,痛苦前所未有,简直无法忍受。

这一招"九霄神雷"并未完全练成,禺期知道,乐无异也明白,此刻被迫使出,灵力与天雷感应,有如磁石相吸,雷霆下落,施术者首当其冲,倘若无力化解,难逃五雷轰顶。

痛苦持续不断,霹雳始终不停,电光离合,人影闪烁,祭司们躲闪、呻吟、哀号、翻滚,天地化为熔炉,蓝白之火熬炼众生。

灵力飞快流逝，乐无异脑子空白，忍耐到达极限，似乎连魂魄也晃晃悠悠，离开身体，站在一边，自顾自怜。

"我死了吗……"乐无异心想。

"还没有！"禺期的声音冷冷响起。

乐无异悚然一惊，回头望去——尘埃落定、闪电消失，广场上一片狼藉，地面冒着缕缕白烟，倒地的山民安然无事，对面的祭司各个狼狈，分身消失，衣裳破烂，从头到脚均有灼痕。

"我还活着？"乐无异心念闪过，突然双腿一软，瘫倒在地。

"嗷！"雩风厉声狂吼，手捏法诀，盯着乐无异，恨不得一口将他吞掉。

咻，寒气袭来，雩风一愣，匆忙抬头，可是晚了！冰剑如雨，飘然洒落，冰锥如林，从下方突然拔起。

夏夷则！雩风一心报复无异，忘了强敌在侧，夷则一脱困境，立刻发动反击。

冰剑在上，水骨在下，雩风上下受敌，头部以下均被坚冰裹住。

"巨门大人！"众祭司齐声哀号。

"呼！"夏夷则长吐一口气，这一击耗尽灵力，不成功，便成仁。

砰，坚冰炸裂，一道紫光破空射出，正中夏夷则的胸口。

"偷袭……"夏夷则念头闪过，人已倒翻而出，一张嘴，吐出一股血箭。

"巨门大人！"祭司们转愁为喜。

雩风手捂胸膛,大口喘气,眼前微微晕眩,心中不胜恼怒。他刚才险些败落,全仗一口元气,假装受制,骗过对手,而后暴起发难,一举偷袭成功。饶是如此,堂堂巨门祭司,胜得如此辛苦,一旦传出,脸面何存。

"杀光他们!"雩风盯着三人,牙缝里迸出字来。

夏夷则挣扎欲起,可是胸口剧痛,身子仿佛散架,撑起一半,又躺了回去。

"禺期……"乐无异呼唤剑灵,古剑似乎雷力已尽,沉如秋水,冷冷的全无动静。

"该死!"乐无异心生绝望,忽觉一只温软小手伸来,轻轻握住他的右手。无异回头望去——闻人羽目光如水,静静望着自己。

乐无异心口一热,想到死期将至,禁不住五指用力,也将少女的手紧紧握住。十指连心,两人感受到对方心意,一时间,心中恐惧尽消。

祭司们脸色阴沉,提剑走向三人,雩风连声咳嗽,夏夷则最后一击,伤了他的肺腑。

明泉停下步子,看了看乐无异,又看一看闻人羽,稍一犹豫,缓缓举起长剑。

乐无异叹一口气,闭眼等死,忽听"啊"的一声,而后一片寂静。他心中诧异,张开左眼,偷偷望去,目之所及,明泉龇牙咧嘴,长剑高举,整个人一动不动矗立在那儿,浑如一尊木偶。

"咦?"乐无异张开右眼,惊讶四顾——其他三个祭司也是一般模样,僵手僵脚,神态滑稽,仿佛时间停止,不能动弹分毫。

咔咔咔,熟悉的响声传来,乐无异循声望去,险些叫出声来——

雩风身前,多了一只巨大的蝎子,摇头摆尾,钩爪齐动,浑身色彩斑斓,下方法阵浮现。

这不是普通蝎子,而是一只偃甲!

"来者何人?!"雩风嘶声尖叫,嗓音里透出一股惊慌。

"都住手。"一个低宛柔和的声音响起,语气平稳,不像喝止,倒似寒暄。

雩风循声望去,一名戴着面具的男子不知何时来到近前,单膝跪地,扶起巴叶的尸体,凝目注视,神似伤感。他身量颀长,黑发如墨,着朱红衣衫、雪白外氅,虽不辨面目,却给人格外温润闲雅之感。只是,此人越是风采出众,便越令雩风不快。

只听男子轻声道:"我来迟了。"雩风见他分神,将心一横,正待放手一搏,那面具人却似后背长了眼睛,一抬手,"去!"偃甲蝎应声而动,极为灵活,长尾一甩,已将毒针抵住雩风咽喉。

"你究竟是谁?"雩风瞳孔微微收缩。如此强敌,乃他生平仅见。

男子放下巴叶,慢慢起身,目光缓缓扫过场中众人,最终停留于乐无异身上:"你们为何遭到流月城围攻?"语气依旧闲雅温和,若只听话语,万万想象不出,他行动那般利落强硬,一露面便彻底掌控局势。

乐无异道:"他们在这儿种断魂草害人,被我们路过撞破,就要杀我们灭口!"

"断魂草?"面具人转身,凝视妖树残骸。雩风正欲开口喝骂,偃甲蝎似乎能识人心,尾针抵得更紧,几乎扎破雩风皮肤。那透体而来的森寒压迫,激得雩风一个哆嗦。不知道为何,即便面对沈夜,雩风也没有如此紧张过。面前这人,言语和蔼,看似毫无威胁,却总让他感觉,与其和这人为敌,还不如去招惹瞳。

面具人叹了口气,目光掠过雩风,掉头看去,夏夷则摇晃站起,面孔煞白如纸。

"是你们铲除了断魂草?"面具人问道。

夏夷则咽下一口血沫,寒声道:"不错。他们以断魂草作恶,整座寨子皆受戕害,惨象难以尽述,往寨中一看便知。"

面具人点头道:"辛苦你们了。"转向雩风一行,"断魂草既毁,想来诸位也是奉命行事,无谓枉送性命。还请知难而退吧。"

"呸!"雩风咬牙切齿,眼中怨毒翻滚,"会偃术了不起?要本座说,你这偃术哪里像下界那些粗笨流派,分明是我流月城一脉!你盗我圣城密学,又与我们有什么两样?怎好意思在这儿充好人!"

面具人耐心听他说完,摇头道:"无可救药。"一弹指,光箭闪过,雩风已中禁言术,脸憋得通红,却再吐不出一字半句。

一旁夏夷则却微微皱了皱眉,暗道:"此人修为深不可测,但看他言行,不像要让流月城人血债血偿。"

面具人走到乐、闻二人身前，大袖轻挥，柔光闪过，二人疼痛减轻，有了力气，彼此搀扶着站了起来。乐无异呆呆地望着面具人，恍在梦中，道："前辈去过长安吗？我、我总觉得，好像见过前辈的……"

面具人一笑："素昧平生。我从未见过小公子，不知小公子又在何处见过我？"

乐无异说道："我、我也想不起来，但我们一定见过的！我一看你，就有种很熟悉的感觉。"

面具人说话时背对弩风，闻人羽瞥眼看去——弩风气急败坏，青筋暴突，两眼出火，忽一咬牙，双手伸出，一道光柱激射向面具人。

"小心！"闻人羽叫声出口，呜，一声怪叫同时响起，弩风头顶一暗，下意识抬头，巨蝎黑影一闪而过，跟着后心剧痛。

"慢！"面具人急忙下令，却已经晚了。

"噢！"弩风发出一声惨叫，骇然望着巨蝎——蝎尾有如残月，越过他的头顶，钩住他的后心，蝎尾弯曲，尾针破胸而出，弩风张口结舌，头颅下垂，整个人挂在蝎尾之上，晃晃悠悠，"呱嗒"一声，掉落地上。

面具人低头望向弩风，面露惋惜："我不想杀你，为何你却……这又何苦。"

弩风生机渐渐断绝，眼中愤恨之色不减。

其他祭司见面具人甚至都未出手，巨门祭司已被蝎子偎甲一击便即斩杀，心底惧意更甚，欲进不能，欲退不敢，看着面具人。

面具人叹道:"罢了,你们去吧。"一挥手,撤去四名祭司身上束缚,"但愿大祭司念在已有人丧生,能饶你们一命。"

众祭司对望一眼,均感意外。夏夷则皱眉道:"这位义士,这几人行事狠毒,且并无悔改之意。若不尽快处置了他们,只怕会后患无穷。"

面具人道:"上天有好生之德,我已错手杀了一人,不愿再枉造杀业。"转向众祭司,"还不快走!"

四人如梦方醒,明泉色厉内荏,大声说道:"你等着,流月城一定会替巨门大人报仇。"边说边退,忽听闻人羽叫道:"站住!"

四人应声停步,闻人羽说道:"无厌伽蓝在哪儿?"明泉冷笑:"巨门大人不是说他学了流月城偃术,既是早有交情的,你何不直接问他?!"

"你……"闻人羽望向面具人,面具人却不言语。祭司们交换一个眼色,双手互握,念动咒语,四人脚下涌出白光。

"传送法阵?"夏夷则话才出口,一道雪白的光柱从天而降,罩住四个祭司,光芒消散,四人也失去踪影。

咢风尸体仍留在原处,慢慢发生变化,身形似在逐渐缩小。

夏夷则凝眉望去,神情严肃,少顷,一言不发走去埋葬巴叶。

乐无异呆呆地看着面具人,神情中满是孺慕之色。看着面具人的黑色头发,又下意识地否认:"怎么会如此年轻——对了！"想着急忙去找那偃甲蝎上的徽记。

闻人羽看看夏夷则，再看看乐无异，似乎只有她还像一个正常人。

面具人向三人温言道："三位受惊了，所幸有惊无险，可缓过气来了吗？"

乐无异讷讷道："我、我们没事，那个，请问你究竟是……"

面具人道："我居于朗德左近，因今日察觉似有异状，故而前来此地，不想来得却巧。"他沉吟片刻，"断魂草被毁，流月城恐怕不会放过三位。如果没有其他事宜，三位尽快离开此地为上策。"

闻人羽点点头，转而看向乐无异和夏夷则，却见两人一个皱眉思索，一个却几乎要趴到巨蝎身上。无异蹲在那只大偃甲蝎子前，一人一偃甲面面相觑。无异已忘了自己是来查看徽记的，伸手摸摸偃甲蝎，蝎子轻轻摇了摇尾巴。无异抬手，偃甲蝎子也抬钳子，轻轻碰了他的手一下。看上去，乐无异似乎随时都能舔一舔巨蝎偃甲。

"好丢脸……"闻人羽不断腹诽，对面具人道，"前辈，他……他一贯喜欢摆弄偃甲，看到前辈偃甲高明，想来是见猎心喜……"

却见乐无异不时抬抬偃甲手足，偶尔用手轻轻摩擦偃甲，口中不时发出惊叹声。说来也奇怪，那巨蝎偃甲对雳风杀伐果断，此时却任由乐无异观摩摆弄。

"无妨。"面具人笑道，"唯能极于情，故能极于至道。小公子待偃甲以至情，来日必有成就。"

闻人羽听了，道："谢谢前辈，谢谢前辈。"

面具人含笑望了闻人羽一眼，已来到乐无异身边，道："这偃甲蝎是我随手之作，不甚精细。其中唯一可观之处，就是腿部与尾刺关节，你若有兴趣，我便说与你听。"

乐无异点点头，细细打量偃甲："关节是乌金和玄铁锻的合金——好主意，我怎么没想到，玄铁太脆，加点儿乌金就变韧了啊！身上是铁梨木，用连金泥刷了三层——不，四层，难怪刀枪不入。"无异的视线停留在蝎子偃甲一个不起眼的角落中，赫然竟是谢衣徽记。

乐无异睁大眼，看着面具人，手指谢衣徽记，道："就是这、这个徽记！"

面具人温和地看着乐无异。

乐无异猛地回神，跳起脚来，手足无措，脸红如赤："那……那个什么！我太笨了，简直是笨笨笨笨笨笨！"

乐无异看着闻人羽，眼中像要有眼泪流出来："他、他、他是——"

他猛地转向面具人，深深鞠了一躬："谢爷……不，谢伯伯……我总算找到你了！"

一旁夏夷则闻言也望过来，眼中射出精光。

面具人未置可否，只是笑道："未知小公子为何要找谢衣？"

乐无异道："其实我们都在找您……我从小就学偃术……小时候娘亲常说起您……我家还有您留下的偃甲……不，不对，其实我是想说，能不能请您看看我的偃甲……好像还是不对……可恶！"

面具人微微一笑："莫急莫急，慢慢说来。"

乐无异抓抓头，简要说来，末尾道："总之，我们就一起来找您了。啊，对了，团子还给了我一件东西，它说您看了就知道。"无异取出那杆烟枪，递给面具人。

面具人扫了一眼，道："哦，原来是叶海随身之物。他还欠我十斤乌金、二十两连金泥、五十根毕方翎……也难怪躲着不肯见人。"

乐无异看着面具人，身体微颤："这么说……"

面具人微微颔首："我正是谢衣。"

乐无异呆住了，良久，他才反应过来，仰天大笑，忽然走到闻人羽面前，一把抱住闻人羽，在原地转了几个圈子："我们找到他了！我们找到他了！哈哈哈。"

"是啊。"闻人羽此时与其说是害羞，不如说是开心，"是的，我们找到他了。"

乐无异放下闻人羽，仔细端详闻人羽的脸，又说了一声："我们找到他了！"说着，忽然凑到闻人羽跟前，在闻人羽脸上极快地一吻，躲过了闻人羽打过来的拳头，又向夏夷则道，"我们找到他了。"

他伸出双臂要去抱夏夷则，却被夏夷则伸出手臂，用掌抵住了他的脸，夏夷则指向雩风尸体，沉声道："你看看这个。"他声音如含冰雪，登时令乐无异清醒过来。

闻人羽也觑得那具尸体怪异之处，走上前来，却见雩风尸体已缩小到孩童大小，浑身漆黑，干巴巴的，像是一个烧焦的木头。在三人目力所及之处，那具尸体仍在干缩，变形……

"这是？"

话音方落，那具缩小风干的尸体咔嚓碎裂开来，尽化灰烬，原地只留一块指甲大小的紫色晶石。

谢衣一伸手，晶石如被吸引，正落到谢衣手中。端详片刻，谢衣叹道："这应该是魔契石。"

"魔契石……敢问何谓魔契石？"夏夷则问道。

谢衣道："此乃上古秘术，如今已近失传。譬如说，现有一灵一妖，灵与妖达成盟约，约定妖不得对灵横加侵扰，于是妖便将少量灵力灌入这魔契之石，并以咒文锁住。从此以后，灵只要随身佩戴这枚魔契石，妖的法术便对灵几无作用。方才情形混乱，我看得不甚清楚。你们可还记得，流月城那些祭司身上，是否都有这个？"

夏夷则略一回想，点头道："有，或在腰间，或在胸前。照这样说，那些流月城祭司是和某个人订了盟约？"

谢衣颔首，手心握着的魔契石，似乎隐隐还有些发烫。

闻人羽看着谢衣的面具，心中不免想：奇怪，雩风所说流月城偃术一事，多半是凭空诬陷，但方才谢衣前辈现身时，分明并不知道我们为何受到围攻，但他却能直接点破对方是流月城人，乃至提及"大祭司"，那他至少应该见过流月城人，熟悉他们的装束打扮才对。如此一来，雩风所言，似乎也并非全不可信。

她有心去问谢衣无厌伽蓝所在，以去寻找师父。但谢衣似乎感受到她的询问目光，身体微侧，避开了闻人羽。

谢衣向三人道："此间事已了，三位所述事由我已大略知悉。可否请三位移步寒舍？"

三人本来便是要寻找谢衣，谢衣此言正中下怀，便忙不迭答应。

说着，谢衣当先前行，三人快步跟上，一路穿过朗德寨。大难之后，寨民虽已不再癫狂，却因七情减损，多半变得木木呆呆，踩着满地血肉残骸，木偶般缓慢游荡。

七情不可再生，寨民所受伤害不可逆转，假以时日，这些人或许能正常生活，但亲友相处、为人性情，却是绝不可能恢复旧日了。一路走来，乐无异三人心情沉重，谢衣也频频叹息，只是事已至此，人力难为。

来到后山，又经过茂密丛林，忽而眼界大开，出现一片湖泊——湖水淡绿，沉静无波，宛如晶莹碧玉，镶嵌在万山之间。

谢衣站在湖边，身影清癯如鹰，望着湖水，若有所思。

"谢前辈，"闻人羽忍不住问道，"这是……"

"此地名为静水湖。"谢衣手指远处，"我的住所，就在湖心小岛上。"

"小岛？"乐无异揉了揉眼睛，"湖里什么都没有啊？"

"是吗？"谢衣一挥手，湖心波光闪动，宛如描绘图画，描画出一座玲珑小岛，若干房舍坐落其上，奇形怪状，状如虫豸，更有巨大浑天，圆环纵横，围绕房屋旋转不定。

"这个、这个……"乐无异望着房舍，简直说不出话来。

"障眼法，不足挂齿。"谢衣道，"我生性好静，不喜打扰，这些偃甲屋相貌古怪，不免惊世骇俗。故而湖中岛上均布有结界。湖中结界会削减外来者灵力，并致使许多法术失效——譬如传送术便会失灵。"

"那就是说，我们只能坐船过去了？可是周围也没有船，"

乐无异团团乱转,"船藏哪儿了?"谢衣一扬手,偃甲蝎凭空出现,纵身跳入湖中,稳稳漂浮不动。谢衣跳上偃甲,说道:"此物一次能载两人,我先过去,再来接引你们。"

"唧唧……"小黄从无异腰间探出头来,看见湖水,双眼一亮,腾地跳入水中,蓝光闪过,水雾升腾,湖中出现一头大鱼,相貌古怪,鳞甲层叠,浓烈的妖气弥漫湖上。

"哎哟!"乐无异惊叫,"小黄怎么变成鱼了?"

夏夷则道:"'北冥有鱼,其名为鲲;化而为鸟,其名为鹏,怒而飞,其翼若垂天之云',鲲鹏原本就有'鲲'和'鹏'两种形态。时而为鱼,时而为鸟。我们在纪山故居所见之时,是鹏的形态,此时有大水激发,就化为鲲。鲲鹏变化万千,甚至有传说,上古时鲲鹏出海会引发海啸,是种相当了不得的妖怪。"

谢衣点头道:"能得鲲鹏相伴左右,乐公子福泽深厚。"

"好厉害!"乐无异咋舌,"那怎么我见过的两只鲲鹏,一个驮着竹笋包子号杂耍团到处飞,一个睡和吃是天下第一?"

小黄听了,颇为不快,在水中连吐几个大泡泡,似在催促。

"好哇。"乐无异抓起闻人羽的手,踏上鲲背,"就让它带我们过去!"

自与雩风一战过后,闻人羽便郁郁不乐,强颜欢笑。乐无异在她耳边低声说道:"流月城那祭司说的未必是真相,即便是真的,你师父被擒,一旦有他下落,我们立刻乘坐鲲鹏赶去。"

虽知道是乐无异宽慰,闻人羽仍稍稍宽心,毕竟他们已经找到了谢衣。

"先前我已用纸鹤火符通知师门，稍后我便再放出火符，请师门调查无厌伽蓝。"

乐无异点头道："多行不义必自毙，流月城会有报应的。"

见乐无异神情，闻人羽道："百草谷纸鹤火符使用之人符符相连，再远也能呼应，人死符落，我发向师父的纸鹤仍能发出，足证师父此时仍然活着。"

乐无异听了大喜："太好了，只要他还活着，我们就能将他救出！"

闻人羽见他语出真诚，心中欣慰，也点了点头。

啪啪啪，小鲲鱼扬起鱼尾连连拍水，谢衣点头道："盛情难却，我也一借鲲鹏之力。"收起偃甲，跳上鲲鹏，夏夷则也登上鱼背。

小黄载着四人，摇尾摆鳍，很快游到湖心小岛。四人上岸，小鲲鱼摇身变回雏鸟，跳回乐无异腰间行囊，舒舒服服地继续睡觉。

进入主厅，厅中摆放许多偃甲，既有完备成品，也有未完雏形，无论完成与否，均是精妙绝伦。乐无异身为行家，目睹这些偃甲，仿佛进入宝库，眼花缭乱，赞叹不已。

谢衣招待几人坐下，走向上首坐下，说道："有朋自远方来，也该以真面目相待。"摘下面具，直面众人。

却见面具后露出一张温润面孔，深灰色眼瞳，五官精致如画，神情姿态有如清风明月，令人心折。闻人羽一见，下意识地望向夏夷则，她见惯夏夷则出众样貌，此时见到谢衣，难免拿来类比,只觉夏夷则俊美绝尘,冷若霜雪;谢衣清隽秀雅,君子如玉。

夏夷则也吃了一惊,唯有乐无异,看着谢衣面貌,呆了半响,结结巴巴地说:"谢伯伯,你、你……"

"我怎么?"谢衣俊秀的脸上闪过一丝笑意,"太年轻了吗?"

乐无异呆呆点头:"亏我小时候常想,谢伯伯已有百岁高龄,该是寿星那样白头发白胡子的老头……"说着,腰间被闻人羽捅了一下,才知方才又将心思脱口而出。

闻人羽急忙打圆场:"谢前辈,请恕晚辈无礼,前辈成名于百年之前,莫非前辈已经得道成仙,韶华永驻?"

"我也不知为何。"谢衣微笑道,"我与常人不同,百余年来毫无衰老迹象,连白发也不曾生出一根。在常人看来,我只怕如同怪物一般。"

"怎么会!"乐无异边忙不迭地摇头,边四下里看各处陈设的偃甲。

夏夷则追问道:"便连秦皇汉武,也求长生而不可得,前辈竟无心插柳。"

谢衣仍是微笑:"昔年为探寻偃术极致,我曾走遍天下,修习各派秘法,或许其中有一两样学差了也未可知。"

乐无异一边去看偃甲,一边接口道:"哎哎,学法术的人,跟一般人怎会一样?仙人也不会老啊。"忍不住又问,"谢伯伯,你是不是真的做出了活物一样的偃甲?刚才那只蝎子已经很了不起了,有没有比它更好的?"

谢衣道:"活物一般?你的意思是?"

"我听说，谢伯伯曾经造出与真人一模一样的偃甲人。这是真的吗？"

谢衣摇头："这如何可能？偃术并不能真正赋予偃甲心智。无论偃甲看上去多么灵活，归根究底，不过按着偃师之命行事罢了。以我所知，人心复杂无比，并非偃术所能仿制。"

乐无异失望道："原来还是不行……"

"你很失望？"谢衣看着乐无异，眼中流露出难得的精厉之意，似在审视乐无异。

"没有，不如说，这才正常……"无异抬头，恰好遇到谢衣锐利的双眸，心中莫名一颤，急忙低下头来，"那个，谢伯伯……那个——可恶，不知该怎么开口……"

谢衣微微一笑："你可是想学我的偃术？"

乐无异重重点头，望着谢衣："以前我一直以为，自己的偃术还不错。可是这一路经历那些事，我……我甚至没能救下巴叶。"

谢衣不置可否，顿了顿，问："你学偃术，就是为此？"

乐无异用力地点头："我想变强，一定要变强！下次再遇到流月城那样的敌人时，我想凭自己的力量，保护闻人和夷则！"

旁边闻人羽和夏夷则，一个道"不必"，一个说"不要"，窘得乐无异脸颊发烫。倒是谢衣颔首微笑："无论法术、剑术抑或偃术，本当用于回护值得回护之人。"

"偃术一道，逆水行舟，不进则退，无有穷尽。"谢衣目望屋外湖中，"我颓唐已久，百年之中，偃术几无寸进，更久已不做杀伤性偃甲。那偃甲蝎是我多年前的旧作，久未调试，才会反应过度，误杀那名祭司。近年我造的多是船只车辆，或者灌溉运输器具，你大概不会喜欢。"

乐无异听他话音，似有婉拒之意，不由得大急，眼巴巴地看向闻人羽，又看向夏夷则，闻人羽上前一步，道："谢前辈……"

却见谢衣微微伸手，止住了闻人羽的话，向乐无异微笑道："不过你若真有兴趣，稍后我将书房钥匙给你，那里面有我历年所绘偃甲图谱，你大可看个尽兴。"

"好！"乐无异大喜，一跳三尺，无意中触发了室内的偃甲，不知从哪里伸过来一只勺子一般的木掌，在乐无异脑袋上重重拍了一下。

"哎哟——"乐无异捂住脑袋，仍止不住欣喜。闻人羽和夏夷则也为他感到高兴。

谢衣望向闻人羽："闻人姑娘曾说，是为了探访尊师下落才来找我。方才情势混乱，未曾细问，请问姑娘恩师尊姓？"

闻人羽向谢衣行了一礼："谢前辈，我师父名叫程廷钧，百草谷星海部天罡。"

谢衣沉吟片刻："百草谷？我与百草谷素无往来。"

闻人羽一颗心缓缓向下沉，忽地想到一事："对了，师父两月前离开长安，寻找断魂人源头……"说着，便将自己与师父下山，直到来到长安等事一一说起。

闻人羽本想询问，十八年前谢衣是否曾前往捐毒，话到嘴边，忽觉不妥：先前种种，始终令人怀疑，谢衣前辈是否与流月城有些关系？若是如此，过早吐露，不只难以问出消息，还会让无异和夷则陷入危险。一面想，一面又不由得自责：先前多亏谢前辈出手相助,自己却还怀疑他,实在过分,无颜面对前辈。

谢衣见闻人羽忽然沉默,问道:"闻人姑娘,你可是想起了什么?"

闻人羽一惊,这才回神,连忙说道:"谢前辈博闻广识,不知可曾听说一个叫'无厌伽蓝'的地方?我师父可能就在那里。"

谢衣微微摇头,目望闻人羽,眼中流露歉然之色:"抱歉,姑娘所言,我全不知情,怕是要令姑娘失望了。"

他似是不忍面对闻人羽失望的眼神,转身望向夏夷则:"夏公子寻找谢某,所为又是何事?"

夏夷则道:"有一事,我们得向前辈告罪。"

夏夷则看看闻人羽,闻人羽走过去将沉迷于偃术的乐无异叫回,三人对着谢衣,谢衣也不由得诧异。

乐无异挠头,"嘿嘿"傻笑。

夏夷则正待开口,却听闻人羽已开口道:"在寻找前辈途中,我们——"

谢衣微微一笑:"三位能找到此间,想必是因纪山故居中留书;再之前,多半是由竹笋包子处得到消息。如此缘分,如此聪慧,实属不易。而且那间故居,十六年前,即已为谢某所弃,三位若是进入,或有所发现,实在无须愧疚。"

三人一路上最为担心之事便是这件,谢衣一句话轻轻揭过,不必说乐无异和闻人羽,就是夏夷则,内心也忍不住对谢衣更生好感。

夏夷则道:"前辈,在下乃是为通天之器而来,在下听闻通天之器能知万事，而在下心中有一桩疑问，无论如何也想获知答案。是以在下冒昧，想请教前辈——"

谢衣面色微变，轻轻摇头："夏公子，恕难从命。"

"……为何？"夏夷则道，"前辈可是疑心在下所求有违公义？"

谢衣道："非也。通天之器并不能全知万事，况且，它早已不在我身边。故而，此事我确实爱莫能助。"

夏夷则看看乐无异和闻人羽，都觉得隐隐有些奇怪。

夏夷则道："晚辈三人曾于前辈纪山故居中，发现有关通天之器的线索……"

谢衣道："什么线索？"

夏夷则便将经过说来，听罢，谢衣也是不语，手肘支在桌上，微微扶额，心忖："……莫非……这便是天意……"

三人见谢衣神情，心中越觉奇怪。谢衣叹道："十六年前，我回到纪山故居，主要是为找寻通天之器。"

乐无异不胜诧异："难道最终没能找到？"

谢衣点头："谢某百年前曾前往西域，回返之后，有许多事都不大记得，通天之器下落便是其中之一。"

三人大惊，万料不到是这等情形。乐无异忽地想到那位阿阮姑娘，此时更不知如何开口询问。

乐无异和闻人羽忙取出各自的偃甲蛋，道："这偃甲蛋应是线索，这就交还前辈。"

谢衣微微一笑，摇头道："天意难测，不能强求，眼下还是由你们保管为好，来日若得机缘，我自会借取。"

夏夷则忍不住露出失望之情，谢衣叹道："夏公子，你究竟所求何事，可愿告知于我？如此，我或许能为你想一想别的法子。"

夏夷则缓缓吐了一口气，道："多谢前辈好意。然而在下身负之事极其险恶，一旦泄露，恐怕各位都将有杀身之祸……请恕在下不能相告。"

谢衣眼眸在他身上微微一顿，似乎洞悉世情，道："天地广阔，玄妙法门数之不尽。夏公子欲知之事，定有他法可以探听，万勿轻言放弃。"

夏夷则一时讷不能言，只拱手抱了抱拳。

谢衣望向三人，道："如此，三位便在此地疗养调息，待伤好之后再从长计议。"

三人均抱拳称是。

"此地全无禁忌，随意些便是。"谢衣点了点头，将钥匙交予乐无异，"乐公子，书房钥匙便交给你了。"

"嗯！我定会好好保管。"乐无异接过钥匙，如获至宝，回头一瞧，闻人、夷则均是沮丧未消，寻思三人前来，另两人一无所获，自己反而得偿所愿，心中颇是过意不去，喜悦七折八扣，一时减了不少。

谢衣便要往外走去，看一眼闻人羽和夏夷则，见两人眉宇间愁郁之气更浓，心下叹息。谢衣心念一转，已有计议。

"乐公子，偃甲房中有偃甲图谱，上有偃甲锁扣，若是无聊，不妨试试看能解开多少。"说着，向乐无异一颔首，转身离去。

虽然与三人交往不深，但谢衣百年阅世，早知三人之中，夏夷则法术高强，闻人羽武功高明，但真正的主心骨却是乐无异。乐无异若能情绪高涨，当会带动两人不再愁郁。

　　谢衣离开之时，忽然又想到，若是乐无异解开全部偃甲锁扣，又当如何？但他一想，觉得乐无异无论天赋如何高明，总是难以尽解，便放心离去。

仙居·神女

谢衣道别之后，便即不见。三人因先前谢衣之语，果真全无禁忌，只是夏夷则、闻人羽情绪低落，乐无异有感于怀，兴奋片刻，也不禁叹惋，心中忍不住想："亏我先前夸下海口，说学会谢伯伯偃术，便能守护闻人和夷则，但他们若是不高兴，我又如何能令他们高兴得起来？"

他先前一门心思都是找到谢衣，如今找到了，最初的高兴过后，却发现，并没有全然的欢喜。

这时三人都站在湖边，眺望远处，想着各自心事。

乐无异见气氛沉闷，便开口问道："闻人，你是否还在忧心你师父？"

闻人羽点头："师父在无厌伽蓝……但我现在却连无厌伽蓝在哪儿都不知道，我只恨自己没有足够的能力找到师父，解救师父。"

乐无异见闻人羽忧心忡忡，心中隐隐有些生疼，绞尽脑汁与闻人羽攀谈："闻人，你有没有想过，你练武功，学兵法，到底是为了什么？"

闻人羽一愣："为了……什么？"

乐无异道："对啊，就像有人读书是为了考功名，有人学法术是为穷究天人之秘——你呢，你是为了什么？"

闻人羽面露迷惘之色："我没想过。我是师父从战场上捡到的，他是天罡，那我自然也是。"

乐无异道："这么呆的理由，居然还说得理直气壮。"

闻人羽道："你才呆！师父和师兄是我唯一的亲人，他们要征战沙场，那我当然得练好武艺，去帮他们忙。这还用想吗？"

乐无异摊手道："好吧……那么，除了这个，你自己就没非达成不可的愿望？"

闻人羽想了想，才道："我只希望，我辛苦练武，其他人就不用吃同样的苦；我学兵法，但终有一天，世上再也没有战事，再也用不到兵法。"

乐无异听得一震，连一直沉默的夏夷则也抬起眼来，望了闻人羽一眼。

闻人羽说完之后，便觉轻松不少，想到先前乐无异对谢衣所说，便道："好吧，你的愿望，我先前已听你说过了。"说着转向夏夷则，"夷则，你呢？"

乐无异也望向夏夷则，询问的目光似在催促。

夏夷则迟疑道："我——"

忽觉一阵气势从湖中涌出，仿佛风暴来袭，乐无异抬头一看，只见湖中蓦地生起波浪，直向三人席卷而来，有如巨箭，三人躲闪不及，被溅湿全身。

只听一连串得意的"唧唧"声，定睛一看，却是小黄由鱼化鸟，双翅一扇，落在三人面前，一张口，如鱼鹰一般吐出大鱼肥虾，怕不下数十斤，仰天一声长叫后，低下头来，得意地冲着乐无异伸头，似在等待乐无异抚摸。闻人羽看自己浑身湿透，又羞又气，待要喝止小黄，小黄猛地一甩翅子，如狗一般打了个扑棱，将闻人羽淋得更湿。

"哈哈哈哈哈——"乐无异大笑，指着闻人羽，"闻人——"他本想开个玩笑，纾解闻人羽和夏夷则的悲伤，却骤然见到浑身湿透的闻人羽，虽然仍是身着戎装，但戎装也掩盖不住她曲线毕露，婀娜生光，乐无异胸口如受重击，口中"啊——"了半声，脸色绯红，大脑一片空白。

"你——"闻人羽见状，又羞又气，抬起手来，似要扇乐无异一个耳光，却又放下，转过身去，叫道，"呆鸟！"

"啊——"乐无异猛然反应过来，"我……"

却见闻人羽已跳到小黄背上，叱道："呆鸟，快走！"

"啊，我还以为叫的是我……"乐无异有点儿茫然。

小黄得令，双翅一扇，蓦地腾空，直冲云际，霎时隐入白云之中，消失不见。

乐无异自认识闻人羽至今，闻人羽一直端庄大方，极少见到她小儿女情态，此时她乍嗔乍喜，恚怒之态，却是乐无异所从未见，想到自己方才多有无礼，想道："非礼勿视，非礼勿听，我怎么会——"用力捶了一下自己脑袋。

旁边传来一声叹息，乐无异转头一看，夏夷则抱剑看着他，一脸怜悯。

"叹什么气?你傻啦?"

夏夷则难得流露调侃之意,一手指了指天上:"我不傻。倒是乐兄你——"面带同情,摇了摇头。

"你……"乐无异坐在地上,有气无力,他看着小黄荡起的湖水涟漪如今渐渐归于平静,心中的波澜却是越来越大。

"我看到那时的闻人,为什么会是那种感觉?口干舌燥,大脑空白,胸里面好像有一头小鹿乱撞,好像在刹那之间,生出了强烈的怜惜,又好像……说起来,为什么夷则也在?真让人生气,闻人平时分明与我说话最多,要是方才夷则不在就好了……"

乐无异只觉浑身没有一丝力气,蔫头耷脑,狗儿般缓缓就地趴倒,心中生出一个念头:闻人她、她不会就这样离去吧……

他忽然想到朗德寨中,自己那时遇到谢衣时,抱住闻人,并且还在她脸上吻了一下——他抱住头,喃喃念叨起来。

"天哪,我都做了些什么啊……"

如果闻人羽就此认为他是好色之徒,进而离开他,他没有半句话好说。

"我犯了多大的错啊……"

三人中最后一个,就此陷入长久的悲痛中。

白云之上,鲲鹏鸟缓缓展动双翅,不发一丝声响。

白云丝丝缕缕,从鲲鹏双翅和无数羽毛中穿过,鲲鹏背上,闻人羽一手握着长枪,一手轻轻梳理着鲲鹏的羽毛,姿势柔美。

谢衣在湖心岛上设置结界,湖心岛常年云雾缭绕,云雾实际远较寻常云雾低,是以湖边乐无异的话一字不漏地传入闻人羽耳中。

闻人羽脸上神情似乎有些悲伤,又有些温柔。

她轻轻抚摸着鲲鹏细羽,轻轻道:"无异啊无异,来日你若是知道我至今仍在骗你,知道我便是那萧鸿渐,你又当如何呢?然而即便你能原谅我,若是知道除此之外,我对你还有隐瞒……你又当如何待我呢?"

透过云雾缝隙,望向颓然趴在湖边的乐无异,闻人羽的内心无限柔软,无限怜惜。"也许,待救出师父,我们便该分开了。我们的生活,究竟不能重合太多,你的路,还是要你自己走下去吧……"

她轻轻驱动鲲鹏,向更高处飞翔而去。

夏夷则看着湖边的乐无异,摇了摇头,听到乐无异的心里话一字一句尽都传入自己耳中,忍不住咳嗽一声:"乐兄莫非平时便如此自言自语……胡言乱语吗?"

乐无异躺在地上,仰面望向夏夷则,忽然一伸手,从地上环抱住夏夷则双腿足踝:"夷则夷则,你告诉我,她不会走。"

夏夷则平素好洁,更极少与人肢体接触,此时被乐无异抱住双足,竟不挣脱,只道:"乐兄……平素你在家时对令尊和令堂,也是这般……无赖吗?"

乐无异讷讷,叹了一口气,松开了手,坐起身来:"小时候我若是这样求肯娘亲,所愿多半能达成,若是求我父亲,多半被按在地上,挠半天痒痒。"

夏夷则正待开口,却见走来两人,沿途捡拾小黄捕获的鱼虾,细看之下,却是偃甲。乐无异也看到了,一见之下,便脱口道:"饮食偃甲!"

偃甲既然功能多样,可以开山打仗,自然也可以制作饮食。饮食偃甲捡拾起鱼虾后,便即向湖心庭院厨房中行去。

夏夷则和乐无异都想起长安福临居中往事,目光接触,就连夏夷则冰雪般的眼眸中,也多了些暖意。

"走吧,去吃饭,待吃饱饭,才有气力认真伤心。"夏夷则说道。

午饭十分丰盛,鸡鱼荤素俱全。鸡为山中之野雉,鱼为湖中之细鳞,另有野笋菌菇,各色青菜,均是鲜嫩十足,汁液饱满。

乐无异这才觉出饿来,但他满怀心事,见菜肴一盘盘盛上,仍殊无食欲。他自坐在长桌一端,不敢去看,夏夷则看在眼里,微微摇头。

不一时,菜肴上齐,饮食偃甲便即退去。

室中却仍只有乐无异与夏夷则。

"乐兄,这便开动吧?"夏夷则当先举筷。

乐无异见闻人羽仍未出现,心知必是已乘小黄离去,此时三人寻找谢衣的任务已至此告一段落,闻人羽此时离开,也说得过去——亏他之前下意识里竟以为三人永远不会分开。

"嗯。"乐无异闷闷地点点头,拿起筷子,心不在焉地就要开动,却听一个清朗大方的声音说道:"咦,你们竟不等我了吗?"

乐无异猛地抬头，却见那在长桌一端的，不是闻人羽却又是谁？

闻人羽落落大方，落下座来，举起筷子。

"闻人——"乐无异大喜，正要开口，忽听夏夷则咳了一声，立时醒悟过来，心知绝口不提最好，忙不迭地举起筷子，"开饭、开饭！"胸腔中一颗心喜得要飞到天上去。

夏夷则微微望向闻人羽，点了点头，闻人羽也轻轻颔首。两人同时举起筷子，伸向桌中的菜，同时夹起一口菜，放到嘴里，微微咀嚼——

然后两人不约而同望向乐无异，却见乐无异举箸如飞，鸡鸭鱼肉飞快入口，口中还嘟哝道："好吃，好吃！"

"乐兄——"夏夷则吞咽下口中饭菜，缓缓道。

"嗯？"乐无异一边吃菜一边扒饭，脸从碗口抬起，愕然望向夏夷则。

"这饭菜……好吃吗？"

"嗯。"乐无异看看夏夷则，又偷眼看看闻人羽，却见两人神情一般无二，更是愕然。

"真的好吃？"夏夷则又道。

"嗯！"乐无异嘴里塞满食物，只能用鼻子发声，用力点头。

忽听唧唧有声，小黄从外面冲了进来，伸出脖子在桌上啄食两口，忽然动作僵住，身体耸动，接着猛地转身，冲出屋外，只听"哇呀哇呀"两声，吐了个干干净净。

直到此刻，乐无异口中食物的味道才散发出来，好像是在咀嚼木炭，还有某些难言的怪味……

太——难——吃——了——乐无异放下碗筷，冲了出去……

闻人羽看看夏夷则，终于忍不住，放声大笑起来。

原来战斗傀甲也好，饮食傀甲也好，都与制造它们的傀师息息相关，傀师若是食不厌精脍不厌细之人，制造的饮食傀甲自然也精于肴馔，若是对饮食不甚挑剔，则饮食傀甲也不过聊具其形。孤岛之上，平素只有谢衣一人，想来这诡异口味，竟持续了百年之久，实在闻者伤心见者流泪。

好在乐无异是定国公公子，对饮食即便不挑剔，也有良好家世，便对饮食傀甲略作改进，果然饮食水准提升不少。

事先谢衣或是为免三人拘束，离开湖心岛，三人有谢衣"百无禁忌"之语，便也不再客气，见湖心岛中虽有各色傀甲，但却疏于治理，不免露出凄苦之象，三人便各尽所能，只望将湖心岛打理得更美些，也当是个回报。

乐无异毕竟心系谢衣傀甲，饭后急忙来到书房傀甲室中。

谢衣书房整洁无比，各色书籍分类摆放，并设有索引，查阅起来十分方便。果如谢衣所说，其中多是傀术典籍，囊括材料、构造、法阵、灵力诸多门类，无不阐述精妙、列举详备。

乐无异印证生平所学，看得兴高采烈，不时发出赞叹："竟是这样？啧啧，我怎么就没想到？"此处傀甲为谢衣新近所制，比之当日金陵城外谢衣故居中的傀甲无疑又有所提升，亦齐备很多。

谢衣收藏甚广，除了傀术典籍，还有许多古董字画。夏夷则于此鉴赏甚精，此刻心中烦闷，借以打发时间，拿起古董观赏时许，又负手欣赏墙上字画。

闻人羽不能得知师父下落，心中每每生出无端猜测，想到昔日长安城中，师父与自己一别，如今却……

闻人羽待了一会儿，百无聊赖，退出书房，来到湖边，注目湖光山色，心头思绪万千。她自幼随师父长大，程廷钧为人正直，对弟子关爱有加，闻人羽视之如父，极其尊敬。而今师父落入敌手，流月城行事狠毒，师父凶多吉少，更可怕的还是断魂草，以师父的个性，与其七情沦丧，变为行尸走肉，真不如死了干净。

闻人羽越想越愁，郁闷难舒，便抖开长枪，挥舞起来。

"枪走一线，中平为王，枪花万朵，三实七虚……"师父的话语如在耳边，各种回忆涌上心头，闻人羽越使越快，越使越急，枪风所过，湖水荡起圈圈涟漪，她气满胸臆，忍不住纵声清啸，高高跃起，银枪横扫，"哗啦"一声，掀起一排滔天巨浪。

闻人羽有心要立即出走，去寻找无厌伽蓝，解救师父，但与雩风等一行作战时，三人均有不同程度的伤势，不得不等养好伤再走，再加湖心岛已被封闭，如果不是谢衣解开封印，恐怕三人也难出去。

一念及此，闻人羽黯然叹息，返回书房，去看乐无异和夏夷则。

就见乐无异手捧图谱自言自语："这个偃甲飞鸢，能够飞行七天……"猛地一拍大腿，"厉害，用高空低温冷却偃甲关节，将计就计，真是高手。"

闻人羽哑然失笑，转眼再瞧，夏夷则展开一幅山水画轴，俊眼凝注，看得入神。

闻人羽不由得也望向那幅山水画轴，与夏夷则并肩观看。

"你看……"夏夷则沉吟道，"这画轴有什么古怪？"

闻人羽定睛细瞧，画中风光峻秀，艳而不俗，清而不淡，青峰错落，桃林如霞，山中茅屋炊烟、点缀若干人家，更有亭台池沼、小径通幽，宛然世外桃源，不着一丝尘俗。再看落款，果然写着"桃源仙居"四字。

"好画！"闻人羽看了又看，不胜向往，"真有这样的地方，住上几日，也不枉此生。"

"你再看。"

闻人羽心知夏夷则向不多话，一旦出口，往往便言之有物，是以又望向桃源仙居，隐隐觉得有些熟悉。

"啊！桃源仙居，纪山故居画轴上写的，桃源仙居！"闻人羽猛地醒悟过来。

"不错。只是，"夏夷则紧皱眉头，"不知为何，我总觉画中大有古怪……你看这酸枝木轴，内外数层，粗细不匀，跟寻常的画轴大不相同。"

"是吗？"闻人羽伸出指尖，轻轻抚摸轴承，"凉沁沁的，你握了许久，一点儿体温也没留下，唔，里面似有一股力量，像是灵力，可又不像……"

"咦。"忽听身后传来一声惊呼，回头一看，却是乐无异听到两人热议，凑了过来。

"无异，你且看看这幅画中有无端倪。"闻人羽道。

乐无异却一眼看到图画左上角两列文字，面容端肃，迥异于他平时笑嘻嘻的神情。闻人羽和夏夷则便也向那两列字看去，一见之下，不由得巨震。

只见那两列字赫然是：

余毕生所求，不过穷尽偃术之途，以回护一人一城。惜而天意弄人，终究事与愿违，如之奈何。

落款已然是百年前。

谢衣字迹甚为规整，唯独这两列，潦草恣意，力透纸背。无穷悲悯，无尽眷恋，从那字中绵亘透出，跨越百年时光，如洪荒遗响扑面而来，击彻三人内心。

乐无异喃喃道："原来，谢伯伯平生所求，只是如此……"

三人都为那画上文字所迷，良久，倒是乐无异率先回过神来，他摇摇头，道："这幅画是偃术。六子连环锁，真有意思！"

"什么？"闻人羽不胜惊讶，"你说这幅画是偃甲，又是什么锁？"

"是啊。"乐无异指着画轴，"这根轴是一把锁，失传已经一千多年了，没想到居然在这儿遇到，它同时也是一道极厉害的封印，书上称之为'六子连环锁'，内外六重，一重比一重繁复。先前谢伯伯说过，图谱上会有锁扣，没想到还有这么难的。"

"能打开吗？"夏夷则问道。

乐无异此时的面色倒是凝重了些："六子连环锁极难拆解，若在以前，我恐怕也绝难将之拆解，但是——这既然是谢伯伯的考验，无论如何，总是一定要将它解开才是。"

乐无异仔细端详桃源仙居图，脑海中飞速运转，额头上尽是细密汗水，他的嘴唇极快地微微开合，竟快到连话也说不出来。

良久，乐无异回过神来，向闻人羽说道："借你一根头发。"

"干吗？"闻人羽皱眉道，"你没头发吗？"

"你头发最细最长。"乐无异振振有词。

"哼。"闻人羽拈下一根头发，递给乐无异。

乐无异嘻嘻一笑，将发丝浸入茶水，小心拧成弯曲形状，又向夷则说道："将发丝冻硬！"

夏夷则挥手之间，发丝结冰凝固。"桃源仙居图既是六子连环锁，又是无双偃甲，所以解开偃甲，首先要用解锁的技巧，要解锁时，又要用偃术。"乐无异一边举起发丝，看了又看，满意点头，一边慢慢解说。闻人羽素知乐无异习惯，若是思考时不能用话语说出，便连思考也要不畅，便道："无异，你到底干吗？"

"造一把钥匙。"乐无异回答。

"钥匙？"夏夷则不解。

"就是这个。"乐无异晃动发丝，"夷则，你握住这一头，注入灵力，不要停顿，冰一融化，钥匙就不管用了。"

夏夷则恍然大悟，拈住发丝一头，注入冰寒灵气。乐无异拿起画轴，将发丝探入一处缝隙，缝隙不厚不薄、不宽不窄，正与"钥匙"相合。

发丝渐渐深入，乐无异闭上双眼，屏住呼吸，面庞微微抽动，似乎聚集极大精力。闻、夏二人见他模样，也不由得紧张起来。

突然,乐无异指尖停下,微微向后一收,发丝挂住什么,咔,一声轻响,画轴缓缓转动一匝,伴随一连串微不可闻的机栝鸣响。却是乐无异在开锁的同时,也在用偃术解开偃甲锁扣。

"吁!"乐无异呼出一口长气,颤巍巍放开发丝,伸袖拭去额头上的汗水。

"打开了?"闻人羽急切问道。

夏夷则脸上露出少有的喜悦神情,便待要打开画轴,乐无异伸手挡住。

"开了一重。"乐无异苦笑,"还有五重。"

他歇息时许,取出发丝,换一个角度探入第二层缝隙,这一次耗时更久,过了一炷香工夫,方才"咔嚓"解开。接下来是三层、四层、五层,一层繁似一层,解锁的时间也越来越长。乐无异汗流浃背,面红唇白,解到第五层,头晕眼花,不胜虚脱,心力消耗之剧,比起苦斗强敌还要厉害,竟连自言自语也无法发出了。

稍事歇息,乐无异喝了一大杯茶水,抽出"钥匙",探入锁眼,拨弄良久,隐隐听得"咔嚓"声响,乐无异皱起眉头,一动不动。

"怎么?"夏夷则嘴上不说,心中紧张不在乐无异之下,见他停下,忍不住问道,"打不开了?"

"我想到一件事。"乐无异苦着脸说道,"这把锁如此繁复,搞不好是为了封印极厉害的妖魔。我们贸贸然打开,如果真是妖魔破封而出,那可怎么得了?"先前解开偃甲锁扣时,乐无异比谁都用心,此时当真解开,他才考虑起可能的险恶后果。

闻人羽之前也有此担心,只因见夏夷则急切,一时不便多言,此刻听了这话,连连点头。

夏夷则瞑目感应片刻,道:"画中气氛祥和,并无险恶妖气。再说以偃甲锁为封印,必是谢衣前辈的手段,他能封印一次,就能封印二次,若无绝对把握,他也不会将此物随手丢在书房。"

乐无异一听,但觉大合情理,点头道:"好,你们不怕,我也不怕。"将钥匙往前用力一捅,"咔嚓"一声脆响,锁眼徐徐转动,轴心深处,流泛炫目金霞,霞光化为光圈,内外六层,每一层均有金光符字。

"乾坤封灵诀。"乐无异一见,不由得咋舌,他能认得出是乾坤封灵诀,但也仅限于此了,心中却不由得一宽,"看来是天意不许我们解开这封印了。"不知为何,当他在一重重解开偃甲锁扣的禁制时,心中生出的感应却越来越沉重,似在提醒他,一旦解开封印,所有的一切都将不可逆转,而未来将生出种种令他无能为力之事……

乐无异说着,便要将六子连环锁重新锁上,却听夏夷则定声道:"且慢。"

随后,就见夏夷则深吸一口气,灵力贯注喉间,清晰的符文从舌尖弹出:

"乾火清明,坤水流芳,虚无屏障,巍巍煌煌,无射钟鸣,豁然开朗……"

却是夏夷则师承太华、法术高深,恰好知晓诸般封印解封术法。

乐无异叹道:"看来真是天意——"

话音未落,只听"当",画轴中响起一记悠远的钟鸣,金光暴涨,法阵扩张,三人猝不及防,均被吸了进去。

"翻——天——印——"天旋地转中,乐无异想起先前在翻天印中的遭遇,失声大喊。

乐无异大叫之时,双手一紧,却是已被夏夷则和闻人羽各自抓住一只手臂,夏夷则和闻人羽也握紧另一只手臂,乐无异心下顿安。只听风声呼啸,似百年,又似一瞬,景物暗换之中,三人双脚落地,四下里张望,乐无异海市外经历过法阵,又有翻天印中的遭遇,此时胸中虽有不适,已较之前好了许多,望向四周,忍不住道:"桃花源!"

只见三人所处,是在一片桃花林中,四周繁花欲燃,清香流溢,透过花林间隙,隐约可见茅檐竹脊。

"这儿……"乐无异惊讶环视,"好眼熟呢!"

"那当然,"闻人羽也是满脸新奇,"这儿是'桃源仙居图'里。"

夏夷则点头:"我们是在画卷之中。"乐无异恍然大悟,原来法阵不仅是封印,也是一道传送符,将三人送进了"桃源仙居图"。

"这,这……"乐无异忆起翻天印,"这是一个幻境?"

"不错。"夏夷则沉声道,"此间风和日丽,一草一木均与人间无异,但却不是洞天,而是幻境。"

乐无异挥一挥手:"管它是洞天还是幻境,既然进来了,不妨仔细游逛游逛。"

闻人羽轻轻皱眉:"我们怎么出去?"

"……"

乐无异这才反应过来，霎时间，先前的游兴消失得无影无踪。

夏夷则也道："好问题，待在下仔细想想。"

乐无异忽地一拍掌："这个，我倒有个办法。"

"什么办法？说来听听。"闻人羽道。

乐无异道："等谢伯伯来救我们不就好了？"

……

闻人羽道："要是谢前辈回来之后，没有发现我们被困在图里，我们岂不是要等个一年半载？"

乐无异道："呃……不过谢伯伯那么厉害，肯定会发现的……吧……"

夏夷则无语，沉思片刻，开口道："在下去北边看看，闻人和乐兄，你们往西去。"

闻人羽道："好，要是有所发现，就以烟火传讯。"

说着，夏夷则便与两人告辞。

乐无异和闻人羽此时便结伴而行，先前的尴尬此时已逐渐消除，二人说说笑笑，自向西行去。

夏夷则路途相反，离开二人，他看那桃源仙居图最久，也最是用心，将目中所见场景与图中景象一一对应，念及桃源深处，有一所茅屋，或有线索，便辨明路径，去寻找茅屋。

不一时，夏夷则果然找到茅屋，却与图画中的一模一样。

夏夷则进了茅屋，却是空无一人，他扫视一周，目光停在屋角的架子上——架子尽头，摆放一枚偃甲蛋，与乐无异、闻人羽的偃甲蛋确是一模一样。

"又一枚偃甲蛋？"夏夷则一见之下，不由得喜悦，取下细瞧，蛋上镌刻谢衣纹章，并有"四—四"字样，没有想到，第三枚偃甲蛋，这样便取到了，只要找到标有"四—二"的第四枚偃甲蛋，四蛋齐聚，或许便能知道通天之器下落，心中不由得又升起希望。

当下收起偃甲蛋，出了茅舍，举目望去——远山悠悠，杳无穷尽，峡谷萦回，难窥其深；远有青山染雪，近有桃花笑春，鸡鸭徜徉，莺啼垂柳，整个幻境自成一体，不知大小远近，若要寻找出路，非得走遍此间不可。

夏夷则试图御剑飞行，长剑暗沉沉全无动静，此处有某种力量，隐隐克制御剑之术，连传送术法的灵力消耗也大大加剧。

夏夷则无奈，漫步向前，走了百十步，忽见远处升起焰火，登时精神一振，迎着焰火快步走去。

到了池边，忽见远处一座凉亭，檐瓦青绿，廊柱古拙，亭中孤零零站立一尊女子石像。

乐、闻二人站在亭前，望着石像发愣。

夏夷则微感诧异，疾步上前，还未走近，忽觉面红心跳，不由得停下脚步，定睛望去——石像不高不矮，不胖不瘦，肌骨匀亭，造化所钟，容貌绝美无俦，众人生平未见，真不知雕刻之人为它耗费了多少心血。

但是，令三人都目瞪口呆的，却不仅仅是那石像的美丽，而是那石像，分明正是纪山故居的"阿阮姑娘"。

夏夷则端详片刻，忽道："不对！这不是石像，而是真人！"

乐、闻二人大惊："这如何可能？"

"封印痕迹极淡，但一试便知。"夏夷则皱眉思索片刻，拿不准这封印究竟是何法门，只得尝试强行破印，拔出长剑，念诵咒语。灵力满溢而出，剑影重重叠叠，剑上光芒越来越亮，徐徐笼罩凉亭，绝美石像也融入其中。

"开！"夏夷则一声轻喝，凉亭里响起碎裂声响，闻、乐二人定睛望去——石像凝立如故，多了若干裂纹。

"怎么……"乐无异正想说"怎么没变"，一阵清风吹来，莲花摇颤、碧水生晕，石像上一层飞末随风流散，露出冰肌雪肤、玉貌花容，就在刹那之间，石像化为一个女子，活生生地站在众人眼前。

女子神情恬淡，似为微风触动，慢慢张开双眼，面颊上最后一些粉末随之掉落，一双眸子静如碧水，澄澈见底，却能陷没万物，一张娇嗔可人的绝世容颜呈现在三人面前。

"呼——"女子一旦醒过来，下意识地轻出一口气，吹走了停留在她额头的蝴蝶。

蝴蝶双翅一扇，恋恋不舍地离开了那女子。

"哇！好美！"乐无异忍不住叹道。

闻人羽看着石像化生，饶是她身为女子，也忍不住胸中一荡：如此娇艳动人的女子，真不似世间人，当为天地所钟灵。看着女子肉嘟嘟的绝美脸庞，闻人羽心里默默念："好想捏一把好想捏一把好想捏一把……"

夏夷则只觉胸膛如受重击，霎时竟忘记了呼吸，只觉天地俱寂，万物无声，除了眼前女子，再也没有别人。有生以来，他第一次感觉身心宁静，仿佛甚深梦境，只愿沉迷，永不苏醒……

嗖，一只小兽闪电掠过，蹭到乐无异的脚背，无异吓了一跳，惊叫："什么东西？"

夏夷则应声一颤，垂下眼皮，女子也目光转动，落在小兽身上。小兽似猫非猫，似狸非狸，身后一簇尾巴，五色斑斓，摇摆灵活。

"阿狸？"女子叫了一声，只因多年沉默，吐字略微艰涩，她俯下身子，想要拥抱小兽，谁想双腿一软，跟跄向前扑倒。

夏夷则一惊，待要躲闪，已来不及，又想搀扶，却觉使不出气力，被那女子一撞，两人一齐摔倒在地。

他一时只想挖个洞钻进去算了。

女子跌坐在夷则身上，面上茫然无措："阿狸呢？我刚才好像看到了阿狸。"她转头望向乐无异和闻人羽，又望望四周，轻声道，"这……这里是哪里？"

闻人羽急道："姑娘，你快起来，那个，夷则被你压住了！"

"啊？哎呀！"少女不好意思地望向身下的男子，手忙脚乱跳了起来，"对不起呀，我刚刚醒来，没看到你……"

夏夷则不知何时，脸都红了，仍是一个字也说不出来。

少女又道："你怎么不说话？我已经说对不起了，你应该说不要紧才对。"

强词夺理！夏夷则暗暗咬牙，努力挤出两字："无妨。"

少女嘻嘻一笑，向夏夷则眨了眨眼："这还差不多。"

无异挠头："啊，这位姑娘，你长得真好看，声音也好甜。"忽有所悟，"等等，这一路遇到的女孩子，只要声音好听，就全是妖怪，你不会也是吧——"话音未落，突然脚面剧痛，却是闻人羽狠狠踩了他一脚。

"妖？我不是妖啊，我看你长得怪怪的，眼睛颜色也不对，你才像是个妖怪呢。"却听那少女鼻子中发出一声轻哼。

"啊——哈哈哈……"这姑娘伶牙俐齿，乐无异只觉有趣得很，追问，"姑娘你叫什么名字？是不是姓阮？为什么会被封印在这儿？"

这一问再简单不过，少女脸上却浮现出茫然神情，她皱着眉，想了想，道："我是巫山神女。至于为什么在这儿……"一顿，眉梢轻挑，显出顽皮神色，"咦，我为什么要告诉你们？你们又是谁呀？"

三人听及"巫山神女"，都吃了一惊，面面相觑。虽然一早隐隐觉得这少女来历非凡，却未想到竟有如此的大来头。

乐无异忍不住又脱口而出："巫山神女？这一路遇妖怪遇法宝遇流月城，这回居然遇上仙女了？"

夏夷则也道："巫山神女？'巫山之阳，高丘之阻，旦为朝云，暮为行雨'……"

少女皱眉向夷则道："你在说什么？我听不懂，不喜欢。"

"……"夏夷则再次无言以对。

闻人羽想了想，上前道："这位姑娘，我叫闻人羽，是百草谷天罡；这是乐无异，那位是夏夷则夏公子。"

乐无异道："嗯，我们是一不当心进来的。你呢，当时怎么被封印？"

少女愁眉紧锁:"我……为什么……被封印?"她双手捂头,似乎迷乱痛楚,"奇怪……怎么……想不起来……"

夏夷则道:"想不起来?那你又为何会在谢衣画卷之中?"

"啊——"巫山神女猛地醒悟过来,"谢衣哥哥!对了,我得去找谢衣哥哥……我记得……我好像有事找他……"

闻人羽道:"神女姑娘,谢前辈应该会很快回来,只是我们被困在这画卷里,只怕他一时也察觉不到。请问你知不知道,怎么才能出去?"

少女皱着眉头想了想:"知道是知道,不过那法子我也不太熟。"见三人眼色殷切,她眸子一转,狡黠道,"好啦好啦!本神女大发慈悲,给你们一个机会。"说着,终忍不住笑出声来,"只要你们追得上小红,我就帮你们。"

三人正要追问何谓"小红",已听神女娇声喝道:"小红!"

一团火光跳跃而出,化为一头大豹,素白皮毛上布满火红斑纹,两只眼睛宛如火炭,转动之间,光芒炽烈。

"小红,好久不见!"巫山神女伸手抚摸豹子皮毛。豹子趴在地上,神态甚是惬意。猛兽美人站在一起,狰狞明艳,反差鲜明,闻人羽、夏夷则也算见多识广,望见这幅景象,均是目瞪口呆。

巫山神女一翻身,轻盈跨上豹子,豹子抖擞站起,威风凛凛。神女又一招手,先前那狸猫纵入她怀,一女二兽停在池边,洪荒苍凉之气扑面而来。

神女甜甜笑道:"好,开始了!"说完双腿用力,赤豹一蹿而出。

"唉!这就跑了?"乐无异傻呆呆地望着神女背影,"奇哉怪也，她真是神仙？神仙是这样的？"

"呆瓜，你还发呆！"闻人羽给他一掌，"快追啊！"

"啊，对！"乐无异如梦初醒，却见一旁夏夷则早已飞身掠出。

这一次，乐无异三人仍是齐头并进、快慢难分，前行迅疾。可是，无论他们如何加快速度，神女仍远远在他们前面。

夏夷则心道："这样下去，不是办法。"计算神女前行路线，默念法诀，看准时机，不顾灵力损耗，一个传送术法，身形一晃，已拦在神女前方。神女大吃一惊，"咦"了一声，赤豹反应迅捷，立即慢下脚步。

夏夷则一礼："还请神女留步。"

神女奇道："你从哪儿冒出来的？不对，你使诈，凡人才追不上小红呢！"

夏夷则无奈道："在下略通传送之术。"

神女皱眉，哼道："骗人，你再传一个我看看？"

唯女子与小人难养也。夏夷则只得应道："好。"身形一闪，出现于两丈开外。却见女子一笑，道："呆瓜！"一拍赤豹，"走了！"赤豹应声跃起，快逾流星闪电，一闪即逝。

夏夷则愣在当场。乐无异、闻人羽二人已然赶上，见此情状，乐无异摇头叹气，边跑边道："夷则你笨啊！她说传你就传，干吗这么听话！"

夏夷则一面拔足追赶，一面道："在下只是……只是……"

——究竟怎么个"只是"法，却声音渐弱，说不清了。

这次神女风驰电掣，很快连人影都看不见了。

三人跑了一阵，忽见一处法阵，四周瞧瞧，不见神女踪迹。闻人羽低头察看，说道："她来过这儿。"手指地上浅痕，"这是豹爪印迹。"

夏夷则审视法阵，说道："这是传送之阵，应该是幻境出口。"

闻人羽犹豫道："可她不是说，要追上她才让我们走？这该不会是陷阱？"

"不会吧？"乐无异一脚踏进法阵，伸脚试探，跺了跺地，"怎么说也是神仙，试试看喽？"说着双脚恰好踏上法阵，人影一闪，已然消失。闻人羽大惊，急道："笨蛋你等等我！"说着顾不得其他，踏上法阵，瞬间不见。

夏夷则拦阻不及，瞠目结舌，一人待在原地。如今只留他一个，便纵有万般智计，更与何人说？只得长叹一声，破罐破摔，也即跟了上去。

倏忽天旋地转，三人站稳，四周典籍遍地、书香满屋，却是又回到书房。"好哇。"乐无异大笑，"这不回来了嘛。"

"哼！"神女的声音传来，虽是逼问，仍显娇俏可爱，"谢衣哥哥呢？他怎么不在？"

三人循声望去，神女两手叉腰，气冲冲坐在一张书桌上面。赤豹趴在一堆书上，懒洋洋翻着肚皮。

夏夷则拱手为礼："多谢神女助我等脱困。"

神女哼了声，扫三人一眼，道："你们该不会骗我的吧？谢衣哥哥到底在哪儿？你们跟他说，阿阮回来了。"

乐无异正待开口,忽听门外传来脚步声,却正是谢衣归来。

谢衣望见屋中多了一人,也不免有些诧异,只微微看了一眼,便望向乐无异,道:"她是?"

神女看着谢衣,脸上显出无比委屈的神色,她开口想说什么,却一时愣愣的,眼中蒙上一层雾气。

乐无异三人也吃了一惊:怎么谢前辈不认识阿阮姑娘?

谢衣拧眉,看着神女,蓦然心中一动:"这位姑娘,请问你是?为何你与桃源仙居中那尊石像一模一样?"

神女望着谢衣,茫然无措,轻声道:"你在说什么呢!谢衣哥哥,你不记得我啦?我是阿阮呀!"

"阿阮?"谢衣不胜困惑,"姑娘恕罪……除却画像,我们何时见过?"

神女错愕,眼中泪光闪动,几乎便要哭了,却什么也说不出来,看得人好不忍心。乐无异忙道:"谢伯伯,她在桃源仙居图里,被人封印,变成了石像,是我们解除了封印。若不是她,我们至今还困在桃源仙居图里呢。"

"那尊石像?"谢衣恍然,"原来那是个封印?"言下之意,仍是对神女来历、封印事由毫无印象。

阿阮不胜失望,望着谢衣,目光凄惶:"这、这是怎么回事?谢衣哥哥,我的名字还是你取的呢,你也忘记了吗?'阮'这个字,也是你教我写的。"

谢衣曾至纪山,自然也见过故居种种物件,心知阿阮所说并非杜撰,但他全无印象,又不能贸然相认,一时既愧疚又为难。

夏夷则见阿阮难过，也觉心酸，想了想，道："谢前辈，方才解封之人正是在下。在下才疏学浅，当时并非辨识出那是何种封印。但细细想来，确有一种罕见法门，能将生人化为石像。"

谢衣神情凝重："是何法门？"

"岩心玉诀。"夏夷则道，"此术一旦施展，唯有施术者才能解开。封印之内时间与外界不同，数年如同一瞬，故而此术多用于保存易朽之物。然而此术最多维持百年，百年期满，封印便会自行瓦解。"

谢衣略作思虑，忽然转身去往一侧书架，在底层翻找片刻，找出一本陈旧古籍，哗哗翻到中间。乐无异凑上一看，那书中文字复杂难识，但依稀可见"玉""诀"二字。

谢衣颔首道："不错，确有这种岩心玉诀。"

夏夷则道："解封之时，在下便觉过于顺遂，不合常情。现在想来，在下之所以能够解封，应是百年之期已至，封印本已松动之故。"

"一百年吗？"阿阮失神，迷茫怅惘，"这一百年，究竟发生了什么？又是谁把我变成石头的？"

"姑娘全不记得？"谢衣皱眉问道。

阿阮茫然摇头。

谢衣默然，细读那古书记载，片刻后，抬头道："据此书记载，岩心玉诀颇为霸道，倘若解封不全，易致神识错乱、记忆颠倒。"转向阿阮，柔声抚慰道，"姑娘放心，我定全力助你。诸位请随我来。"

众人各怀好奇，跟随谢衣来到庭院。谢衣示意阿阮站立中庭，念诵一段咒诀，抬手一挥，阿阮脚下出现法阵，白光灼灼，将她徐徐吞没。

夏夷则一边观看，深感佩服。他天资极高，但若要将"岩心玉诀"这等术法运用纯熟，少不得演练十天半月，远不及谢衣过目不忘、举重若轻。

阿阮只觉身子变轻，仿佛飘在空中，她徐徐睁开眼睛，四周人物消失，只有朦胧白光，光华里浮现一个影子，仔细看来，正是谢衣。

"谢衣哥哥。"阿阮叫了一声，谢衣回头望来，似乎有些哀伤。

"阿阮。"谢衣语气轻柔。

"谢衣哥哥。"阿阮又惊又喜，"你认出我了？"

谢衣神情如故，继续说道："阿阮，我明日便将出发前往西域，你当真不肯离去？"

"西域？"阿阮惊道，"什么西域？"

一个声音从她身后响起："不，我要一起去！"阿阮听得耳熟，回头望去，惊讶地发现身后也站着一个"阿阮"，赤豹趴在一旁，阿狸在"她"脚边玩耍。

"这……"阿阮呆了一下，恍然有悟，"这是封印的记忆？"

记忆中那位谢衣哥哥黯然叹息："此行即便只我一人，亦是风险巨大。若带你同去，岂非平白无故连累于你？"

昔日阿阮揪住他的袖子，急道："就是因为危险，才更要去呀！"

谢衣任她拽着，劝说道："阿阮，莫要任性。"

见谢衣态度并未软化，阿阮愈加着急："为什么每次都要我听你的，我就不能有自己想做的事吗？"

谢衣长叹一声："若有想做之事，更应珍重性命。"一挥手，一片灰白从"阿阮"脚下升起，有如一个硕大圆环，将"阿阮"禁锢。

阿阮尝试走动，却怎么也冲不出圆环，急得快要哭了："谢衣哥哥，这、这是什么？"阿狸也"吱吱"尖叫起来。

"这是岩心玉诀。"谢衣苦笑，"此术可将你封印为一尊石像，沉睡于桃源仙居之内。大约唯有如此，才能将你留下。"

"你怎么能这样！"阿阮的下半身飞快地石化，"快放开我！我不要变成石像……"

"若是我能够顺利取得捐毒国国宝指环，自当回来为你解封，向你请罪。"谢衣身影模糊，声音也逐渐缥缈，"若是我未能回来，百年后封印便会自行瓦解……封印之中，百年时光不过弹指一瞬。待你破印而出，想必人事皆已茫茫……但愿你能善自珍重。"

"不要，我宁可一起去！"阿阮大叫，"谢衣哥哥，我想得很清楚了，你不能随便替我下决定，谢衣哥哥……"

"天下无不散之筵席。但愿有生之年，还能再会。"

谢衣转身离开，消失在一片白光之中。

"你回来！"阿阮惨呼一声，猛地睁眼——繁花交杂、清风拂面，她独立中庭，泪流满面。

众人不胜惊讶，纷纷围了上来。

阿阮咬牙忍住抽泣，注目谢衣，似乎第一次将他看清："谢衣哥哥，你不记得了吗？当年封印我的人，就是你呀！"

此言一出，众人皆惊，谢衣微微一怔，低声自问："是我……"

"当年你说，你要去西域，找一个什么捐毒国宝指环。就为了这个，你就把我封印了整整一百年！"阿阮美目之中怒色翻滚，"那现在呢？你找到那指环不曾？给我看看，到底有多么宝贝！"

一时静寂，众人或震惊或沉思，相顾无语。

许久，谢衣道："我身边确有许多捐毒国古籍画卷，不知是何时收集而来。但……"他抬手，幻出一卷偃甲簿册，上书"杂物志"三字，凌空悬浮，哗哗自行卷动。谢衣一目十行浏览一遍，沉声道，"多年以来，我身边从未有过指环，或者形似指环之物。"

"那就是没找到？"阿阮气得跺脚，"当年你说得那么吓人，还硬把我封成石头一百年，结果居然没找到？你对得起我吗？对得起阿狸、小红吗？"

谢衣被她说得哑口无言，叹了口气，深深一揖。

阿阮怒气稍平，摆手道："我平白被你封印，倒霉极了；你没找到想要的东西，也很倒霉。既然都倒霉，我不和你计较，勉强原谅你啦。"

谢衣苦笑道："多谢阿阮姑娘宽宏大量。往后若有机缘，我必加倍补偿。"

一旁闻人羽忽道："那个捐毒指环，可是十八年前灭亡的、捐毒国的东西？"

"想来是的。"谢衣点头，怅叹道，"捐毒……未曾想，竟是捐毒。"

闻人羽想了想，道："就阿阮姑娘所言，谢前辈百年前势在必行，而且知道前往西域会有危险，否则绝不会将她封印。可是……"说到此处，沉吟不决。

谢衣道："这便是最不可思议之处。势在必行，却一无结果、二无记忆。"略作思索，问阿阮说，"姑娘可知，所谓危险，究竟是指什么？"

阿阮茫然道："你问我？从前你什么都不肯同我说。"说着努力回忆，片刻方道，"我不知道。我只觉得，从一开始，谢衣哥哥好像就在躲避什么人，很少在一个地方停留太久。"

"躲避……"谢衣停顿一下，瞑目叹息，"如此，我明白了。"

夏夷则从旁看去，只觉谢衣似乎有所领悟，便问道："前辈可是已有所打算？"

谢衣点头："不错，我想尽快前往西域。"见众人面露诧异，解释道，"当年我甘冒大险前往西域，可见那枚捐毒指环十分紧要，还是尽早将它找到为好，此其一；而此事蹊跷，要知晓我究竟在西域有何经历，指环是唯一线索，此其二。"

阿阮又是着急，又是生气，本待阻拦，被他这么一说，却没了道理，蔫蔫站在一旁，巴巴看着无异三人，指望他们想个法子。可是无异三人眼中，谢衣乃是宗师前辈，他若心意已决，旁人实在无从劝解。只有夏夷则说了一句："请恕晚辈直言，当务之急，或许应当先厘清来龙去脉。"

谢衣道："也有道理。我稍后便去查阅捐毒古籍，或有收获。"又看向阿阮，"阿阮姑娘，我另有一事相问。在你看来，我与百年之前相比，可有什么异样？"

阿阮蹙眉思索，道："我觉得，是有些不一样了，但我说不大清。当年的谢衣哥哥可好玩了，根本不会'姑娘'来'姑娘'去的，而且……"说着环顾四周房舍草木，"从前你可喜欢造新房子了，每过几个月就要全部折腾一回……可是已经过了一百年，这儿怎么一点儿也没变？"

乐无异听了，忍不住摸摸鼻子一笑："原来谢伯伯以前也是和我一样啊。"

谢衣也微微一笑，但眼中神色凝重："看来那一趟西域之行，确是对我举足轻重。"

突然，闻人羽上前一步，行天罡礼节："谢前辈，救命之恩不可不报，而我师父之事又毫无线索，不如先陪同前辈前往西域可好？"

"我也去！"乐无异热血上冲。

谢衣摇头婉拒："此行风险难以预计，我恐怕难以护你们周全。"

闻人羽道："谢前辈，假设百年前你在西域遭遇意外，因你全无记忆，如今重去，只怕重蹈覆辙。不如晚辈们同行，也好有所照应。"

夏夷则也道："恩重必酬，在下愿为谢前辈略尽绵力。"

"对！"乐无异点头如啄米，"要是连这点儿小忙都不帮，那我们成什么人啦！"

一边阿阮不知怎么又生气起来，嘟嘴道："他们都去，我凭什么不去？"

见四人神色坚定，谢衣低头沉思片刻，皱眉道："你们可想清楚了？"

众人点头，乐无异道："当然想清楚了。君子一言，驷马难追！"

谢衣向四人一礼，叹道："谢某何德何能，蒙诸位如此盛情……多谢！"

闻人羽笑道："前辈不要多礼。我们跟去也多半只是添乱罢了，倒该谢谢前辈不嫌弃我们呢。"

谢衣摇了摇头，道："不敢当。"又道，"方才各位误入之处，乃是法宝'桃源仙居图'。如各位所见，此图内自有河川日月，可作存放行装、提供补给之用。稍后我将它的驭使之法告知你们，往后便能自行出入了。"

乐无异拊掌笑道："那可就太方便了。不过，我们何时出发？"

谢衣道："你们伤势已近痊愈，事不宜迟，明日便上路吧。请各位今夜整备行装，我亦有事务尚待处理。明日一早，前厅再见。"几人领命。

阿阮与谢衣百年不见，本有许多话说，偏偏后者丧失记忆、几如陌路，神女无奈，只身回房，闷闷睡去。

静湖·雨忆

　　湖中岛极大，楼宇房舍不少，五人分住各个庭院。入夜后，乐无异想到明日就要离开，心有不舍，但一想到有谢衣同行，不知有多少知识可学，又激动难耐，横竖看不进书去，索性躺在床上，看外面的明月斜照进来，满室清辉。

　　想到千里之外，远在长安的爹娘不知现在如何了，忍不住牵动离愁别绪，忽地想到自己与闻人羽初出长安之时，在郊外曾向娘亲释放过一只偃甲鸟，此事已过了许久，却迄今仍未有声息，忍不住惦念。

　　想到娘亲平素最喜欢明月，若逢月圆之夜，常拉自己和父亲到园中开阔之处，赏月，吃月饼。娘亲曾说，每到明月圆升，你在望月时，你思念的人也会在思念你，那时就好像借着圆月，你与思念的人也相互望见一样。

　　一念及此，乐无异走出屋子，来到庭院中，望向明月，任月光沐浴全身。

"父亲，娘亲，不知道你们还好吗？我找到谢前辈了……"乐无异轻声说道。

他话音未落，忽听空中有熟悉的风声，浑身猛地一激灵，一抬眼，却见正是自己先前所释放的偃甲鸟。

乐无异刚刚接过偃甲鸟，就听一个声音道："月明如镜天如水，乐公子可是来赏月吗？"

乐无异一转身，就看到了谢衣，忙道："谢伯伯！我吵到你了吗？"

谢衣笑道："怎么会？如此良夜，自当赏爱。"视线不由得落向乐无异手中，看到他手中偃甲鸟，不由得讶异，"天婴为骨，碧蚕为筋，金线为络，火玉为心。"说着一笑，端详乐无异片刻，道，"时间真如白驹过隙，转眼又是十数年。清姣目下仍在长安吗？"

乐无异惊喜交加，谢伯伯一定已经看出，这偃甲鸟和当年长安那只，构造用料一模一样！所谓近乡情怯，他见到谢伯伯之后，一直未敢吐露，幼年时曾在长安与谢衣有一面之缘，唯恐言辞唐突，被谢衣当作轻浮之人。

"嗯！"乐无异用力点头，"那以后，我便缠着我娘亲学习偃术。现在，终于又见到谢伯伯了。"

谢衣微笑："你可还记得，那时我曾对你说过什么？"

乐无异大力点头："当然记得，怎么会不记得。你说，有朝一日我偃术大成，自然就会知道你的名姓。"

谢衣颔首："不错。想不到当年无心之言，竟然……"说着微微一笑，喜忧难辨，"看来冥冥之中，早有前缘注定。"

乐无异愣一下，深施一礼："谢伯伯，您对我有半师之分，请受我一拜！"

谢衣伸手阻止："何须行此大礼？我并未真正授你技艺。"

乐无异道："不，要不是您，我可能一辈子都不会学偃术，一辈子都不知道做偃甲有多开心！谢谢您，真的！"

谢衣不着痕迹略微侧身，让开些许，笑道："你颖悟极快，无论剑法还是偃术，均是大有潜力。只可惜，术法根基还是薄弱了些，将来驭使大型偃甲会十分吃力，得着意补足才是。"

乐无异用力点头："我一定会更加用心的！总有一天，我会变成像谢伯伯一样厉害的偃师！"

谢衣颔首，微笑："那，我便拭目以待了。"

两人一时沉默，任明月清辉照耀。

"我上次见到令堂之时，还是十八年前，那时——"似是想到往事，谢衣语气有些沉重。乐无异隐隐察觉，他似乎有话要说，却最终只是叹了口气，问道，"不知令堂和采薇可还安康？"

"娘亲一切都好，就是我常常惹她生气。"乐无异乖乖道，"娘亲先师呼延前辈，她已过世多年了。"一面说，一面小心偷瞄谢衣，唯恐惹他伤心。

谢衣果然怅叹："枯荣流转皆为天道，非人力所能更改。想来这人世间，历经百年寒暑却毫发无改的，大约也只有我一个。"

乐无异看着谢衣，想到这百年来他避世隐居、孤身飘零，往时亲友一一辞世，不由得一阵难过："谢伯伯……"

谢衣似乎知他心意，摆了摆手，微笑道："活得久了，终究难免孑然飘零，习惯了便也无妨。"他看着乐无异，温言道，

"倒是你——千辛万苦找到了我，莫非竟一无所求、一无所问吗？"

乐无异忽然一愣。

近十年中，他无数次想过，倘若再见到面具人，定要向他好好讨教。这一路上，他更是无数次揣想，等见到谢伯伯，要请教偃甲的关节、导灵栓、镇灵仪、导灵线部件改良方法，最好多多讨要偃甲图谱。回想当日他离开长安，更曾发话要学成偃术，以偃术做成非他不可之事……可事到如今，谢衣就站在他面前，他却忽然失去了追问的兴致。

抓头思索片刻，乐无异磕磕绊绊道："嗯……其实……我有件事想问……"

谢衣点头，示意他说下去。

"那个，我是个再肤浅不过的人，觉得什么好就要什么，觉得什么有趣就学什么，从来不会想太多。对偃术也是一样。看过您的偃甲鸟之后，我觉得偃术很了不起，才下定决心要学。但是，等学会之后，我又要用偃术去做什么？世间是否真有非我不可之事？这个问题，今天之前，我竟从未想过。"

谢衣温和望着乐无异，有如这温暖良夜，清辉月光："那，你是想问，我为何要修习偃术？"

乐无异仰头看着谢衣："对，能告诉我吗？"此时他还是少年，望向谢衣时，要微微抬头仰望。

谢衣微微一笑，抬头看向月亮："我生于一处苦寒之地。那里距离中原十分遥远，植被稀少，六月过后便严寒封冻，举目只见一片荒凉。因为气候恶劣，我们族中有许多人罹患恶疾，病痛缠身，盛年夭亡。自出生起，我日夜目睹的，便是如此景象。"

乐无异不禁悯然:"居然有那样的地方?那些人太可怜了。"

谢衣喟叹道:"你说得对,大家都太可怜了。所以我自小便想,有没有一种方法,能稍微帮帮大家,于是我开始研习法术。后来……"他声音中略微带上笑意,"我遇到了我的恩师。"

乐无异诧道:"谢伯伯的师父?谢伯伯也有师父?"

谢衣微笑,流露暖意:"自然有,难不成谁生来便通晓偃术?"

乐无异不由得神往,也望向那圆月:"也对。那谢伯伯的师父,到底是什么样子的?"

谢衣闻言,垂下眼睫,沉默一瞬:"我师父——他是个异常出色的人。无论修为、智谋、胆识抑或担当,于我看来,即便时至今日,仍不作第二人想。"复又抬头,望向月亮,"就如这高天孤月一般……遥不可及、如冰如霜,却又独自照彻漫漫寒夜。"

月华如霜,一时覆满眉间心上。

"第一次见到他的情形,我一生都无法忘怀。那个时候,我被人领着,走过长长的甬道,走到他面前。他静静看我一眼,然后问我——为什么要学法术。"

谢衣淡笑,感慨:"那年我只有十一岁,比当初的你稍大而已。我说,我学法术,是为了让大家过得好一些。如今想来,那真是个天真得——甚至有些好笑的答案。"

乐无异看看谢衣,一脸不敢苟同,摇头道:"不会啊。想让别人过得更好,这不是个很好的愿望吗?"

谢衣一笑:"当年他也是如此说。不过,随即他又说,法术再高深,也不过能让一人不畏冰雪。而族中其余不擅法术的人,又该怎么办?"

听到此处,乐无异不禁设身处地,出神思索。

谢衣轻叹一声,道:"后来,我成了他的弟子。他教授我法术之余,命人传授我一些简单偃术。偃术和法术不同,只要设置得当,常人也能驱策其劳作——而我也由此发觉,这,才是我真正寻求之道。"

"对!"乐无异豁然抬头,双眼晶亮,谢衣一时错觉见到了当年的自己。只听乐无异急急道:"学法术要天资、要师承,还得下几十年苦功,而偃甲只要制作得当,总有一天,普通人也能轻松运用。"

谢衣点头,笑道:"正是如此。几年之后,我偃术略有小成,开始与他协力制造一座偃甲炉,以供寒冬时节族人取暖。只可惜,未及完成,我便离开了故乡。"他转头望向湖中,长夜岑寂,冷月高悬,正契合此时复杂心境,"之后那么多年里,除却梦境,我再也未能回去。"

一时无话。

片刻,乐无异轻声感慨:"原来,谢伯伯是为了族人。"说着低下头去,自觉惭愧,"我没有这么高尚的愿望,也难怪想不出偃术的用处了。"

谢衣看着乐无异少年的脸,温和笑道:"人都是很固执的。尤其在选择要走哪条路时,更是半点儿不能强求。所以我也无法告诉你,偃术究竟有何用途。我只能说,你最想要什么,就去做什么，那就是你自己的道。"

月光下，谢衣仍是微笑，却莫名让人觉得，他心里，怕是很难过的。

"世间万物皆如梦幻，终将湮灭散逝，即便你我也不例外。就趁着这留驻于世的短短瞬间，玩个尽兴吧。"

夜风轻拂，无异独立水边，神游物外。

谢衣已经离去。但他的那番话，却让乐无异心神萦绕。

"玩个尽兴……"乐无异心道，"可是，我一个人开心，有什么意思？但愿大家喜欢我做的偃甲，大家都能好好在一起。"又想，"可也没错。大家伙好好在一起，可不还是想方设法到处玩吗？"

想了许久，慢慢绕回庭中，挑了块青石，随意坐下，不禁自言自语起来："谢伯伯刚才说，我法力不够，所以很难驱使大型偃甲。但是，如果有其他强大驱动力的话……比如，剑灵？"

乐无异取出晗光剑，不住端详："剑有剑灵，要是，偃甲也能有偃甲灵？"

"白日做梦。"禺期的声音传来，乐无异回头望去，剑灵飘浮半空，冷冷望着自己。

"欸？"乐无异大惊，"你……你又出来了？！"

禺期鼻子里"哼"了一声。

"出来也好。"乐无异想到当日朗德之事，忙道，"那个，那天真是对不起，你肯冒险来帮我们砍树，一定也是出于好心。不过，你往后能不能好好说话，有时候我是真的听不懂啊……"

禹期面上一红，双手环胸，扭头去看别处："闲话休提。小子，莫生邪念，往后不许再打剑灵的主意，偃甲灵更是万万不行！记住了没？"

一路几番相见，乐无异知道禹期面冷心软，讨价还价道："那你总得给我个理由啊。"

禹期冷冷道："小子无知，想必从未听闻——所谓剑灵，均是以生灵殉剑而成！"

"生灵？"乐无异一惊，起了一身鸡皮疙瘩，"意思是，人？"

禹期点头，声色俱厉："小子，你可知道，古往今来，无论铸剑术、偃术还是法术，它们得以流传的契机，无一例外，均是一次次的三界浩劫。若无争斗，何须有剑？若无战事，何须木牛流马？若是没有苍天不仁生灵涂炭，又何须呼风唤雨撒豆成兵？无论铸剑师还是偃师，要想真正绽放光华，唯有待到天地倾覆、沧海横流之时……"说到此处，微微冷笑，"而又有哪个天赋卓绝的匠人，能不向往那也许仅仅一瞬的无上荣光？"

身为偃师，乐无异自然知道，他所说并无半分错处。

禹期眉头紧锁，似乎忍受痛楚："唯有生灵殉剑，方能化出剑灵。大约也是因此，晗光深具邪性，饮血越多，便越发锐不可当，若长久无血可饮，便转而吞噬剑主气力精神。所以自古以来，晗光剑主多为沙场将领，千百年来，晗光剑主无一善终，且身后多半众叛亲离身败名裂，无一例外。"

果然，晗光是一柄邪剑。乐无异几乎对禹期生出同情："禹期，你是剑灵，那么难道你也是？"

禹期面上雷火纹一爆,火星四溅。他双手捧头,弯下腰去,似乎痛苦难当:"唔,又、又来了……"

乐无异急忙起身搀扶,却被禹期一把甩开,只听禹期忍痛道:"片刻就好。每当回想……当年之事……吾便会如此……"

乐无异心下抱歉,心说早知如此,便不该多嘴。一时便如抚慰猫儿狗儿一般,轻拍禹期后背,禹期被他拍得大为光火,却实在无力追究,只得由他去了。片刻后,禹期剧痛缓解,立刻道:"还不停手?"

乐无异乖乖停了动作,道:"能不能告诉我,晗光究竟什么来历?"

禹期沉默片刻,道:"晗光尚未铸造完成。"

"什么?"乐无异心思一转,隐有了悟,"所以才会这么邪异?"

禹期神色万般不愿,却只能点了下头,缓缓道:"上古之时,伏羲命众仙匠铸造神剑,有人聚星屑玉魄铸成神剑昭明。后来,天柱倾覆,洪水不退,伏羲便以昭明斩断巨鳌四足,用之撑天。"

乐无异不免惊叹:"这铸剑师真了不起。"

禹期摇头:"刚者易折,斩断鳌足之后,昭明便崩裂破碎。仙匠冥顽不灵,为解开昭明碎裂之谜,不惜顶撞伏羲,乃至一怒之下私自下界。他夙愿未了,誓要弥补昭明之憾,后来,他铸造了晗光。"

"但晗光未能铸成……"乐无异若有所悟。

禹期叹道:"他太过痴迷铸剑,最终阴差阳错之下,以禁忌之法铸造晗光。因此,他身受天谴,晗光尚未铸成,他便已死去。"

乐无异默然。许久,方道:"心血之作突然坏了,要换了我,我也一定会尽力追查。只是,一生耗于一个执念,最终却还求而不得……这也是个可怜人……"

禹期淡然道:"求仁得仁,有何可怜?"

乐无异又想片刻,竟不知更有何言足以安慰,讷讷道:"你放心,我可以对天发誓,我绝不会做什么偃甲灵。"

"要做便做,与吾何干?"禹期大不耐烦,身形淡去,"来日若受天谴,莫要滚地哭鼻子,没得让人恶心。"

他说得难听,用心却是极好,乐无异"嘿嘿"一笑,拱手道:"禹期前辈,多谢你。"再抬头时,禹期已然不见。

禹期既走,乐无异也想回房,忽然想起一事,掏出先前那偃甲鸟:"糟糕,差点儿忘了,还没听爹娘的传信。"摆弄两下,凝音石得到激发,傅清姣的声音凭空响起。

"无异孩儿,在外可好?家中一切如常,不必挂念。只是,有一件事,娘亲要告诉你。你身侧可有他人?此事要紧,务必不让第二人知晓,切切。"

娘亲罕少如此郑重,恐怕是有要事。乐无异四下望望,确认空庭之中,仅有自己一人,这才继续倾听。沉静少顷,偃甲鸟才开口续道:"与你同行的那位闻人羽,恐怕不是个好人。你要小心提防。"

"什么?"乐无异愣了半晌,才反应过来。

"闻人羽,不是好人。"娘亲重复一遍,"你可还记得当日,真假萧鸿渐一事?那先入府的萧鸿渐,便是闻人羽易容而成。"

"啪"的一声,偃甲鸟落地。

但偃甲继续运转,娘亲声音并未停歇:"藏头露尾,显非善类。但问题还不止于此。你爹已经查清,闻人羽及其同伙,之前将一个断魂人带到了长安附近。你可知道断魂人?有种断魂之毒,中者神识癫狂,而后麻木不仁,十八年前曾酿成大祸。如此想来,这闻人羽心思缜密、行事果断,只怕所谋甚大。目下,此事尚未彻底清查,但,无异孩儿,你要记得,无事献殷勤,非奸即盗。世间最毒,莫过于人心。你自小长在乐府,不知人心险恶,不是闻人羽的对手,务必不要打草惊蛇。与你同行的另一人,爹娘已知他身份,你可以信赖。一切仍以小心为上。若是玩够了……"

傅清姣一声轻叹:"若玩够了,便早些回来,爹娘想你了。你爹要同你说话——"

一阵窸窸窣窣声,无异听到父亲一声端矜的咳嗽声,最终只是沉声说道:"从前做过什么,自然十分紧要,但更紧要的,还是正做什么、往后会做什么。"

一时间,乐无异分辨不出,这是在说他,还是在说闻人羽。

至此,传信结束,再无什么声音。乐无异弯下腰,捡起偃甲鸟,仔仔细细拂去鸟上尘土。

"该给爹娘回个信。"他想。

"用说的不大好,还是写信更稳重些。"他想。

"谢伯伯说得对,好好学法术,才能让凝音石再多存几句话。"他想。

"人家都拿星屑玉魄来铸剑了,我还在用什么天婴碧蚕,忒小家子气,往后得屯点儿好材料。"他想。

想着想着,一不留神,手中"咔嚓嚓"一阵脆响,偃甲鸟羽翼折断,跌落在地。

"什么!坏了?"身后蓦然传出一声。

乐无异慢慢捡起地上那片残翼,这才转过身去。

闻人羽笑靥如花,向他走了过来:"这么晚不睡觉,又偷偷琢磨偃甲?"

这一刻,乐无异几乎以为自己身在梦中,虚浮无力,心绪渺茫,身遭一切尽如虚幻。他不假思索道:"为什么?"

闻人羽一怔,皱眉,伸手探他额角:"你发烧了?脸这么白。"

乐无异下意识后退一步。直到此刻,他才反应过来,面前并非幻觉,而是真真切切的闻人羽。他略一怔忪,神色便恢复如常:"哦,闻人……没事,我的偃甲鸟坏了,我在想该怎么修。"

"这鸟——"闻人羽眨眨眼,想起了当日江陵郊外一夜惊魂,笑道,"你爹娘回信了?说了什么?"

乐无异敷衍道:"也没什么,好一通唠叨,要我保重身体。"闻人羽笑道:"有人唠叨还不好?我可想要爹娘成天跟在我后边,不停念叨我呢。"

乐无异又默然无话。两人面面相觑,片刻,乐无异道:"闻人,你帮过我那么多,我应该谢你的。"闻人羽莫名其妙:"这是什么话?怎么突然说这个?你撞到头了?"拉起他就要走,"我有药,走,吃药去。"

乐无异任她牵着，喃喃道："我只是突然想到，你对我这么好，不管要我如何报答，也是应当。"说着笑了起来，"若没有那些事，便也遇你不上。这么一想，也不能埋怨了，哪能什么好事都轮到我。当初我是没得选，如今可以选了，也还是觉得这样最好。"

闻人羽停下，细细打量他两回，皱眉道："你说什么呢？"

乐无异摇头连声道："没什么，没什么。"反过来拽起闻人羽，向那花叶扶疏之处走去，"明天就走了，咱们好好看看，这可是谢伯伯家，忘了可惜。"

明月有情，不肯为云半寸遮挡，尽情挥洒，有如白昼。

两人一路来到湖心岛高处一座塔刹之上，想到当日在偃甲飞船上，两人在桅杆上眺望长安的场景，忍不住相视一笑。

闻人羽跃上塔刹，一伸长枪，乐无异握住，两人径直上了刹顶，并肩去看圆月。

乐无异兴致并不高，默默无话。闻人羽却如若未觉，似乎心情极好，她看着月亮："我听说月亮最圆的时候，许愿总是会灵的。"

乐无异点了点头。

"你有没有听过一个'镜中人'的传说？"闻人羽看着月亮，悠悠说道。

"唔……啊？"乐无异一个不防，"镜中人？"

闻人羽道："小时候，我在一本画册子上见过。在这个世上，有一个人叫作镜中人，与你的命运息息相关，这两个人一旦见面，就会互相吸引，觉得好像就是一个人一样，这就是镜中人。"

"那不就是一见钟情？"乐无异想了想道。

闻人羽摇头道："这两个镜中人的运气值是恒定的，比如一共是一百，一个人的运气值是五十，另一个人也是五十，一个若是七十，另外一个就是三十……"

乐无异反应过来："那若是一个人的运气是一百，另一个人……"

闻人羽轻轻点头："恐怕就要死啦。"

乐无异听了，打个哆嗦："呸呸呸，真不吉利，我才不信呢。要我说，真有这个镜中人的话，难道为了让他过得更好，自己要死掉不成？"

"嗯。"闻人羽点点头，"自然都是哄小孩子的话。不过，这说法岂非很有意思？你想，这镜中人的生活，可能原本是属于你的。你想要的，喜欢的，自己没能得到，却全被他得了去。若是我，可要嫉妒死了，还会很生气。但再想想，难道这一切，是镜中人自己能决定的吗？就算能够，谁又不希望生活安稳、万事无忧？"

她说得认真，乐无异也不由得顺着话头想了下去，道："若真有这么个人，要我为他舍弃性命，我固然不愿意，但这种缘分多么难得，要我去抢夺他的运气，我也同样不愿意。"说着摸了摸头，"你大概要在心里笑我了，滥好人。"

闻人羽摇头笑道："怎么会？若换了我，也和你一样。而且我觉得，最好能与镜中人做朋友，若相处得好，就好比我有了两种身份、两种生活，缺少的、想要的，说不定能从镜中人身上得到补足。"

乐无异小声嘀咕："幸好咱们不是镜中人，若要我在军营成天练武巡逻，岂不闷死个人……"

两人这般聊着，夜色温柔，月华如水。

良久，只听闻人羽打了个喷嚏，却是有湖风袭来。乐无异和闻人羽待要离开，忽地只见塔刹下方不远，却是夏夷则缓步行来。乐无异正要招呼，腰间被闻人捅了一记，顺闻人指点看去，只见另一方向，一只小兽飞快而至，后面有个绿裙女子，拎着裙裾一路追来，不是阿阮是谁。

"这两个人也睡不着。"乐无异咕哝道。

眨眼间，那小兽已跑到塔下，原来却是阿狸。塔下有凉亭，它就在亭子里等着。阿阮稍晚一步，气呼呼的，指着阿狸说了两句什么。阿狸团起身子，任她抱了起来。

另一方向，夏夷则显然也发现了阿阮，他停下脚步。阿阮这时才看到夷则，停顿一下，便冲他招手致意。夏夷则原本多半想走开，眼下却不行了，只得也向凉亭走来。

乐无异和闻人羽原先不知何事，只得坐着不动，待到那两人到了凉亭，再想避开，却是晚了，只得屏息不动。

两人相对苦笑。好在，塔顶甚高，庭中又有风声叶声，从他们的位置，听不清下面两人在说什么。

夏夷则在亭外站下，致意道："阿阮姑娘。"

阿阮将阿狸放到地上，笑嘻嘻道："你这人真怪，见了我就跑，难道我是妖怪不成？"

夏夷则本不欲多话，随意点了点头，便要转身离开。阿阮忙道："站住，不许走。你还没告诉我，你跑什么？"

夏夷则停下脚步,叹道:"姑娘不要误会,在下只是随便走走。"

"那你就随随便便,在这亭子里走几趟,不行吗?"阿阮声音清软,这番话经她说来,便有几分含娇带嗔。夏夷则答也不是,不答也不是;看她也不是,不看又不是,进退两难,只觉冷汗都要冒出来了。

见夏夷则不肯进凉亭,阿阮索性走了出来,上下打量面前这位寡言君子,一看之下,不由得笑了起来:"你这人,我说什么了,你脸这么红?"

"在下……"夏夷则张了张嘴,却实在不知该如何说,索性闭嘴,摇头。

阿阮奇道:"摇头是什么意思?不行吗?还是你不喜欢这儿?"

夏夷则一个头两个大,再度拱手,恭恭敬敬:"姑娘有事?"

"无事就不能来这里吗?这是我家,又不是你家。"阿阮道,"你们人可真麻烦,随便说两句话,都非得有个什么事由。"

夏夷则正色道:"在下从未冒犯姑娘,不知姑娘为何屡次调笑?"

闻言,阿阮皱眉思索道:"调笑?我有吗?"

夏夷则扶额,已然词穷。却不料阿阮突然"哦"了一声,恍然道:"我懂了。你是不是不喜欢跟我说话?那以后我不烦你就是啦。"

夏夷则忙道:"不,在下并无此意……"

"那你就是喜欢陪我说话了？"

这回，夏夷则果真出了一身冷汗："在下也不是——"话未说完，已被阿阮接了去："你这个人好麻烦呀！既不是不喜欢，又不是喜欢，那你到底想怎么样？"

"……"

夏夷则板着面孔，认真想了片刻，道："在下错了。在下这便告辞。"

"不准走。男子汉大丈夫，怎么像个小姑娘，碰一下就脸红，看一下就想跑？"说着随手掐了根桃枝，绕到夷则面前，用桃枝尖尖在他眉间来回画了几个圆圈，玩笑道，"急急如律令，不羞不羞，不准害羞了啊。"

夏夷则站在原地，一动也不敢动，连眼珠子都不敢轻易挪闪，又这么认真想了片刻，终于艰难道："喜欢。"

"咦？"阿阮吃惊。只听夷则又道："在下可以走了吗？"

阿阮放下桃枝，摘了朵桃花，放在掌心随意一吹，那花儿便飘乎乎粘在了夷则鬓边，唇红齿白、眉如墨画，配上绯红桃花，说奇怪自是奇怪，说绮丽却真绮丽。

阿阮双眼亮晶晶的，看向夷则的目光却与先前不同，诚恳中还有几分钦佩："我还以为，欺负了你好几回，你一定会记恨我呢！你可真是个好汉呀！"眸光一闪，又道，"啊，对不住，我说错了。你身上有妖气，所以你不是好汉，而是好妖怪。"

夏夷则神色陡变，身周气息突转冰寒。

乐无异、闻人羽二人远在塔顶，不知他们所谈事由，却瞬间察觉一线杀意。乐无异正欲挺身而起，却被闻人羽按住，只听闻人羽传音入密道:"别去,夷则很喜欢那位阮姑娘,不会有事的。"

凉亭外,气氛凝重。

阿阮察觉不对,却不知他为何突然震怒,索性闭口不言。夏夷则盯视着她,片刻,神情软化:"我不是妖。从未有人说过我身带妖气。"

阿阮皱眉道:"但有就是有呀。别人看不出,我能看出,难道你要怪我吗?"

夏夷则面色苍白,摇头道:"在下并非妖——不,姑娘,在下身带妖气之事,可否请你保守秘密?"

"保守秘密?"阿阮惊讶,"你的朋友们还不知道?"

夏夷则并未回答,深施一礼,如同恳求。阿阮忙道:"别这样,你放心,我是神仙,所以才能看出来,常人很难察觉的。我不跟任何人说,就算谢衣哥哥也不说。"

"多谢姑娘。"夏夷则神色凝重,见阿阮满脸担忧之色,不由得额外多解释了几句,"此事关系重大,一旦泄露,在下的母亲、师门、侍从、仆役,全都面临灭顶之灾。"犹豫一下,"不止如此,只恐山河改易,生灵涂炭,偌大中原动荡不安。"

他无意责怪阿阮,阿阮却愈加抱歉,像个犯了错的小孩子,匆匆一点头,唤来阿狸,便掉头走了。走出两步,又回头道:"对不起啊,我不是故意看出来的。"

夏夷则点头:"我知道。"

阿阮又问:"可是,这种事情……你不要紧吗?"

夏夷则眼眸晶亮,有如星辰:"夜深露重,姑娘早些歇息。"

阿阮来得突然,走得也突然。夏夷则目送她离去,又站在原地出神许久,方沿着来路,慢慢走开了。

待他走远,乐、闻二人才跳下塔去,沉默一会儿,闻人羽说道:"今天的事,咱们只当没看到,你说呢?"

乐无异摸不着头脑:"我们看到什么不该看的了吗?"

闻人羽瞪他一眼,无来由一阵气闷,道:"没有!走了!"当先向居所走去。乐无异愈发纳闷,暗道:"怎么了?我错过什么了?还是又说错话了?闻人为何生气?!"赶紧拔足追了上去。

庭院之中,谢衣独立桃花树下,远远眺望那轮明月。

庭院后面屋脊上,背对谢衣之处,一团蓝色幽火从屋脊小兽上依次缓缓滑过,龙、凤、狮子、天马、海马、狻猊、狎鱼、獬豸、斗牛……最后停留在行什上,蓝火好似一只眼睛,盯着谢衣背影,一闪便即消失无踪。

四下安静,虫鸣唧唧。

谢衣已收了湖心岛禁制,湖水轻漾,锦鲤跃波,远处传来丝竹之声,婉转缠绵,一如少女耳语。谢衣叹道:"这曲调婉转欢悦……是阿阮姑娘吗?"

千万年来,月华如旧,照彻思人。人生苦短,聚散弹指,倘能将思念寄托于这冰轮玉盘,长长久久留存世间,或许不负这百年飘零。

一时谢衣无限怅惘,却又觉得时至今日,仍能保有这一份心绪,已是极好。夜风穿帘过户,带去他的叹息。

"此时相望……不相闻……愿逐月华……流照君……"

议事厅位于主神殿核心,空旷巨大,沈夜独坐其间,小如蝼蚁——曾几何时,诸神在此商议补天,万头耸动,霓虹弥漫。那时的盛况早已不复存在。

这座宏大的建筑仿佛流月城的缩影,荒凉、冷清、奄奄一息,等待最后的遗弃。

沈夜闭眼入定,多年前的回忆从脑海掠过,他心神波动,双眉微微颤抖。

雨声淅沥。

噔噔噔,流月城大街上,少年沈夜抱着妹妹飞快奔跑。

城池广阔,他跑了许久,精疲力竭,却仍不敢停下。因为伏羲结界,他们逃无可逃,唯有一刻不停狂奔下去,才能略微感觉安全。每每力竭之时,低头看一下怀中正在沉睡的妹妹,便又涌出新力。

神农塑像顶天而立,只要置身城中,无论向哪个方向跑去,似乎都逃不出它的阴影。

城中严寒,雨水冰冷。起初沈曦会小声喊他,后来就没了声息。

少年沈夜不管不顾,认准一个方向狂奔。抬眼望去,流月城边缘已赫然在望,却在这时,前方人影闪动,一个中年男子从虚空中出现,传送法阵在他脚下转动。

"父亲!"沈夜猝然止步,望着男子。

男子头戴面具,背负双手,冷冷地望着他,一言不发,身上散发出强大到令人窒息的气势。主神殿灯火辉煌,将神农塑像的影子照射到他身上,宛如神农复生。

"我不会回去。"沈夜咬紧牙关,勉力抵挡来自父亲,不,来自流月城大祭司的威压。他低头看一眼沉睡的沈曦,原先颤抖的身体慢慢平静下来。

"你让开。我要带小曦离开这个鬼地方。"

沈父抬手,光华闪过,沈夜双手空空,一抬头,妹妹已经落入父亲手中。

"哥哥!"沈曦惊醒过来,小声呜咽,"哥哥……救我……小曦害怕……呜……"

"放开她。"沈夜一咬牙,双手捏成法诀,"不然,我、我杀了你……"

沈父摇头:"夜儿,你太令为父失望了。"

沈夜发出狼一样的哀号,捏个法诀,灵光怒潮似的涌向父亲。沈父一挥衣袖,"瞬华之胄"环绕四周,一串惊雷爆响,激起冲天烟尘。

尘埃落定,沈夜微微喘息,沈父丝毫未损。

"夜儿,若你肯悔改,为父尚可法外开恩,不追究你打伤守卫、抗命逃遁之罪。莫让为父为难。"

沈夜目眦欲裂:"你做梦!就算是死,我也要带小曦离开这个鬼地方!"

沈父摇头,若有憾焉:"为父对你太过宽纵,才有今日恶果。为父身居大祭司之位,却连你也不曾管教得当,实在愧对城主期望。"

说着,双手施法,沈夜脚下显出重重火焰,毒龙一般将他缠住。

烈火烧灼,皮翻肉卷,沈夜失声惨叫,清隽眉目因剧痛而扭曲。这场雨似乎永无穷极,然而再多雨水,也无法扑灭大祭司点燃的咒火。

隔着雨和火,他听到父亲缓慢而冷定的声音:"若为人上者,不可动摇,不可宽纵,不可不忍,不可不舍,不可妇人之仁,不可拖泥带水,不可心生贪爱。否则,执炬逆风,必有烧手之患。"

仿佛诅咒,一遍又一遍,一遍又一遍,在他耳侧回响。

过了不知多久,沈父挥手,撤去法术,火焰消失,仿佛从未出现过一样。

沈夜满嘴鲜血,吐出几口血块,方能发出声音:"为什么?在你心里……我们……到底算是什么?"

"夜儿,莫要任性。"沈父的声音不含任何温度,"如此自私怯懦,成何体统?还不速速悔改,为城主尽忠。"

"哈哈哈——"沈夜大笑,猛的一拳击打在地上,"为城主尽忠……为城主尽忠!"他恶狠狠地抬头看着大祭司,"为城主尽忠!哈哈哈!"

沈父呵斥:"放肆!起来,跟为父走。"

沈夜抬头望着沈父:"那我求你,至少放了小曦!她才那么小!父亲,求求你!"

沈父无动于衷,霆雨霏霏,沈父伫立如石,宛如一座会移动的神农塑像。

沈夜抱住沈父的腿，雨水打在他脸上，沈夜哑声道："不管什么我都答应你，只要你放了小曦！她灵力远不如沧溟，即便进了矩木也毫无意义！我一个人去就已足够！"

沈父摇了摇头，黄金面具漠无表情，他向沈夜伸出手，缓缓道："好孩子，莫教为父为难……快过来，听话——"

无边冷雨从天而落，永无休止。

"谁？"沈夜从回忆中醒觉过来，猛地睁眼。

回忆太过真实，分散了他的注意，好在，面前只是一团幽蓝火焰。似乎感知到他的视线，火焰左右晃了晃，略微变亮，辉光照彻大厅。

蓝光宛如一只巨大的眼睛。

"……瞳？"沈夜松弛下来，"这回你怎么是这副样子？"

"我正试炼隐蛊。你没事？"一个声音从蓝火中响起，空洞平板，殊无起伏。

"没什么，"沈夜淡淡道，"想到些往事。"

蓝火上下动了动，像在点头。

沈夜发现，瞳一旦隐身，对话比平时更为吃力，只得主动追问："你去下界，可曾见到那个人？"

蓝火盘旋一下，似在犹豫。

"他那里结界重重，我设法潜入之后，也只远远看了一眼。应当是他，不过……"

"不过什么？"

"已经过去这么久了，你还是未能释怀？"

一瞬间，沈夜神色微微一变："七杀祭司大人，你可是对本座决意有所臧否？"

蓝火定定不动："属下不敢。"

沈夜起身，走到蓝火面前："你可知道，本座为何让你而不是华月前去？因为本座以为，你与华月不同，懂得不说多余之话、不做多余之事。"

"这并非多余之话。若我不问，就永远不会有人问你。"蓝火晃动，似在摇头，"今次之后，再无退路。你当真不会后悔？"

沈夜神色冷淡，看蓝火片刻，冷笑一声。

"一切早已结束，我不过是去收拾残局。这许多年来，对于他——我有失望，有厌憎，有不甘，唯独没有过后悔。"

"是。"瞳沉默一下，"属下告退。"

蓝火飘飘忽忽向门外飞去，主神殿内，除非特许，谁也不得使用传送法术。到了门口，忽听沈夜叹了口气，在身后道："瞳。"

蓝火停住，似侧耳倾听。

沈夜停顿一下，道："辛苦了，多谢！"随即，掩饰什么似的，立刻又说，"还有，下月神农祭典仍按惯例，你务必恢复原貌，不能以这副样子出席。"

蓝火"嗯"了一声，飘出门去，旋即不见。

沈夜目送蓝火远去，深深叹了口气，起身走到议事厅窗前。

月光照在流月城中，亮如白昼，仿佛撒了一场细细密密的雪,却唯独照不亮这议事厅深处。他立足之地,永远昏黑寂灭,暗无天日。

沈夜伸出手去,试图承接月光。

夜风呜咽,月光有如流沙,从指缝间流逝,不肯稍作停歇。

西行·狂沙

旭日东升,湖水清澈,一片烟霭笼罩山林,若聚若散,流连不去。

谢衣为首,一行五人整装待发。阿阮骑赤豹、抱阿狸,一身绿裙加以花朵装饰,清新可人,天生丽质之外,更有一股遗世独立的美丽。闻人羽手持银枪,英姿飒爽,然而气度沉着,眉眼温润,深有大将之风,令人既感敬畏又想亲近——两名女子并肩站立,有如日月交辉,浓烈皎洁,各尽其美。

阿阮意气风发,催促谢衣:"谢衣哥哥,我们能走了吗?"

谢衣右眼戴了一个单片圆镜,木制外框,镶极薄水晶镜片,以机栝固定于右耳,精致巧妙,却不知有何用途。听见阿阮催促,谢衣笑道:"还有些琐事需要交代。我素爱搜集野史轶闻,昨日我检视书房典籍,找到一些野史轶闻,或对此行有所助益。"

四人都望着谢衣,等谢衣指示。

谢衣说道："此行延续百年前未竟之旅，前去寻找捐毒国国宝指环。据传指环乃捐毒王室代代相传的上古至宝。后来捐毒王浑邪兵败国破，带着指环逃遁，最后不知所终。此事复杂，恐难一蹴而就。"

"兵败国破？"阿阮不知世事，听什么都好奇，"那是怎么回事呢？"

闻人羽听了，忍不住看了乐无异一眼。乐无异垂下头，犯了错似的，没精打采。

夏夷则道："谢前辈所言，可是十八年前那场西域平寇之战？"谢衣点头，夏夷则见阿阮神色好奇，便将往事细细道来，"十八年前，浑邪王勾结当时西域最大的马贼帮，劫掠往来商旅，闹得怨声载道。后来西域各国联名上书今圣，今圣就下旨平寇。当时带军将领，正是定国公。那一战之后，西行商路畅通，各国至今都对定国公心怀感激。"

乐无异抬起头来，脸上焕发光彩。闻人羽见了，忍不住心下微叹。

阿阮道："那么，那个指环，打仗时还在浑邪王手里？"

谢衣颔首："恐怕正是如此。"

闻人羽道："那浑邪王最终逃去了何处？"

谢衣道："昨日我看到一则记载，倒觉还有三分可信。那上面说，浑邪败退之后，躲入了一处地下秘窟，图谋东山再起。"

夏夷则道："既然如此，那是否先去捐毒遗址，探问秘窟所在？"

谢衣道："正有此意。"

"秘窟？"阿阮兴奋不已，"这么说，我们要去地下的洞里了？那里会不会有成精的大蝙蝠或者大蛇？"

谢衣微笑："捐毒倒也有些怪力乱神的逸闻，虽不可尽信，却也别有风味。恰巧我带了一卷过来，可聊作一观。"

乐无异拿起桌上的羊皮卷轴，兴冲冲道："咦？好像挺有意思的，等我看看。呃……是捐毒文字……"闻人羽从旁接过，道："我去过西域，学了点儿皮毛，让我看看。"

闻人羽展开卷轴念道：

"千年以来，众神护佑着捐毒的子民。然而众神终要步入沉眠，永恒的黑夜即将来临，众神伟岸的残影将在天际舞动，带来无尽的飞沙，吞噬我丰饶的沃土。然而众神仁慈，在沉眠之前，将吾王浑邪赐予了他的信民。

"伟大的神之子降临大地，他戴上了神赐的黄金指环，向众神居住的天宇虔诚祈祷，最终与神祇缔结了契约。

"他付出了自身的欢愉，换来永不枯竭的水源，从此捐毒之王再无笑颜，但举国之民再不必忍受饥渴之苦。

"他付出了自身的慈悲，换来捐毒人丁兴旺，从此捐毒之王再无慈悲之心，但举国之民合家欢乐、儿孙满堂。

"他牺牲了自己的双亲，换来捐毒举国富饶，从此捐毒国往来客商不断，国民生活富足，但国王的父母却长眠地下。

"十数年后，突厥强兵来犯，浑邪王再次登上祭坛。然而突厥铁蹄之下，连众神也发出了无奈的叹息。

"最终，最为强大的死亡之神应允了浑邪王的请求。他愿意赐予捐毒胜利，代价是他将带走浑邪王心爱的王妃。王应允，之后果然旗开得胜，击溃突厥强兵。

"战争结束之后,捐毒进行了隆重的祭祀。王妃登上祭坛,黑色的神影自天空缓缓降临。然而就在这时,浑邪王高举长剑,砍向意欲带走王妃的神影。神明坠落,化为魔影,与王大战三昼夜。最终,浑邪王获胜,他擒住了魔影,将其镇压在地下神殿深处。

"从此以后,众神对浑邪王充满敬畏。他们收回了对捐毒的眷顾,然而其后的数十年中,捐毒国始终风调雨顺。这样的平静持续了许多年,直到王师兵临城下——捐毒一夜间覆灭,浑邪王带着当初众神赐予的黄金指环,将自己锁闭在了神殿之内。"

这卷轴遣词奇特,不似常人语气,所记事由更是匪夷所思,异于中原神仙之说。闻人羽念完,湖边一片寂静。

"开什么玩笑?"阿阮大为不忿,"人怎么能打败神?"

"是啊。"乐无异也说,"浑邪王这样厉害,怎么会输给我爹?"

谢衣笑道:"小说家言耳。据较可信的史料,浑邪常以鬼神之说蛊惑人心。这些流言大大超乎常理,姑妄听之便罢。不过其中也有有趣之处。"

"的确。"闻人羽注视卷轴,沉吟道,"这儿两次提到神殿,一是浑邪王将魔影镇压在地下神殿,二是浑邪兵败之后,带着戒指将自己锁闭在神殿。这两个神殿是否为一个地方?若是一处,浑邪王藏身之地,该在捐毒地下某处。"

谢衣点头道:"先去捐毒旧址,再做打算。时候不早,我们这便出发?"

"唧唧唧。"小黄跳上乐无异的肩膀，拍打翅膀，顾盼自雄。

"对了，谢伯伯，"乐无异笑道，"可以让小黄带我们去，它飞得可快了，能省不少脚程！"

小黄欢叫一声，跳到地上，眨眼之间，小鸟化为大鹏，羽毛绚丽，英武如神。

"哇！"阿阮失声惊叫，身下的赤豹也连连后退，口中发出咆哮。

鲲鹏体形巨大、纵横天海，赤豹虽为灵兽，比之鲲鹏仍有不如。偏偏阿狸个子虽小，胆子却大，见状就凑上前去，又挠又抓。小黄鼻息轻喷，摇头甩尾，一脸"不想搭理你"的样子。

赤豹见了，也放下心来，绕着小黄不住打转。阿阮笑嘻嘻地抚摸小黄，看上去，像是要在阿狸和赤豹之外，再收一个玩伴一样。

临行，乐无异向爹娘传了回信，告知去向。几人登上鲲鹏脊背，谢衣忽道："乐公子，鲲鹏飞行神速不假，但这一只未免年幼，无妨吗？"

"不怕。"乐无异笑道，"它若累了，我们停下来歇息就是了。"小黄"唧唧"叫了两声，表示赞同。

"也好。"谢衣想了想，"捐毒遗址在长城西端，我们先到长城，而后向西飞行，多则数日，即可到达。"

乐无异点头，拍拍小黄，大喝一声："起飞！"

鲲鹏振翅，发出绝大力道，附近湖水如龙吸水，随之升上天际。

数日来，小黄化为鲲鱼，横行静水湖中，几乎吃光了一湖鱼虾，身子因此壮大，力量也胜过以前，此时显露手段，一阵风钻入云层，将南疆大地丢在身后，狂飙猛进，向北飞行。

不过一日，到了长江边上，小黄疲惫饥饿，寻了一处偏僻江滩，翻身化为鲲鱼，钻入大江之中，尽情吞食鱼鳖。

众人进入桃源仙居，歇息一宿。次日出门一瞧，小黄恢复元气，鲲化为鹏，卓立江边，神骏非凡。

这一次，小黄不再歇息，一口气飞到长城。居高望去，宏伟的长城只如一条长长灰蛇，在崇山峻岭间蜿蜒爬行，乐无异一眼看去，难以想象——这一道小小的砖墙，从古至今，不知阻挡了多少异族的铁骑，守护了中原的安宁。

"过了长城，离西域就不远了吧！"乐无异从鲲鹏背上站起，望着下面的大地，随着鲲鹏的飞行，地表由深绿变为浅黄，再变为苍茫，浩瀚无垠。

谢衣颔首："虽还未到，但也相去不远了。"又道，"人世无常，这沙海却是万年如一日，空旷荒凉，恒久不变。"四周风声呼啸，谢衣的声音似乎也比平时小了许多。

"那是什么？"夏夷则忽然高叫。

乐无异抬头望去，前方雷云低垂，吐出一道道龙卷飓风，将地上的黄沙吸入其中，化为一道道冲天尘暴，摇头摆尾，尽情肆虐，所过之处，山川大地一片模糊。

"是沙暴。"谢衣转向乐无异，"乐公子，请让鲲鹏速速降落。"

旁边阿阮已然惊得脸色发白，一手抓住谢衣，一手抓住夏夷则。夏夷则有心闪开,又怕她更加慌张,只得由她抓着。闻人羽急道:"无异,你快叫它降落啊!"

乐无异点点头,闭上双眼,下令鲲鹏降落。谁知大漠之中,形势瞬息万变,鲲鹏正欲俯冲下去强行降落,那狂龙沙卷突然加速,已飙到近前。

沙尘冲天,狂风浩荡,纵如无朋巨鸟,深入其中,也是东摇西晃,而且越是深入,风势越乱,鲲鹏团团乱转,茫然不知东西。

鹏背上的众人随之歪来倒去,有眼不能睁开,有耳不能听闻,有鼻无法呼吸,有口难以言语,从头到脚都被沙子灌满,为了稳住身形,均是使出全力。

只听狂风之中谢衣叱道:"开!"右眼圆镜发出明亮红光,凝成一道光柱,光芒所及,风沙辟易,竟是硬生生扛住了天地之威,在沙暴中开出一条通道。

"快走!"任由狂风席卷,谢衣挺立不动。小黄立即沿光柱全力飞行,算来不过短短一刻工夫,众人只觉度日如年。待到小黄一声长啼,呼地冲出沙暴,众人眼前一空,只见浩瀚大漠、清朗无垠,艳阳之下,沙海起伏跌宕、漫无穷尽。

比起后方沙暴,此间酷热无风,俨然两个世界。鲲鹏降落在一处沙丘旁,众人下地,夏夷则扶着脸色发白的阿阮,满脸关切。

乐无异伸脚重重跺了一下脚下的大地,道:"这就是西域?我们来啦。"

鲲鹏翻一个身,变回小鸟模样,身子软绵绵的,走了两步,忽又趴下。

"小黄。"乐无异快步上前,急忙捧起鲲鹏细看,发现右边翅膀有许多细小伤口,渗出丝丝血迹,应是穿越沙暴时被沙石割伤。

谢衣说道:"翅膀伤得最重,应是被飞沙走石撞伤。"

"唧唧唧。"小黄鸟有气没力,发出虚弱哀鸣。

乐无异心中着急,却无计可施,小黄还从未受伤过。

"让我看看。"阿阮平复了一下心情,走上前来,审视一下,双手合拢,放在心口,淡绿光芒从她手心涌出,笼罩在鲲鹏身上,眼看伤口愈合、血液凝固。小黄慢慢站起,双翅轻扇,见无异样,抖擞长鸣,中气十足。

众人见她施法,均是不胜讶异,乐无异笑道:"神女妹妹,你法术真灵,比夷则还厉害。"

"当然了。"阿阮嘻嘻一笑,得意地瞥了夷则一眼,"我可是神仙呢。"

穿越罕见沙暴,众人都很疲惫,于是躺下歇息,取出淡水干粮充饥。

说到吃饭,小黄不甘人后,上蹿下跳,不胜心急。乐无异感它辛苦,任其吞吃,结果一眨眼就吃掉大半干粮,唬得乐无异扎紧口袋,连声说:"够了,够了,没有啦,没有啦……"小黄叽叽咕咕,大不满意。

阿阮望着漫漫黄沙,不知从何而起,亦不知至哪里结束,她心神迷离,不知自己是在过去、现在,抑或未来。阿狸和赤豹一动一静。良久,阿阮叹一口气,从袖里取出一支状如笛管的巴乌,对着大漠幽幽吹响,乐声悠扬婉转,透出一丝不可言说的幽怨。

沙漠广阔无垠，缺少阻碍，声音清亮，传至四面八方极远之处。

谢衣便在左近，乐无异和闻人羽正跪在地上，为小黄检查伤势。

夏夷则此时正在远处观察地形，听到乐声，只觉入耳极为熟悉，霎时触动心绪，下意识迈步来到阿阮跟前，望望谢衣，又望望阿阮。

阿阮听到有人走近，放下巴乌，转身望向夏夷则："原来是你。"

夏夷则拱手向阿阮行一礼，走到她跟前："阿阮姑娘，这首曲子……在下幼时常听母亲弹奏，却一直不知其名，不知姑娘能否赐教？"

阿阮手中摆弄着巴乌，轻声道："这首曲子，叫作《在水一方》。以前谢衣哥哥买到一卷曲谱，上面就有这首曲子。"

"《在水一方》？"夏夷则道。

"嗯。"阿阮点了点头，"谢衣哥哥说，'在水一方'就是明明看得见，却追不到、抓不住的意思。"

夏夷则轻声吟道："蒹葭苍苍，白露为霜。所谓伊人，在水一方。溯洄从之，道阻且长；溯游从之，宛在水中央。"不知为何，但觉怅惘难言。

阿阮歪头看夷则："你又在说听不懂的话了。不过听起来，好像很美呢。"

夏夷则看阿阮，淡淡微笑："确实很美，却也异常无望。也难怪娘亲会喜欢。"

阿阮道:"你的……娘亲?"

夏夷则颔首:"嗯。我娘深爱着我父亲,可是我父亲有太多女人,虽然宠爱我娘,却不可能做到一心一意。我年幼时,娘亲常常盛装打扮,彻夜守在窗前,从天黑一直等到天明。所谓伊人,在水一方……只可惜许多人远远看着总是美好,唯有朝夕相对,才知败絮其中。"

阿阮沉默片刻,轻声道:"你不喜欢你爹爹吗?"

夏夷则淡淡道:"为人子女者,又何来喜不喜欢一说?无非'认命'二字罢了。"

阿阮道:"是吗?可是,我却很羡慕你呢。"

夏夷则一怔:"为何?"

阿阮道:"因为你们都有父母,知道自己是从哪里来的,而我却不知道呀。神农神上说,我是天地灵气所化,那算来天地就是我的爹娘。可我高兴时不见云朵彩虹,伤心时也不见打雷山崩,可见它们早就不管我啦。"

夏夷则听了,忍不住一笑。

阿阮笑道:"嘻,你总算笑了。那,开心点儿了没?"

夏夷则莞尔:"本想开解姑娘,不料反受姑娘开解,在下惭愧。方才姑娘曲中隐含怅叹,可是因为谢前辈?"

阿阮神色瞬间黯淡,小声哼哼道:"谢衣哥哥是我唯一的朋友,可我当年却没能跟他一起过来……结果……我很是对不起他。"

阿阮心思单纯、言行直率,有时孩童般顽劣,有时却又敏感多思,惹人怜爱。夏夷则想了想,正色道:"亡羊补牢,时犹未晚,姑娘不必伤怀。只要还有弥补的机会,就并不算太晚。"

阿阮的眼睛生得又大又圆,每每遇有疑难之事,睁大双眼,看上去便真如猫儿一般,娇俏可爱。她一脸茫然,呆呆道:"亡、羊……不牢?"

夏夷则啼笑皆非:"意思是说,只要还有弥补的机会,就并不算太晚。譬如说,既然谢前辈忘了某些事,那设法帮他回想起来就好。若真是无法可想,也只得珍视当下。今时今日终会过去,今日姑娘追念往昔,何不想想来日再看今日,又会是何种心境?"

一席话说得阿阮低头沉思。片刻后,阿阮点了点头,慢慢说:"你说得很有道理。我想那些活了很久的人,大约都会这么想,若事事在意,还要活上百千年,那就太苦了。"

这时,恰好乐无异和闻人羽走了过来。

闻人羽有心促狭,故意问:"夷则,你和仙女妹妹说什么呢,这么开心?"

夏夷则神色不变:"闲话罢了。"

"闲话?"乐无异疑惑道,"看你平日没嘴葫芦一样,居然能和仙女妹妹闲话得这么开心?你怎么不找我闲话?"

夏夷则淡然道:"你太聒噪。"

"哦,聒噪。"乐无异一本正经,"那沙暴里,你怎么只抓仙女妹妹的手,不抓我的手,难道也是因为我聒噪?"

"你是柔弱女子?"

乐无异继续抗议:"我也很柔弱啊,我刚差点儿就被风吹走了!你没看到吗?不公平!你以前都是优先保护我的!"

闻人羽终于忍无可忍,揪着乐无异袖口,把他往一边拖去，边拖边道:"闭嘴，人家好色怎么了，又没碍着你，少说两句，没人把你当哑巴。"

阿阮看看闻人，又看看夷则，好奇道:"什么是'好色'?"

夏夷则扶额，面颊又不可抑制地热涨起来，忙道:"在下去巡查周围，告辞。"匆匆施一礼，走了。

阿阮莫名其妙，呆呆想了会儿，嘟囔:"你们人真的好奇怪呀。"

沙海无涯，狂风烈烈，不辨前后上下，似乎模糊了来处与去处，只有呼呼风声往复不止，亘古永存。

谢衣正向远方眺望，听到身后的脚步声，回头望去，见是阿阮。

"谢、谢衣哥哥!"阿阮把鞋子拎在手里，赤脚跑得气喘吁吁。

"何事如此匆忙?"

阿阮跑到谢衣近前，仰脸望着谢衣，道:"谢衣哥哥，小叶子欺负夷则!"

"……啊?"谢衣一愣，旋即笑道,"那你去同夏公子说，让他尽管欺负回去。"

"嗯!"阿阮重重点头，神色颇为不平，想了想，又道，"那，谢衣哥哥，什么是'好色'呀?"

这次谢衣笑而不语。沉默片刻，阿阮沮丧道:"好嘛，你不说，我不问就是啦。谢衣哥哥还是那么狡猾，跟以前一样……"说着走到谢衣身边，并肩而立，往谢衣先前眺望的方向看去,"你在看什么呢?"

远处风沙滚滚，隐隐可见几道轮廓，不知是某处西域城邦，还是远来的西域驼队。

谢衣沉吟道："阿阮姑娘，方才我隐约回忆起几个片段。我记得那是一处草木幽深的山谷之中，有溪流蜿蜒流过。好像我是在那里遇见了你。"

"你想起来啦！"阿阮喜道，"嗯，那是在巫山。你从前说过，你去那儿找一件什么东西，正巧碰到我。"

谢衣闭一下眼，喃喃道："巫山……"

"嗯，巫山。"阿阮点点头，"那时我还听不懂你们凡人的话，一个人带着阿狸和小红住在山里。你放心不下，就把我带了回来。说起来，遇到你之后的事情，我都记得很清楚。可是不知为什么，之前的却有些模模糊糊呢……"

谢衣沉吟不语。

阿阮道："谢衣哥哥，你想起什么了吗？"

谢衣微微摇头："不，只有些模糊的影子。就像那边的捐毒遗址，明明能隐约看到轮廓，却又似乎遥不可及。"

阿阮看着谢衣，显得有些难过，她沉默一小会儿，才小心翼翼地道："谢衣哥哥，你是不是有心事？"

谢衣看她小心的样子，好像一头小兽，忍不住心中也柔软起来，柔声道："此话怎讲？"

阿阮仰头，看着他的眼睛："以前你就常常一个人站在院子里，看天上的月亮。可是每次我问你，你都什么也不肯说。"

谢衣叹了口气，似乎心有万语千言，却一字也不能提起。

他问道："阿阮姑娘，我与从前相比，是否判若两人？"

"不是已经问过了吗？"阿阮愣一下，看着谢衣，一面回忆,一面缓缓说道,"我也说不大清楚。我知道,谢衣哥哥还是谢衣哥哥,那种感觉明明就是一样的。但是很多地方,却又不一样了。从前的谢衣哥哥,很喜欢新奇有趣的事物,而且说起话来也不会像这样……很礼貌,却又有点儿疏远。"说到后来,阿阮似乎就要哭出来一样。

风声如泣如诉,谢衣衣袂飞扬,宛如一只敛翼飞鸟。

许久,他轻声道:"在姑娘看来,相别不过一瞬;然而之于谢某,却已暌违百年光阴。时间,真的已经过去太久了。"

阿阮明明是难过的,却并不敢哭,只觉心头酸涩苦楚,一动不动站着方好,若一动弹,恐怕心就要碎在腔子里了。

"从前你说你带我回来,是因为不忍心我孤零零一个人。可是最后,反倒是你自己,孤零零过了这么久。谢衣哥哥,这么多年来,你过得还好吗?"

谢衣沉默。

沉默本身也是一种回答。

阿阮摇头道:"不,我还是不问了。要是知道你过得不好,我会难过的。你是我在凡间唯一的朋友呀。"

谢衣看着阿阮,微笑,温言道:"百年心事已归平淡。时间久了,好或不好,其实都已经不再重要。"

阿阮黯然:"不知为什么,这个回答……好像比'不好'还更加让人难过呢。"

谢衣喟叹,似在宽慰阿阮,又似要给自己一个说法:"可是,阿阮姑娘,这世间之事,大多都是如此啊。"

阿阮讷讷的,也不知她是未曾听懂,还是太过伤心。

谢衣心中一叹,转过身去,只作未见,缓声道:"沙漠昼夜冷暖悬殊，我们还是尽量在日落前赶到捐毒为好。阿阮姑娘若是歇息够了，我便去告知无异他们，要启程了。"

阿阮慢慢点了点头。

谢衣也点点头，转身向乐无异处行去。

阿阮抬起头，看向谢衣背影，如此熟悉，又如此陌生。

乐无异一行很快收拾妥帖，向西行进。

茫茫沙海之中，众人宛如蝼蚁，便是化为大鹏的小黄，也不过有如寻常飞鸟。

夏夷则与阿阮并肩行走，见她提着鞋子，赤脚前行，忍不住说道："阿阮姑娘，此间沙子滚热，你不会烫着脚吗？"

"不会。"阿阮笑道，"我是神仙，哪像你们凡人这么娇嫩，不信——"伸出手来，"你摸摸，不管多热，我都是凉凉的。"

夏夷则心有男女之防，看着光洁如玉的小手，心中虽想一握，终究只是笑笑，说道："姑娘与众不同。"

"你的脸色不太好。"阿阮目不转睛地望着夷则，"似乎血气不足，要么我帮你治一治？"说着双手捧心，就要施展法术。夏夷则微微一笑："姑娘好意在下心领。不过，乐兄他们已走远，我们是否追上去？"

阿阮侧头去看，不由得跺了跺脚："好个小叶子，怎么走这么快，坏蛋！"

"小叶子？"夏夷则不禁好奇，"你说乐兄？他是'乐律'的乐，并非'叶'。"

"嗯嗯。"阿阮心不在焉，"快点儿追，别跟丢了，不然小叶子又要欺负你啦。"又说，"不过小叶子也不是坏人。而且，谢衣哥哥说过，人生一世难免误交损友，所以你就别往心里去了。"

夏夷则哭笑不得："谢前辈……从前究竟都告诉你了些什么……"

阿阮嘟嘴："很多呀，但是我——不——告——诉——你——"

夏夷则拿阿阮毫无办法，又听她迭声催促，正思量是否御剑前行，忽然手心一凉，却是阿阮抓住了他的手，夏夷则一挣，没有挣开，只得随着阿阮前行。

众人日夜兼程，歇息过后，继续前行，其间方向偶有偏差，幸得及时矫正。乐无异一向路痴，全仗着闻人羽和谢衣，这般兜兜转转，乐无异不免心浮气躁，睡眠也不大好，眼中常有血丝。

阿阮看着乐无异，道："小叶子，到了西域，你好像脾气就不大好了呢。可是天太热？吃不好？睡不好？还是……"她眼珠一转，望向闻人羽，笑道，"还是闻人姐姐不理你，你不高兴？"

连番赶路，这几日闻人羽的确没空和乐无异说话。阿阮心思剔透，天真无邪，这回歪打正着，说得乐无异不由得脸红。

乐无异唯恐被她窥破心事，嘴里嘟哝几句，快步走开。阿狸见了，追赶出去，一门心思咬他裤脚，乐无异连声讨饶："走开啦！走开啦！"快步跑出。

一行人这般行走，小黄受伤，不能乘坐，众人为仔细探访，也不便施展法术偃术，大半时间都在步行。乐无异每每走到前面，便是与闻人羽之间，话也少了许多。

到第七日上午，谢衣一行在后，忽地听到前面乐无异大呼小叫，四人急忙上前，却见乐无异挥手，大声道："快来！我们快到捐毒国了！"

果然，前方已遥遥望见颓败的捐毒城门，高大巍峨，纵然破败，不掩其宏伟气象。周围城墙残缺，但不难想见昔日雄浑景色。

阿阮雀跃，夏夷则也忍不住展颜，闻人羽却神情沉静，眼睛瞥向旁边的乐无异。

忽然，前方烟尘飞腾，有如黄龙，滚滚而来，阿阮从未见过这等情形，不由得问道："那是什么？"

"似乎是马队。"夏夷则心生警惕，"来得好快，不像寻常商旅。"

烟尘推进神速，蒙蒙飞沙间，出现一队西域装扮的骑士，人如虎、马如龙，腰佩刀剑，携风带沙。霎时间，已将乐无异一行人包围。"马贼？"闻人羽一抖手，横枪挺立，英气逼人。

谢衣一挥手，白光闪动，巨蝎现身，嗖地钻入沙海，闪电潜行，哗啦，从马队后方蹿了出来，蝎尾高举，蓄势待发。

"吁！"为首骑士高举马鞭，众人纷纷勒马，望着巨蝎，一脸惊诧。

"我是安尼瓦尔。你们是谁？"为首骑士高叫，"为何冒犯我捐毒故地？"说的竟是极纯正的官话。

"捐毒！这儿果然是捐毒！"乐无异却是一喜，冲那骑士一礼，"我们只是过路的，不曾冒犯此处。"

为首骑士安尼瓦尔望着乐无异，眉头微拧，有意细细打量，但乐无异一行为避风沙，除了谢衣，都用围巾将口鼻捂住，只留眼睛在外，看不清相貌。

安尼瓦尔待要开口，忽地听到乐无异身上传来剑鸣声。乐无异讶然，取出晗光剑，却见晗光剑身微微发光。安尼瓦尔望见，眼中顿时射出精光，再望向乐无异时，眼光已然变了，转过头，以某种西域语言，向身侧人等低语几句，然后转向众人，阴沉沉一笑："过路的，走吧！不拦你们。"一挥手，骑士们纷纷散开，让出一条通路。

乐无异一行道过谢，便自离去。

眼看一行人在风沙中走远，安尼瓦尔猛地一勒缰绳，道："走！"众骑士同时驱动健马，尾随安尼瓦尔，极快离去，其势更疾。

乐无异一行也在留意马队动向，本以为他们要设伏暗算，不料却来如电，去如风，不由得心下诧异。

只有闻人羽久经沙场，神情凝重："这一队人马想来只是前哨。"

乐无异想起剑鸣，捧起晗光，问禺期道："禺期，刚才怎么了？"禺期在剑中闷声道："无事，行近上任剑主葬身之地，晗光有所感应，故而自发悲声。"乐无异心下诧异："是那个自刎的大英雄？"这回剑中沉沉无声，禺期未做回答。

闻人羽忽然道："晗光剑乃名剑，它所认剑主，必是一代英豪。"

谢衣也道："当年定国公西征，所遇敌手中，颇有一些值得敬重之人。"

乐无异点头："嗯，我爹也说过，敌人有两种：一种是碍于身份立场，若换个身份，一定能做朋友；另一种，无论身份立场如何变换，也是万万无法相交。"

谢衣叹道："世间遗憾，莫过于'道不同'三字。"说完，当先走入捐毒城门，其余四人赶忙跟上。不知为何，谢衣对这捐毒遗迹似乎颇为熟悉，绕过断墙巨石种种障碍，毫不停顿，引着众人，向遗迹深处走去。

神殿·魔窟

流月城,议事厅,沈夜正批阅简牍。

他所处位置,是厅中主位,高出他处一级台阶。华月跪在阶下,垂眸不语,裙裾冉冉铺开,优美清丽。

"起来。"沈夜道。

华月只作未闻。

沈夜批完最后一份木简,随手丢在一边,低头看向华月,淡淡道:"起来吧。"华月仍是一动不动。沈夜看她半晌,起身,走到她面前,缓声道,"那几个零风部属,本座的确送去瞳那里了。怎么?不行?"

华月抬头,肃然道:"我已罚了他们,你为何还要插手?出尔反尔、妄动重典、越权行事,大祭司即便不怕非议,难道也不怕动乱重演?"

沈夜冷然道:"放肆。"

华月毫不退让:"只要和那人有关,你就要赶尽杀绝?别忘了,当年我们杀了那么多人,都没能堵住悠悠之口!"

沈夜眯眼,厉色一闪即逝。恰在此时,外面侍女通报:"曦小姐醒了,正在啼哭。请问大人是否过去?"

沈夜道:"本座这就过去。"垂眸看向华月,"你怎么说?"

华月一脸怒色,瞪着他,不说话。

沈夜向她伸出手去:"起来,地上凉。在这儿等我。"他掌心之中,有几道暗红印迹,像是烈火灼烧后留下的伤痕。

看到印迹,华月神情软化,握住他的手,站了起来,道:"我也一同去吧。"

沈夜低叹一声,没有再说什么。

小曦怀抱兔子,缩在床角哭泣:"小曦会听话,小曦不要被送进矩木……哥哥……"

"小曦?"沈夜推门而入,一见此景,快步走向床前,"小曦别怕,哥哥在这儿,不会让父亲过来的。"

不料,小曦抽泣更甚,挥舞胳膊挡开沈夜:"你不是哥哥!你走开!"

沈夜哑然。

华月急忙上前,软语安抚:"小曦,你认不认得我?"

小曦从指缝间偷看一眼,"啊"了一声,扑进华月怀里,软软道:"华月姐姐!那个人,他不是哥哥,他骗人。"

沈夜在旁苦笑:"认你不认我,什么道理。"

"小曦别怕。小曦睡着的时候,已经过了很多年,发生了许多事。小曦乖,先睡一觉,睡醒之后,哥哥给你讲故事,好不好?"华月边哄小曦,边开始弹奏箜篌。乐律淙淙,宛如空山鸟啼、高天流云，舒缓之余，令人身心空明。

小曦平静下来，呢喃道："等睡醒，小曦要哥哥讲故事。哥哥讲到，讲到神女姐姐喜欢司幽大人……"说着，合上眼睫，竟已安睡过去。

片刻后，华月停止弹奏，轻声道："施术已毕，今夜她不会再做噩梦了。"

"好。"沈夜点头，"多谢！"

回议事厅途中，两人一路无话。

大地浊气日盛，族中染病之人渐多，沈夜兄妹幼时也未能幸免，城主之女沧溟随后也染上绝症。后来，为了医治沧溟，沈夜和沈曦一起，被作为试验品，送入矩木核心，受神血烧灼。

神农神血威力莫测，兄妹两人病愈，沈夜更侥幸获得神血护持，但沈曦年幼，不耐灼烧之苦，从此再也未能长大，并且记忆只能维持三日。每过三日，她的记忆便退回被送入矩木之前的那一夜。而沈夜，便也从此陪着她，每过三日，重历地狱轮回。

议事厅将至，沈夜忽然道："关于雩风部属，你还有什么要和本座说的？"

华月摇头。先前她只是气不过，其实，人都已经到了瞳那儿，再说什么也都晚了。

沈夜看她一眼，道："我会让瞳尽快处死他们。"

"谢大祭司恩典。"华月略点了点头。

"你说，如果父亲仍在，他会说什么？"沈夜忽然笑了起来，仿佛很有兴致。华月停下脚步，沉默地看向他，没有说话。

"翻手为云，覆手为雨，何等惬意快活。"沈夜饶有兴味，"但愿他在九泉之下，好好看着我的所作所为，然后悔恨不已，永世不得安宁。"

华月默然。在成为"华月"之前，她曾有另一个名字，叫作"一"。

她说："属下只是一具傀儡，这种话，尊上实在不该同属下说。"

沈夜怔了怔，敛去笑意。

他的叹息，很快消融在夜风里，一如从未存在："是，我唯一感谢他的，就是他为我创造了你。"说着，挥了挥手，"去吧，早些忙完休息。"

"属下告退。"华月低头退下。

沈夜目送她离去，抬起头，看了看天际流云，又徐徐低头，望着下方——他身处高台，下面是破败荒凉的城邦，残垣断壁，静默无声。月光像是一块苍白的巨幕，笼罩一切，窒息所有，隔绝了喜悦和欢乐，让神农之国陷入永恒的寂灭。

经过战火蹂躏，又遭十八年风沙侵蚀，捐毒已残破不堪，城中生机断绝。

谢衣一行在断柱残壁间行走，遥想捐毒国昔日恢宏，无不感慨人事两非，兴衰无常。

"嗜！"忽听有人叫唤，乐无异掉头望去，一座破屋中探出一个人头，满脸胡须，头上缠着绚丽的头巾。

众人暗生警惕,纷纷拔出武器。安尼瓦尔刚走,众人只担心来者不善。

那人见众人反应,吃了一惊,急忙缩回头去,众人更生疑窦。乐无异不待谢衣吩咐,提剑赶去,破门而入,却见屋内坐立若干胡人,有男有女,见他进来,神情慌张,纷纷躲藏。胡人们身边停着骆驼马匹,地上堆放着许多箱子。

乐无异见这群人古古怪怪,正觉不解,忽听谢衣说道:"别担心,他们不是马贼,应是西域客商。"

探头的胡人听了这话,放下心来,大声说:"你没看错,我们不系(是)马贼。"说的竟也是夹生半熟的官话。

"那敢情好。"乐无异收起宝剑,笑嘻嘻地咬着舌头说道,"你也会唆(说)官话?"

"天朝向(上)国,学个官话好做生意嘛!"胡人听到乐无异的话,大感亲切,示意伙伴收起武器,"连介(这)大漠上滴(的)马贼,也多半会讲官话。"

"你唆(说)话真好玩,"阿阮也学着乐无异打趣儿,"咕噜咕噜滴(的),教教裹(我)好不好哇?"

"介(这)个……"胡人摸着胡须,"介(这)是天生滴(的),学不逮学不逮嘛!"

"谁说学不逮?"阿阮也摸着下巴,拿腔拿调,"介(这)是天生滴(的)嘛,学得逮嘛!"

众人大笑,胡人被一个极美的姑娘调侃,又欢喜又尴尬,摸头搓手,不知说些什么好。

"阿阮别淘气了。"谢衣一开口,阿阮登时老实下来,笑嘻嘻地退到一边。

"足下怎么称呼？"谢衣问那胡人。

"阿里木。"胡人指着同伴，"这是格罗索，那是阿吉，那是寒古丽。遇上你们，好滴（得）很嘛！"

"幸会幸会。"乐无异为人四海，抱着拳一溜儿作揖，"我是乐无异，这位调皮的是阿阮姑娘，这位帅大叔是谢衣前辈，这个很漂亮的是闻人羽姑娘，这个死样活气的是夏夷则公子……"

闻人羽听他夸自己漂亮，心里欢喜，面露笑容。夏夷则得了个"死样活气"的评语，如未听闻。

"这位兄台，叨扰了，我们来自中原，此行是为考据一桩旧事，叨扰了。"谢衣向阿里木抱一抱拳，阿里木急忙抱拳还礼，谢衣问道，"敢问诸位躲在这儿，可是为了逃避刚才那一拨马贼？"

"你说'狼王'安尼瓦尔？"阿里木摇头，"那可是西域最大的马贼帮派。只是他眼界太高，我们这些普通行商，他看不中啰。我们待在这儿，只为躲太阳啰。"

"'狼王'安尼瓦尔……"谢衣目光一转，落到乐无异晗光剑上，"但愿我想错了。无异，那马贼首领，恐怕看上了你的晗光。"

"怕什么！"乐无异满不在乎，拍拍身上的剑，"他敢来，我便战。"闻人羽看着乐无异，有些心神不属，自从来到西域后，闻人羽脸上便常显出这样的神情。

乐无异看到闻人羽走神，伸手在她面前晃晃，小心问道："你说之前跟你师父来过西域，又懂捐毒话，莫非你之前来过这里？"

闻人羽一怔，望着乐无异，缓缓摇头："不是，只是……"却终于还是什么都没说，只握了握乐无异的手，低声道，"我只希望，不管发生什么，你都相信，我不会害你。"

乐无异有些莫名其妙，忍不住想起那只偃甲鸟带来的话，急忙禁止自己再想。"这儿真不赖，白天遮蔽日头，晚上可挡风沙。"阿阮环视周围，"阿里木大叔，我们能借用这儿休息一下吗？"

"好哇！"阿里木为人豁达，"大伙儿见面，都是胡大滴（的）恩赐嘛。"

天色将晚，浑邪王的下落并无眉目，众人跋涉一日，均感疲惫，当下或躺或坐，各自歇息。

乐无异嘴里叼着一根不知从哪里找来的青草，枕着包裹，跷着二郎腿，仰望破旧屋顶，显得颇为闲适。

谢衣盘膝坐着，正在翻阅羊皮典籍，查找着什么。

夏夷则永远如一柄剑一般站立着。闻人羽在擦拭长枪。

唯有阿阮兴致不减，走到胡人中间，学着阿里木的怪腔调跟他们搭话。胡人都会说几句官话，见她天真美貌，心里都很喜欢，一时知无不言，叽里呱啦地说个不停。

闻人羽一路向百草谷留下隐秘信标。此时信标放完，夏夷则向闻人羽使了个眼色，当先走出来，闻人羽会意，过了一会儿，也借故走开，见夏夷则正站在一处破败屋舍外墙避风处，便快步走了过去。

两个人一旦站在一起，气场便与他人在场时不同，颇有一种心照不宣的意味。两人不再说话，慢慢沿着一条窄巷前行。

夏夷则终于开口:"你有心事?"

闻人羽沉默片刻,点头。

夏夷则又道:"可是当初隐瞒无异之事?"

闻人羽微露讶色,却最终没有说话,只是又点了点头。

夏夷则皱眉道:"一路同生共死,何事不能据实以告?"说到此处,他蓦然一顿,却自己先叹了口气,"然而,的确有些事,生死攸关,不可尽言。"

闻人羽也叹道:"我又何尝愿意保守秘密。事到如今,希望万事由我一人承担,不要殃及他人。"两人转身,远远回望,只见乐无异与阿阮一个闲躺,一个嬉闹,悠然活泼,心下不由得同时道:但愿眼下这份宁静,永远不要被打破才好。

阿阮唯恐赤豹惊了众人,早已收起,阿狸娇小可爱,留在外边。阿里木一行人中,有个七八岁的小姑娘,见了阿狸便想去抱。阿狸高傲地抬抬头,不屑一顾。

小姑娘心高气傲,也不再理它,鼻子里"哼"了一声,又去看谢衣,谢衣气质高洁,小姑娘下意识地觉得,这人看着亲近好说话,性子却有些冷,多半不会陪她玩耍。

小姑娘左看看右看看,就来到乐无异身边。乐无异正高跷着二郎腿想着心事,口中青草也一动一动的。小姑娘见那根青草,心痒痒的,好像一定要从他口中拿出来才安心,但乐无异脸上流露出一种"我不开心,别跟我说话"的神情,又让她不敢放肆。

终于,她看到乐无异的眼睛似乎合上,青草也晃动得越来越慢,心痒难耐,飞快地一伸手,去抽青草,手刚伸到他口边,手腕一紧,正被乐无异抓个正着,吓了一跳,说道:"大哥哥,你没睡?"

乐无异一听,不由得开心,他从小想要个妹妹,可惜爹娘总也不给他生,如今倒捡了个现成的。"小妹妹,你喜欢我这根草?来,你们西域人能歌善舞,你教我跳,我就给你。"乐无异闲着也是闲着,懒洋洋逗着小姑娘。

"咦,大哥哥,你官话,说得好,"小姑娘看着乐无异,诧异道,"你不是捐毒人?"

"啊?我是长安人啊……"乐无异莫名道。

小姑娘摇摇头,指着乐无异的眼睛:"你看,你的眼珠这个色,浅的,沙土色,跟我们一样。我爹说了,捐毒人眼珠,多是这样。"

"骗人的吧?"乐无异道,"我爹娘都是中原人,都是黑眼珠。"

小姑娘拉起乐无异的手,颠三倒四地说:"不信,你看看我的眼珠,沙土色。别的人也是。我爹说了,沙土色眼睛,大人,小孩子,生下来,一定是沙土色。"

乐无异望去,果见她眼珠是浅褐色的,极为美丽。乐无异以前常觉得,自己眼珠黑色未免太柔和了一些,望望屋中其他人,却也都是褐色眼珠,并不乏英武之气。乐无异又想到,所见马匪安尼瓦尔等人,虽面孔多藏在围巾之后,但一双眼露在外面,也都是褐色眼珠,忽然心中有些纳闷。

他摇摇头:"大千世界,无奇不有,这有什么奇怪的。"

小姑娘笑嘻嘻地看着他,指指地上:"大哥哥,你草棒儿掉了。"

"啊……"乐无异起身，摸了摸小姑娘的头，"大哥哥要出去再找根草棒儿，你去找别人玩吧。"说着，起身出了屋子。

小姑娘看乐无异出去了，又觉无聊，凑到阿阮跟前，可怜巴巴地看着阿阮抚摸阿狸，忍不住道："大姐姐，摸一下，好吗？"

阿阮摇头道："不好。我不喜欢当大姐姐。"

那小姑娘在商队中饱受宠爱，还从未遇到过阿阮这样的人，顿时愣了愣，犹豫道："阿妈？"

阿阮扑哧一笑，摆手："你再想想。"

小姑娘从善如流："奶奶？"

阿阮笑得直不起腰，一拍手，道："阿狸快去陪她玩儿，不然我要成姑奶奶啦。"阿狸有些不舍，钻出阿阮怀抱，伸了个懒腰，看看小姑娘，鼻子哼哼，还带着些不情愿。

"谢谢奶奶！"小姑娘大喜，便与阿狸在这一片地方追逐玩闹。忽听"吱"的一声，却是阿狸站在一头骆驼面前，回头望着阿阮，两根前爪不住抬起放下，见阿阮望过来，口中更是吱吱有声。

阿阮笑道："阿狸，你是说这儿有宝贝？取来瞧瞧。"

阿狸得令，叼住骆驼颈上挂着的一个吊坠，转了一圈，取了下来，飞快地跑回来交给阿阮，不住地甩尾巴。

阿阮接过，却见是一个小狗形状的石雕吊坠。

阿阮一见之下，便觉那小狗憨态可掬，忍不住戴到颈上，喜欢得很。便向那阿里木道："阿里木老爹，这个多少钱，能卖我吗？"

阿里木面露难色，望着身边一个小伙子："这桃拔是阿吉的——"阿阮循声望去，只见阿吉十六七岁模样，长相清秀，腼腆寡言，先前一直坐在旁边，听阿阮和阿里木等人聊天。

"那，阿吉，卖我好不好？我好喜欢。"

阿吉站起身来，脸色通红，抓头道："不……不行，桃拔是我的守护神，能祛除恶灵，一定不能给你。"

阿阮疑惑道："恶灵？那是什么？你们真麻烦，怕的东西可真多呀。"心中仍是不甘，幻出一个锦囊，从里随手抓出一把珠玉如意，递给阿吉验看，"这是我从前攒的宝贝，跟你换，好不好？"

阿狸在旁吱吱叫唤，似在帮腔。它天生嗅觉奇灵，能够闻见宝气。阿阮所带宝物，均是阿狸寻来，无一不是世间罕有的珍宝。

阿吉看看那堆珠宝，仍是为难："守护神，不能换，换了不吉利的呀。"见阿阮嘟着嘴，眼巴巴望着自己，脸不由得红了，小声嘟囔，"不行的，不行的呀。"

恰在此时，夷则走来，向阿吉一拱手，道："失礼了。这位小兄弟，在下有一件仙家宝物，能祛除阴秽，与你这石雕效力相当，不知道你肯不肯换？"

"什么宝物？"阿吉打心底里也不愿阿阮失望，只是行走沙漠，不敢开罪鬼神，所以只能硬着头皮拒绝。眼下听到另有选择，不由得动了心思。

夏夷则取出天眷神珠，珠光明亮，照亮四方。胡人们纷纷站起，低声议论，阿狸围绕夏夷则转来转去，口中发出兴奋的尖叫声。

阿阮望着宝珠,不胜诧异,忽见夏夷则用手一拂,宝珠里冲出一个湛蓝幻影,修长宛转,头角峥嵘,一身鳞甲错落有致,竟是一条狰狞飘逸的蓝色蛟龙。

众人目瞪口呆,纵如谢衣,也站了起来,但见蛟龙巡游一周,冉冉钻回宝珠。夏夷则收起珠子,笑道:"你看如何?"

"蛇!"阿吉惊叫起来,"珠子里有一条蛇。"

"是龙,不是蛇。"阿阮忙道,"你别乱说,这话若叫天上的战龙听见,它们要跟你生气的。"

"龙?"阿吉将信将疑,"中土传说中的神兽?"

"不错。"夏夷则微微点头,"方才只是龙魂幻象。这颗天眷神珠的真正妙处,远远不止于此。此珠是由冰蛟眼珠炼化,寒气万年不灭,将它埋入沙里,一刻后平地涌泉,饮之不竭。"

阿吉如痴如梦,喃喃道:"太好了,太好了,以后行商,再也不愁饮水啦。"

"左近皆是沙地,你一试便知。"夏夷则大大方方递上宝珠。阿吉惊喜接过,连连点头:"我信,我信,公子一看就是诚信人,我这就跟你换。"摘下桃拔,一把塞给夷则,转身跑向阿里木,边跑边笑,"阿里木老爹,阿里木老爹!往后咱们不愁喝水啦!"

夏夷则看一眼石雕,只觉雕工简陋、用料寻常、毫无灵气,也不知阿阮看中它什么。这位神女姑娘着实有些捉摸不透,想着随手递给阿阮。阿阮惊喜不已,接过石雕,左看右看,极是喜爱。

阿狸嗅嗅石雕,又吱吱几声对阿阮说着什么。

阿阮一笑,看着夏夷则,眨眨眼:"你想不想知道阿狸在说什么?"

夏夷则断然道:"不想。"

阿阮笑道:"它呀,说你是个大傻瓜,你的珠子可是比石雕贵了千万倍呢。"

夏夷则平静道:"身外之物。"

阿阮歪着头看着夏夷则:"你这个人,成日冷冰冰的,若是不喜欢那珠子,才不会把它带在身上。"她将石雕抛上抛下,说道,"好啦,我已经稀罕够了,你去换回来吧。"说着,从锦囊内左翻右拣,掏出个金铃儿,一起递给夏夷则,"这个梦铃铛,能让人见到朝思暮想之人。为免夏公子失信,这个宝物就算赔给阿吉的,好不好?"

夏夷则眉头微拧,却不肯接过,抱臂站在那里。

"阿阮妹妹,"却是闻人羽走进屋来,笑道,"夏公子一言九鼎,君子一言,岂有收回之理?他既送了你,你就收下吧。"

夏夷则眉头微微缓解,仍然抱臂站着,面色微红。

闻人羽暗笑,正在此时,只听一个声音道:"仙女妹妹,要想让夷则开心,你只要收起那枚石雕就够了。然后——"却是乐无异从外面走过来,浑身风沙。

乐无异从阿阮手中接过梦铃铛,塞到夏夷则怀中,又将那枚石雕按在阿阮手心,用力握了握:"这下,天下太平。"

夏夷则眉头皱得更紧,最终却缓缓松弛下来,阿阮仰面望着夏夷则。

"哦……"一旁那胡人小姑娘看了半天,终于看明白了几分,正要开口,忽地见乐无异悄悄向自己挤了挤眼,连忙捂着嘴离开。

脚下阿狸还吱吱吱吱地叫着,似乎不明白人类这群自找麻烦的傻瓜。

天色渐晚,胡人们燃起篝火。

"阿里木老爹,"谢衣在阿里木身旁坐下,"这一条道你常走吗?"

"常走嘛说不上,"阿里木得到天眷神珠,心里欢喜,满脸堆笑,"一两年走一回哇。"

"你知道捐毒国吗?"谢衣又问。

"知道。"阿里木叹了口气,"被中土灭了。"

乐无异几人从旁听到他们说话,也坐了过来,乐无异问:"都说浑邪王失踪了,是真的吗?一点儿消息也没有?"

"没有。"阿里木摇头,指了指捐毒遗迹更深处,"再里面,又是神又是鬼,一般人不敢走近嘛。"

"那,阿里木老爹,捐毒国的遗民,后来都去了哪儿?"闻人羽道。

"不知道嘛。"阿里木耸了耸肩,"大概死光了吧。"

乐无异一呆,黯然低下头去,闻人羽轻声问道:"无异,怎么啦?"

"捐毒国是我爹灭的。"乐无异叹了口气,"听说死了那么多人,我、我心里不痛快。"

"打仗嘛,难免会死许多人。"

"话虽如此,我还是难过。难怪父亲从不提到西征,想必他也感觉做得不对。"

一旁谢衣温言道:"西域奶酒醇香甜美,你们可要尝尝?"

"对对对，喝酒，喝酒的嘛！"阿里木拍手大笑，"寒古丽，你取两桶奶酒，格罗索，你宰一头骆驼，咱们遇上了贵人，今晚好好乐一乐嘛！"

"好，好。"乐无异少年心性，最爱热闹，听了这话，将不快丢到脑后，跟着阿里木拾柴去了。

半个时辰后，骆驼烤好，奶酒斟上，众人围着篝火载歌载舞。乐无异一手拿着酒壶，和寒古丽对舞，跳得似模似样，引来胡人们齐声叫好。

"小兄弟好嘛！"阿里木大声嚷嚷，"灵巧赛过寒古丽啰！"

"好什么好？"闻人羽笑得合不拢嘴，"扭来扭去的，像一只抽了筋的大狗熊。"

"哪儿像熊了！"乐无异听见，大声反驳，"你分明是嫉妒！有本事你也来跳啊！"

阿阮最爱热闹："小叶子再扭一个，再扭一个！"

众人越是笑闹，乐无异扭得越发带劲，同时做出种种滑稽表情，矜持如夏夷则，也被他逗得发笑，不慎呛了奶酒，剧烈咳嗽起来。

喘息一阵，夏夷则回头望去，忽见谢衣闷头喝酒，一声不吭，火光映照在他脸上，忽明忽暗，越发叫人捉摸不透。

夏夷则心头一动，伸手摸到那一只偃甲蛋，寻思："谢前辈一身偃术震古烁今，仍有许多烦恼之事，人生苦短，失意者多，如意者少，来来去去，不过如此。"

他想到身世，愁上心头，捧起马奶酒一饮而尽。胡人们只当他豪气，登时纷纷喝彩。殊不知夏夷则不过借酒浇愁，想要忘掉身世，喝完一袋又喝一袋，兀自不醉，一双眼睛却是越来越亮。

乐无异跳了一通舞，出了一身透汗，回到篝火边。

"小兄弟，"阿里木凑上来，勾住他的脖子，"你问我捐毒国嘛，刚才我想起了一个传说嘛。"

"传说？说来听听。"

"这个嘛，听说捐毒国不是中土人打垮啰，是自己打自己的嘛。"

"自己打自己？"

"是啊。"阿里木边喝边说，"这个嘛，听说当年打仗的时候，城里许多人发了疯嘛，互相砍、互相咬，可吓人啰。打完仗，过了一个月，有个过路的商人进城躲避风沙，不想一晚过去，他就变成呆子啰。"

"发疯……变成呆子？"乐无异挠了挠头，"好吓人啊。"

"可不是嘛。"阿里木说道，"这回要不是没水，我们也不愿歇在这里嘛。你们要当心，那是胡大不肯庇佑的地方嘛。"

乐无异犹豫不决，谢衣忽道："多谢指点，谢某借花献佛，敬老丈一杯。"

"谢先生言重了嘛。来，干啰。"阿里木举杯喝光，"我知道嘛，你们都是有大本事的人，就算有什么神神鬼鬼，也难不倒你们嘛。"

谢衣举目望向远方，明月当空，光亮宛如墨汁，将偌大一片沙漠浸染得忽白忽蓝，一半银光世界，一半碧海汪洋，起伏的沙丘俨然沉睡的巨人，晚风席卷而过，似要将其唤醒。

缥缈乐律传来，阿阮应闻人羽邀请，站在篝火边，动情地吹奏。

欢乐一宿,天明之后,乐无异一行与胡商别过,继续深入遗迹。

乐无异自告奋勇打头阵,夏夷则殿后。阿阮放出赤豹,向前打探。一路只见断柱残垣,高大的圆顶也被风沙淹没,城市死寂无声,连蛇虫也不见一只。昨日诸人所留宿处不过只是才入城不远处,此时越向其间深入,越能察觉荒凉。总算小黄伤势已然痊愈,便是遇到不测,也能离开。

不安气氛越来越强烈,仿佛越向其间深入,便是深入到一头巨兽的体内。

路途之中不时可以看到巨型植物的痕迹,仿佛有一棵棵参天巨树曾被人连根拔起,留下的巨大坑洞,便是十八年风沙也未能填满。

众人走过那坑洞,谢衣停下脚步,良久,沉默地摇了摇头。

一路走来,满目荒凉,闻人羽叹息道:"看来,这里真的被诸神遗弃了。"

"奇怪,"阿阮怀抱阿狸,"阿狸说,这儿有一种灵力的痕迹。"

阿狸嗅觉极灵,它这样说,便不会有错。众人停下脚步。

"阿阮妹妹,"闻人羽问道,"能找出灵力来源吗?"

阿狸吱吱两声,阿阮点头道:"阿狸说,那是打地下渗出来的,只是过去太久,消散得差不多了。"

"在下并未察觉灵力,"夏夷则沉吟道,"不过,此间有一股凶煞之气,笼罩徘徊不去。"

"死人太多了。"闻人羽望着沙中累累白骨,"捐毒国灭,定国公二十万大军出征,班师回朝的不足两万人。"

"早知如此,闹什么西征?"乐无异摇头,"十八万个人死于战争,便是十八万个家庭受到战争牵连,有一百几十万人为此体会死生别离……"乐无异鼻中似乎闻到十八年前的血腥气和绝望,低声喃喃道,"太可怜了,太可怜了……"声音中已有哽咽之意。

乐无异心中郁结,无法排遣,只恨自己力量不够大,不能叫世间人放下干戈,和睦生活。可是放眼三界,下至黎民苍生,上至神仙三皇,又有哪一位曾真正促成铸剑为犁?可见力量强大亦不足以解决一切纷争。然而既是如此,那他的一己努力,便越发渺小无用。

忽地,只觉一只温暖的手抚摸在头顶上,轻轻拍了拍,意似嘉许。

"好孩子,"谢衣温言道,"人间事,大多无可奈何。人力微小,天意难测,太多人一生事事求成、事事落空,倒不如求个无愧于心吧。"

一时间,乐无异只觉有太多话想要说,却又什么话也说不出。

一行人转过一处断墙,前方景物一变,乐无异手指前方:"那儿有一栋楼,好像是一座宫殿。"闻人羽举目望去,就见远处黄沙深处,露出一个圆形屋顶,尽管残破不堪,可是雕刻精美,形制华丽,绝非寻常民宅,应是王侯所居。当下放出信号，不多时，谢衣、夏夷则与阿阮也赶到。

"这儿应是王城中枢。"谢衣迈步向前，"过去瞧瞧再说。"

走近宫殿，谢衣召出巨蝎，乐无异也唤出金刚力士。几只偃甲同时开挖，掏光附近的沙子，不多时，一座宫殿显露出来，廊柱华美，神像环绕，且有高大的石雕祭坛，祭坛四周多有挖凿痕迹，镶嵌的珠宝都已被取走。

游历一周，神殿尽管壮丽，可也别无奇处。不久走到尽头，众人正要退出，谢衣忽然止步，望着一面墙壁出神。

"谢前辈，"乐无异问道，"你瞧什么？"

"你看这面墙壁，"谢衣手指前方，"可有什么念头？"

"这个嘛……"乐无异拔出晗光，照亮石壁——墙面并非一体，而是九纵六横，分为三十六格，墙壁左右两侧各有三个浮雕，左边是日、月、星，右边是水滴、树叶和火焰——六者自上而下、交错斜对。

"机关吗？"乐无异半晌开口。

"是。"谢衣又问，"如何破解？"

乐无异心知他早已看出端倪，如此发问，意在考较自己，当下搜肠刮肚，想了一会儿，突然灵光一闪，冲口而出："光感之术。"

谢衣点头："光从何来？"

乐无异回身走向殿外，到了右边角落，又看一看上方穹顶，沉吟道："应该有两面镜子，一面在门前屋檐，另一面在这墙上……"伸手摸索，果然有一片凹痕。

"这儿除了石头，什么值钱的东西都没有。"闻人羽说道，"如果不是西征士兵掠走，那就是被捐毒人毁掉了。"

乐无异大为沮丧："没有镜子，光亮进不来，除非……"他抬头望天，"把屋顶拆了。"

谢衣莞尔："再想想。"

"笨呀！"乐无异心头忽然一凛，"光感之术，须在暗室进行，屋顶一拆，这儿成了明室，光感之术就会失效。"

"好。"谢衣点头道，"这些日子，你的书没有白读。"

"光感之术"正是学自谢衣的图谱，若无数日苦读，必定一筹莫展。乐无异心叫惭愧，发愁道："该死，打哪儿找两面镜子？"

"我有一只阳燧。"谢衣取出一个缩微偃甲，"本是沙漠里生火用的。"他丢出缩微偃甲，咔嚓，跳出一面凸镜。

"好哇！"乐无异大喜过望，"这一面阳燧，放在门前屋檐，可以作为阳光的引子。"

"还差一面。"谢衣接着说道，"又该如何解决？"

"这个嘛，"乐无异摸着下巴，突然眼睛一亮，笑道，"夷则，全看你的了。"

夏夷则愣了一下，点头道："好。"

"咦？"阿阮一头雾水，"你们打什么哑谜呢？要不，我也来帮忙？"

"阿阮姑娘莫急。"谢衣耐心解释，"所谓光感之术，即是说这面石壁上的机关，需要光照才能破解。你看，这儿六个图腾，日对火，月对水，星辰对绿叶，需用阳光逐一照亮方格，连成一线，两两连接图腾。但要引入阳光，还须两面镜子。"

"还差一面镜子。"阿阮似懂非懂，看向夏夷则，"我和闻人姐姐是姑娘,我们都没有镜子,难道你有吗?"

夏夷则停顿一下,正色道:"在下有冰。"抽出长剑,凌空挥舞,寒气扑向墙壁,冰霜飞快凝结,化为一面晶莹剔透的冰盘,光明皎洁,可鉴须眉。

"好精纯的灵气。"谢衣由衷赞叹。

"可是、可是……"阿阮忍不住又问,"阳光照在冰上,冰不会融化吗?"

"不会。"夏夷则道,"只要灵气不断,冰就不会融化。"

"好,好!"乐无异拿起透镜,安放在屋檐上,引入日光,照上冰镜,经过一番折射,投在石壁之上。

"呀!"两个女子齐声惊呼,眼望着墙上一个方块明亮起来,发出纯净迷人的蓝光。

"先月水……后星叶……再日火……"乐无异既知"光感之术",心里早有计较,引导光柱,先将月亮和水滴间的方块一一点亮,曲折连接成一条水蓝色光带,再将星辰和绿叶用绿色光带连接起来,最后才连接太阳和火焰之间的红色光带。

不一会儿,蓝、绿二色连接成形,方块一旦点亮,不再消失,众人屏息观望,但见光束落在太阳之旁,方块仿佛着火,立刻变成红色。刹那间,蓝、绿光带开始消失,一个方块紧接一个,乐无异大感意外,忍不住"咦"了一声。

"要快!"谢衣出声提醒,"水木消失,前功尽弃。"

乐无异恍然大悟,移动光柱,迅速点亮方块,连接出一条明亮的火红光带。

红光一成,轰隆隆,石壁深处传来一串巨响,一声响过一声,砰,石壁轰然中开,出现一个黑洞洞的门户,阴风呼啸而出,夹杂刺鼻恶臭。

众人屏息后退,直到臭气散尽,闻人羽叹服道:"这机关也算奇巧无方,要不是咱们有两位偃术大师,可万万破解不了。"

"进去吗?"阿阮跃跃欲试。

"秽气逼人、阴煞浓重。"夏夷则皱了皱眉,"只恐多有古怪。"

"既来之,则安之。"谢衣当先跨入石门,"由我在前探路。"

众人见状,次第跟上。谢衣点燃一盏偃甲灯,照亮前方道路——地势倾斜向下,石阶时有时无,走了数十步,陆续发现人类骸骨,彼此纠缠,刀剑交错。

越往前走,洞窟越大,地上白骨累累,触目惊心,秽臭扑鼻,使人头昏脑涨。

"真臭。"阿阮一挥手,绿光扩散,臭气消散,空中飘浮着花草清香,众人贪婪呼吸,均感神清气爽。

"多谢阿阮。"闻人羽说道,"这里死人味儿太重,呛死人了。"

夏夷则点头,手指远处:"之所以尸气浓重,大约是因为那些建筑。"地窟之中竟有许多塔楼,上有石阶盘旋而下。

"嗯,"谢衣颔首道,"夏公子博学多才,莫非竟看得出此地玄机?"

"不敢当,在下对阵法封印也只是略有涉猎。"夏夷则道,"此地有封印凶魂的灵力痕迹,加上这些建筑布局古怪,东陷西沉，南缺北断，上下无路，生门困绝，仔细看来，分明就是一个巨大的封印，只怕与民间传说中所谓凶穴相去无几。"

众人忽然一静，面面相觑。乐无异摸了摸头，道："你能不能用我们听得懂的方式，慢慢再说一次？"

夏夷则顿了顿，道："这里死过很多人，而且有阵法将凶灵拘禁于此。"

阿阮松了一大口气："啊，原来是这样。有鬼而已嘛，吓我一跳。"

谢衣摇头喟叹："野史有言，捐毒人数千年来，用于供奉神灵的祭品，全是活生生的战俘和奴隶。我本以为这是以讹传讹，但如今看来，恐怕并非全无根据。"

闻人羽也叹息道："太残忍了。"想了想，又说，"不过，往好处想，如果这儿是祭祀之地，那对捐毒一定很重要，说不定就是那个浑邪王藏身的秘窟。"

"我们速去速回，途中勿要耽搁，也不要轻易触碰任何东西，尽量不要高声说话。"谢衣沉声道，"另外，我们要多留意周遭浮雕彩绘，其中说不定会有关于国宝指环的线索。"

众人点头，一一跟上。

走不许久，两侧墙壁出现若干彩绘浮雕，刻画历代捐毒王故事。众人一路看去，谢衣忽然止步，指着一处图画："这个就是浑邪了。"

众人细看，图画描绘浑邪王出生成长的经历，其间始终有一神祇相伴，白发长袍，神情肃穆。

"这个神……"阿阮望着神像，心神恍惚。

"这是捐毒人信奉的神明之一,主宰植物生长。"谢衣说道,"就史料看来,这位神祇神力广大,地位十分超然。"

阿阮显出疑惑神情:"可是,我……我好像在什么地方见过他……"

谢衣道:"阿阮姑娘是否翻阅过我书房中的典籍?"

阿阮摇头:"不,不是在那里读过,而是,"她想了想,恍然大悟,"啊,我想起来了!那个神的样子,和人皇神上很像很像!"

谢衣道:"人皇?姑娘是指,人皇神农?"

"对啊,"阿阮点头,"就是神农神上。他是我的主神啊,难怪这么熟悉。"

夏夷则不由得开口:"如此说来,阮姑娘莫非竟是神农部属?"

阿阮有点儿恍惚,走出几步,回忆道:"嗯,是呢。"说着声音低弱下去,呢喃一般,"可惜真的已经过去太久太久了……我都已经……不大记得他的模样……"

夏夷则不由得蹙眉:"阮姑娘,你还好吗?"

阿阮回过神来:"啊,我,我没事。只是心里忽明忽暗,好像想起了什么似的。"阿阮回身望着众人,"我们走吧。我要慢慢想一想。"

正在此时,身后遥远之处,似乎传来一声重物落地的闷响。众人齐齐回首望去,等了片刻,再无声息。

地宫尸气闭塞五感,阿狸、赤豹的感官大大削弱,均未察觉异常。夏夷则想折回探个究竟,却为谢衣阻止,谢衣道:"此地诡谲,不可轻易走散,倘有万一,兵来将挡便是。"有谢衣这位偃术宗师在侧,加上这地下迷宫广阔神秘,若现在折返,未知会否生变,众人略作商议,当下仍向地宫深处走去。

顺着石阶向下,煞气越发浓重。众人心浮气躁,时有杀戮冲动,好在阿阮天生一股清灵之气,不时念咒行法、驱散煞气尸毒。

越向下走,装饰壁绘便越是华丽,而那股阴煞不祥之意也就越强。

忽然,谢衣开口提醒:"大家留心,以封印形势来看,前方应是法阵中枢,若有古怪,或许就在左近。"

众人心中凛然,各自拔出武器。又走数十步,地势渐趋平坦,似乎已到底部,一条长廊直通远方。道路两侧,廊柱精美,神像恢宏,长明灯幽幽燃烧,仿佛星星鬼火。

长廊不久穷尽,出现一道拱门,踏入其间,一座宏伟的祭坛跃入眼帘,浑圆的穹顶上,不知从何射来一束圣洁的白光,照出祭坛上两道人影。

"谁?"乐无异心弦绷紧,看见人影,下意识叫喊。

"谁……谁……谁……"回响激荡四方,坛上两人一声不吭,也不动弹。

"那并非活人。"谢衣向那两人行了一礼,道声"叨扰",这才信步踏上祭坛。

众人忐忑跟随,到了坛顶,只见一名男子将一名女子紧紧拥在怀中,两人衣裳华美,宛然如生。那两人尸首早已风干,尽管如此,仍能看出,女子年轻美丽,男子已过中年,虽然已经死去,却仍有一股说不出的威严。

"浑邪王？"闻人羽看过男子，目光移至女子身上，"这一位，莫非就是传说中的捐毒王妃？"

乐无异奇道："你怎么知道？"

"我乱猜的，"闻人羽连忙摆手，心中却不由得伤感，"那个逸闻里说，浑邪王与王妃感情很好。我想，不管是谁，最后一刻想要留在身边的，一定是最在乎的人吧。"

谢衣在旁观察那两具尸体，忽然道："那是？"

众人循声望去，只见王妃后颈处，浑邪右手食指金光闪动。

谢衣叹了口气，道："生当复来归，死当长相思。两位，得罪。"向尸首微微欠身，弯腰摘下指环。指环刚刚入手，浑邪夫妇的尸体忽然枯朽，土崩瓦解，化为一片灰烬。原来，二人尸身不朽，全赖指环神力，指环一失，均为灰土。

"啊……"乐无异心中惋惜。

"一方霸主、无上荣华。"夏夷则亦不由得动容，轻叹道，"终究也不过劫灰销尽。"

阿阮见他神色郁郁，不由得问道："夷则，你说什么？"

"没什么。"夏夷则收敛戚容，转向谢衣说道，"谢前辈，指环已经到手，我们是否可以离开？"

谢衣站立不动，仰望虚空，神情凝重，乐无异忍不住催促："谢伯伯……"

忽地听到阿狸吱吱急叫，阿阮忙道："小心！附近有很强大的灵力——"

话音方落，就听"啪"的一声，祭坛地面闪烁蓝绿火花，一团团火球大如人头，从地下冉冉升起，光焰幽冷，偌大祭坛气温陡降。

除却谢衣神色如常,众人均浑身战栗,汗毛竖起,心头不胜烦恶,涌起嗜血念头,均想大杀特杀,杀光一切生灵。

"灵台澄澈,六神不扰,万类空明,一念不生……"阿阮清甜的嗓音悠悠响起,宛如空谷风起、晨曦初露,至纯至净,荡涤身心。

众人烦恶消泯、杀意减退,彼此面面相觑,均是暗道"惭愧"。

浑邪·狼王

冷焰不断涌出,升腾、旋转、汇集、融合,隐隐化为人形,高大、威严,居高临下,俯瞰众人。

闻人羽在最前面,那人形俯视闻人羽,似乎要将她生生吞噬。闻人羽微微颤抖,乐无异看着闻人羽的身形,上前一步,握住闻人羽的手。

"浑邪!"谢衣叱道,"你倒行逆施,终致亡国,至今仍执迷不悟吗?"

浑邪幽灵之身缥缈聚散,若有若无,阴邪煞气有如怒潮汹涌。阿阮不断念咒将其驱散,可是散了又聚,去了又来,双方相持不下,阿阮雪白的额头渗出点点汗珠。

乐无异上前一步,挡在闻人羽身前,叫道:"我来收服他!"拔出晗光,念动咒语,三个金刚力士跳了出来。

"无异!"谢衣摇头道,"此乃浑邪王一线执念所化,偃术对它无用。"

"寒霜落！"夏夷则拔出长剑，轻轻一挥，冰剑如雨，向浑邪之灵泼洒，冰剑穿过灵体，荡起微微涟漪，浑邪之灵全无伤损。

"疾战！"闻人羽长枪一顿，火光笼罩全身，她纵身跳起，刺向虚空灵体。

浑邪之灵咕哝一声，大手一挥，闻人羽只觉阴风扫来，浑身僵冷，慌忙翻身后退，落地时急运灵力，与那邪气相抗。

浑邪之灵双手高举，四周燃起蓝绿灵火，跳动凝结，化为一团团幽冷的火球，浑邪之灵咕哝一声，双手用力挥出，火球雨点似的落向众人。

"玄武护！"闻人羽银枪狂舞，挡在身前，形如一面明晃晃的银盘，淡黄色的灵气从银盘中涌出，化为一只巨大的"玄武"，龙头龟身，将众人笼罩在内。邪火击中"玄武"，崩碎破散，化为无数火星，闻人羽也如受重锤，胸口发闷，面孔一片嫣红。

邪火虽散，却并未熄灭，形如流萤，围绕"玄武"飞来飞去，不住寻找破绽，试图钻入其中。闻人羽强忍难受，手中银枪风旋电绕，不断催生玄武之气，将侵入的邪火弹回浑邪之灵身边，奈何邪火邪灵本是一体，浑邪之灵收回邪火，一挥手，火球再现，数以百千。

闻人羽暗暗叫苦，"玄武护"挡住一波邪火，已是不胜吃力，倘若再来一波，只怕难以抵御。

念头才动，阴邪大盛，邪火恍如流星急雨，带着一道道光尾落下。

"拼了！"闻人羽一咬牙，鼓起浑身灵力，打算硬碰硬挡下一击。

"清心净土！"阿阮娇呼响起，一股淡绿光芒冲出"玄武"，迎向邪火，绿光流散开合，仿佛百藤缠绕，又似千花怒放，清新迷人的气息弥漫墓穴，邪火与之相撞，纷纷化为乌有。

浑邪之灵邪火被破，更加愤怒，双手一分，多出两把冷焰幽幽的长剑，轮转如飞，猛然劈下。

"流星！"闻人羽举枪格挡，谁想枪剑相交，长枪挑空，无所着力，浑邪之剑却无所阻碍，切开"玄武"之气，落向少女头顶。

"糟糕……"闻人羽念头还没转完，叮，浑邪之剑来势一顿。闻人羽愣了一下，定睛望去，乐无异手举晗光，挡住无形之剑，闻人羽心中讶异，再一回头，另一把邪剑被夏夷则的长剑格住。

闻人羽来不及多想，眼看邪灵双剑受阻，胸口空门暴露，当即纵身跃起，长枪携带火光，刺入浑邪之灵心口。

浑邪不惧刀枪，长枪及身，也不在意，不防闻人羽用力一抖，掀起朵朵枪花，"玄武之气"从中涌出，有如土蛇黄龙，在邪灵之中纵横流窜。

浑邪之灵怪叫一声，缩身后退，灵体剧烈翻腾，化解少女灵气。

"天剑降魔！"夏夷则人剑合一，冲向灵体，幻起剑影千重，前后相续，纵横飞舞，形如精光长龙，又如无边剑雨，每一剑刺出，邪灵都会激荡，每一剑斩下，灵体便会分离。一眨眼的工夫，长剑所向，邪灵支离，失去人形轮廓，化为团团邪火。

"好……"乐无异看呆了眼,"好厉害……"

一口灵气用尽,夏夷则收剑落下,面孔发青,两眼血红,直勾勾望着众人,闪动凶残光芒。

"不好。"谢衣沉声道,"阿阮!驱散邪气!"

话音未落,阿阮纤手挥出,一道绿光笼罩夷则,夏夷则晦气消退,眼中的血光暗淡下去,他如梦方醒,暗叫"好险"。原来,这一路"天剑降魔"他尚未修炼精纯,固然能够伤到邪灵,可是倾力攻击之余,自身防护不周,反遭阴邪侵入,险些中邪发狂。

夏夷则定一定神,举目望去,发现漫天邪火重新凝结,浑邪的形影再次出现。

"怎么回事?"闻人羽也感绝望,"怎么都杀不死,这样下去……"她住口不说,众人却都明白她话中之意——浑邪之灵不灭,立于不败之地,众人即使不败,也会活活累死。

"看来我们弄错了。"谢衣环顾四周,"这个地宫法阵既是封印之阵,也是聚灵之阵。浑邪之灵身在阵中、永不超脱,只要地宫仍在,浑邪之灵就不会消散。"

说话的工夫,浑邪之灵再次成形,狂怒挥手,邪火再次凝聚。

"怎么办?"乐无异又惊又怒,"难道要摧毁地宫?"

谢衣摇头,踏上一步:"交给我。拖它片刻。"抬头望着邪灵,脚下白光涌现,亮起一座法阵。

"这是……"夏夷则双目一亮,但听面具之后,谢衣念出咒语。众人正要细辨,浑邪之灵横剑扫来,乐无异三人急忙联手对敌,这次只求自保,不求获胜,且战且退,将那浑邪之灵牢牢牵制。

短短数息,已听谢衣飞速念完咒语,喝道:"驱邪缚魅,乾坤封灵!"

法阵中蹿起九条光束,色泽不同,方位各异,形如九条飞龙,宛转缠绕在浑邪之灵四周。浑邪之灵流露出惊慌神气,左冲右突,均被光束逼回,光束形如锁链,纷纷收紧,顷刻间,便将邪灵牢牢封锁。浑邪之灵忽涨忽缩,口中阴沉咆哮,可是光束随之涨缩变化,令它始终无法挣脱。

"乾坤封灵诀?"夏夷则佩服道,"前辈打算封印它吗?"

谢衣注目邪灵:"吾令既下,万邪归藏。"

光束扭曲摆动,长出无数锐利的光锥,穿透浑邪的灵体。浑邪灵体咆哮、挣扎,身子千疮百孔,形影越来越淡。

"定封!"谢衣举起右手,浑邪之灵扭曲一下,哧,恍若泡影,迸散消失。

众人望着虚空,一时缓不过神来。

"好了。"谢衣袖手说道,"它非生非死,一时间难以摆脱,不如就此封住。我们可以走了。"

偌大祭坛,此刻空空荡荡,尸身也好,执念也罢,俱都散若烟云。众人回想浑邪一生功过,心中均是百味杂陈。

"谢衣哥哥,"阿阮忽道,"捐毒指环已经拿到,你可想起什么了吗?"

谢衣拿起指环,看了看,思索道:"捐毒指环、上古至宝、降妖之力……这其中隐隐约约,有些说不清的关联。待我仔细想想。"

说着,谢衣独自走开,去查看祭坛四周壁画。乐无异等人随意看看,并无收获,重又聚头,讨论那捐毒指环。

"这指环上有一缕至清灵气,决非凡间所有,说起来,"夏夷则看一眼阿阮,"倒与阿阮姑娘的灵力有些相似。"

"谁跟它相似了?"阿阮老大不快,"这个戒指恶鬼戴过,脏也脏死了。"

"明珠蒙尘,非明珠之过。"谢衣不知何时又走到近前,向众人笑道,"诸位,若我没有猜错,这捐毒指环,源自一位上古神祇。"

"神祇?"乐无异问道,"谁呀?"

谢衣口气郑重:"你们看四周壁画。看画中内容,捐毒先祖是从中原迁徙而来,他们最初信仰的神祇,就是神农。这枚捐毒指环,也是神农赐予他们的。"

"不可能!"阿阮失声道,"神农大人绝对不会要活人当祭品的!捐毒人这么残忍,怎么会信奉神农神上?"

"世事易变。"谢衣幽幽叹气,"神农早已不知所终。捐毒人失去神佑,孤立无援。西域神魔之说十分繁杂,捐毒先祖们渐遭同化,渐渐背离本源。他们用活人祭神,建立地宫,拘禁怨灵,修炼邪法,种种举动,狠毒残忍,终于招致天谴……其实这世间,因诸神弃置,而渐渐沦入邪道的,又何止捐毒一族。"

"不止一族?还有其他的?"闻人羽问道。

谢衣摇了摇头,叹息一声,不予作答。

阿阮站在一边闷闷不乐,忽地开口问道:"谢衣哥哥,我能看一看指环吗？我很久没见过神农神上的东西了。"

谢衣递上指环。阿阮托在掌心，指环闪烁一下，忽然明亮起来。

"呀！"阿阮不胜惊讶，"它在发光？"

众人无不惊奇，眼看指环越来越亮，一股磅礴无匹的灵力从中涌出，众人不由自主地向后退让。

"好强的灵力。"谢衣冲口而出，"大家小心！"

"小女子，"一个声音忽然响起，"将指环拿来！"

众人应声望去，禹期不知何时飘浮在半空，两眼盯着指环，目光异常严厉。

"禹期？"乐无异不解，"你来干吗？"

禹期"哼"了一声，皱眉望着阿阮，眼里闪过一丝骇异。

说话的工夫，阿阮已被指环的光芒笼罩，身子仿佛透明，胸口绿光凝结，形如一枚芝草。芝草开枝散叶，化为柔藤缠绕女子，藤上奇花怒放，霜白粉蓝，绚丽无伦。

乍见奇景，众人无不诧异，不敢贸然上前，眼看指环升起，悬浮半空，怒放奇光。阿阮突然双手抱头，低低地呻吟起来："唔……这是……这些影子……是什么……"

"阿阮姑娘！"夏夷则担忧不已，"你怎么了？"欲要上前，藤蔓发出无形之力，硬生生将他隔绝在外。

"奇哉怪也！"禹期不胜诧异，"小女子，尔乃何人，竟能使之复苏？"阿阮拼命地摇头，呜呜咽咽地发出哭声。随着她哭泣，指环发出柔和碧光，幻化为一支古朴修长的剑柄。

"这是什么？"闻人羽惊呼。

"拿来！"禹期神色愈发不耐，飘然上前，无视藤蔓，伸手抓向剑柄，众人虽然看见，可是禺期太快，动念也是不及。

砰，翠光乍闪，禺期挫退丈许，怒视前方——谢衣袖手挺立，风姿卓然，右手微抬，掌心吐出一面光盾。

"好快！"乐无异惊呼，禺期之快还可理解，谢衣血肉之躯，居然后发先至，挡住了缥缈剑灵。

"神农一脉所传'瞬华之胄'。"禺期眯眼望着谢衣，"功夫不错，哪儿学的？"

众人均是一惊，纷纷看向谢衣。

谢衣以偃术鸣世，相识以来，鲜少显露法力，不过偃甲以磁力和灵力为主要驱动力，所以大偃师一般也是大术法师，众人倒并非诧异于他术法通神，而是不解：西域此行，处处离不开神农影子，而谢衣竟会神农一脉术法，这其中是否有所关联？

只听谢衣沉声道："敢问阁下尊姓，为何袭击阿阮姑娘？"

乐无异直到此刻才反应过来，急忙上前："禺期，你在干什么？！怎么能向谢伯伯和阿阮妹妹动手！"

禺期冷哼一声，傲然顾盼："昭明剑柄在此，尔等一无所觉，肉眼凡胎，贻笑大方！"

"什么？"

"昭明？！"

众人失声讶叹。乐无异知道得比旁人多些，自然也更加惊讶："昭明，就是斩断鳌足、支撑天地的那柄神剑？"

"正是。"禺期冷冷说道，"昭明崩碎之后便不知其踪，不想其碎片之一竟沉睡捐毒，且其力衰微至此。"说着，眼中流露伤感之色，"吾乃睑光剑灵。神剑昭明与睑光同出一脉，吾见之如见弟兄。与其将它交给尔等庸人,倒不如由吾亲自保管!"

谢衣沉默不语,闻人羽、夏夷则未曾听过昭明传说,均是一脸懵懂。阿阮半昏半醒,自也指望不上。乐无异心头一急,脱口道:"不行,禹期,你不能拿走剑柄。"

"为何?"禹期脸色一沉。

"就算它真是昭明剑柄,但它是大家辛苦找到的,而且对谢伯伯很重要,不能让你就这么拿走。"

"放肆!"禹期两眼出火,"此物本是吾……哼,吾若取之,谁敢阻拦?"

乐无异亦感歉然,但情理所在,不能退让:"对不起,不能给你。"

"臭小子!吃里爬外,气煞吾也!"禹期双眉倒立,右手高举,指尖电光闪烁。

"你等等。"忽然,阿阮的声音响起,只听阿阮惘然道,"你叫禹期?这个名字,我好像曾经听过。"

众人见她面色苍白、神情恍惚,都担心不已,闻人羽上前搀扶,却见阿阮摇头道:"我没事了。我只是……刚才,触碰那指环的时候,有许多影像做梦一般从眼前一闪一闪飘过去……"

"影像?"夏夷则皱眉。

阿阮点头:"那些是我很久以前的记忆……本以为,我已经忘了的……"说着伸出手去,胸前那芝草纹再度发光,昭明剑柄自行浮起,飘飘飞入她的掌心。

一旁,禹期惊骇不已,喝道:"小姑娘,你究竟与神剑昭明有何渊源？！"

阿阮一脸迷惘，微微摇头，似乎不知该说什么。

禹期愈加惊怒："还装傻！方才它被你触及后旋即苏醒，或许还是巧合；然而眼下它竟自行入你之手！世间绝不可能有此巧事！"

阿阮茫然道："你的话好奇怪，我听不懂。这个东西，我只是有些眼熟，好像在哪里见过……"翻来覆去将剑柄看了几遍，摇头，"也不大像，我想不起它完整时候的样子。"

禹期还在追问："吾在剑中分明听闻，你是神农座下巫山神女，既是上古仙神，那么上古天柱倾塌之事，你可知晓？"

阿阮摇头："我不记得了。许多从前的事我都模模糊糊的……"

禹期心下焦急，偏偏这小丫头一问三不知，不由得越发焦躁。忽然，阿阮胸前芝草纹又再闪烁，那剑柄重又发光，幻化成指环模样，静静躺在阿阮掌心。

禹期心中陡然一跳，生出一个猜测："小姑娘，莫非你……"

一旁谢衣上前，拦在禹期面前："既然阿阮并不知情，可否请你暂退一步？"

乐无异也道："禹期，等查明一切，再商量这剑柄的归属，行吗？"

虽未明言，但他二人意思，无非是禹期欺负人家一个小姑娘，叫人看不过去。偏偏这又是实情，无法辩驳。禹期此际情绪平复，自知先前言行过激，但要他道歉退让，则是想也休想。当下，禹期抱臂悬浮，嗤笑道："既然昭明愿意留在小姑娘身边，吾怎会擅加勉强？但你们可知，若她带着昭明，有百害而无一利!"

"此话从何说起?"夏夷则忍不住问道。

禹期嘿嘿笑道:"昭明乃天皇伏羲下令所铸神剑,具大异能,可斩断世间一切灵力流动。"听到此处,谢衣神色蓦然一变,似乎震骇难言,又似恍然大悟,好在众人注目禹期,未曾发觉。禹期看向阿阮,正色道,"这小姑娘——她是灵体,若为昭明所伤,灵力将被打散,恐怕永难复原!"

众人尽皆失色。

阿阮皱眉道:"你乱说什么?我才不是灵呢,我是巫山神女呀!"

禹期冷笑:"哼!上古仙神之力何其广大,怎是你所能比拟?"

夏夷则皱眉,看一下阿阮,向禹期抱拳道:"望前辈不吝赐教,若阮姑娘并非神女,那她又是何物化灵?"

禹期抱臂冷笑:"吾一介剑灵,如何能够全知万事?若真想知道,何不问她自己。"

夏夷则不由得望向阿阮,阿阮回瞪回去:"看我做什么?他明明就是在欺负我,你们不要听他的!"

禹期抱胸坏笑:"哼哼,小姑娘,替吾收好昭明,若有个闪失,便唯你是问!"说着,光影骤然散去,已然消失。

"谢前辈。"夏夷则忧虑道,"禹期前辈所言属实?"
"我也不知。"谢衣轻轻摇头,声调有些低落,"我记得,当年是在巫山水边偶然邂逅阿阮。不过——"说着忍不住沉吟起来。

"不过如何？"夏夷则问道。其余人也都望着谢衣。

谢衣又沉吟片刻，摇头道："没什么。既然昭明能断法力流动，自然能破一切结界封印、术法联结，想来，当年我——"

突然，巨响传来，一阵嘈杂脚步。

众人回头望去，安尼瓦尔率领马贼冲入祭坛，手持兵刃，气势凌厉，将几人团团包围。安尼瓦尔厉声道："你们这些外来者，胆敢亵渎我捐毒圣地！"

谢衣行礼："狼王大驾亲临，我等惶恐。我等因一件要事而前来此地，无意冒犯。狼王既一路尾随而入，自当知晓，我们并未触动金银祭器，更不曾冒犯捐毒神灵。"

安尼瓦尔冷笑，来回踱步，傲慢打量诸人："要不然，你们还能活着与我说话？"

闻人羽上前行天罡礼节："狼王威名远播，久仰。既然只是一场误会，那我们这就离去可好？"

安尼瓦尔冷笑不答，踱到乐无异面前，目光落在晗光剑上，阴沉沉道："他们可以走。你，留下。"

闻人羽神色陡变，长枪在手，摆出进攻架势："留他？你且试试。"

安尼瓦尔瞥她一眼，冷笑："女人也配用枪？笑话。"闻人羽反唇相讥："以多欺少，难道就不是笑话？"

"女人！"安尼瓦尔正要发作，谢衣上前，拦下闻人羽，示意她少安毋躁："狼王，我等擅入圣地，于情理有亏，各位合该愤懑。"说着，深深躬身一礼，"只是这位少年乃在下弟子，中原人视师如父，子不教，父之过。狼王有何指教，在下愿代弟子领受。"

此言一出,乐无异当即愣住。

谢伯伯,你何必如此?一时间,心中只剩这一个念头。

安尼瓦尔瞪视谢衣:"你倒是个好汉。我便让你徒弟死个明白。"指着晗光,寒声道,"那柄剑,名叫晗光,是我亡父兀火罗的佩剑!"

"什么?!"

至此,乐无异一行五人,个个惊诧无言。乐无异喃喃道:"兀火罗?"心中想起离家之前,老爹说的那番话:上一任晗光剑主本是一代英豪,与我惺惺相惜、交情莫逆。后来他穷途末路,以剑自刎,剑上的热血也是我亲手拭去……

"哼!"安尼瓦尔道,"家父乃捐毒国大将,当年迎战中土大军,几度打退乐绍成的攻势。后来不知乐绍成用了什么奸计,直入大营,斩下父亲首级,夺走了他的佩剑。"说到这儿,脸上露出深深的厌恶,"终有一天,我要前往长安,斩下姓乐的狗头。"

这话若是拿来说乐无异,便说上一万句也都无妨。可说的偏偏是乐绍成,乐无异只觉心底忽地一热,胸膛里着了火似的,什么也来不及想,已怒喝道:"你胡说!凭什么这么说我爹?!"

"你爹?"安尼瓦尔嘿嘿一笑,盯着乐无异,两眼充血,仿佛一头择人而噬的饿狼,祭坛中死寂无声,就连呼吸也难听见。

"呵呵呵呵……"安尼瓦尔放声狂笑,凄厉愤怒,若哭若号,笑声在穹顶下激荡,引起诡异回响,一时间,似有千百怨灵同时悲号，蕴含极大仇恨，使人毛骨悚然。

"够了！"谢衣舌绽春雷，瞬间将狼王的狂笑与杀意压制下去。

安尼瓦尔望着谢衣，眼中流露忌惮神气："足下想要插手？"

"两国相争，本是莫大惨祸。"谢衣平静说道，"两国将士受命于君，各为其主，并非私仇。请狼王三思而后行。"

乐无异知道，谢衣自称师父于先、喝止狼王于后，便是已下定决心，护他到底。可是，男儿行事，怎能躲在他人身后？何况谢衣是他自幼憧憬仰慕之人，要他为谢衣奔波劳碌，他绝无半句怨言，反倒自豪不已；若要谢衣为他涉身纷争、与人争斗，那他宁可当场死了，也绝不愿意。

当下，乐无异跨上一步，大声说道："谢前辈，此事与你无关，父债子偿，我来跟他做个了断。"

安尼瓦尔不想他胆敢出战，郁怒之余，又有一丝佩服。

谢衣沉默一下，点头道："多加小心。"

乐无异点头，向安尼瓦尔说道："晗光是令尊的剑，我若用它跟你打，一来太占便宜，二来对令尊不敬。"说着摘下晗光，递给闻人羽，"闻人，你替我保管一下。"

"无异。"闻人羽不胜忧虑，"你小心……"心中千万叮嘱，到了口边，却只有"小心"二字。

"你不用剑？拿什么跟我打？"安尼瓦尔回头向同伙叫道，"屠休，把你的刀给他。"

"不用！"乐无异一挥手，法阵光转，三个金刚力士现身，势成一个品字，将他护在中心。

"偃甲。"安尼瓦尔眯眼冷笑，"好小子，你也是偃师？"

"有言在先，"乐无异说道，"你我单打独斗，不要牵累无辜。"

"好！"安尼瓦尔答道。

"你要输了，又当如何？"

"我输了，随你们离开！"安尼瓦尔冷哼一声，"言出必行！"

乐无异点一点头，正要上前，夏夷则忽道："无异，当心他的左手。"却是夏夷则观察入微，已然发觉，这狼王惯用左手。

"多谢相告。"乐无异冲他微微一笑，"我不会输的。"

"大言不惭！"安尼瓦尔掣出弯刀，仰天发出一声长号，有如受伤野狼，凄厉哀恸，断人肝肠。

乐无异稍一失神，安尼瓦尔欺身赶到，弯刀亮如明月，迸发森森寒气。

"一号！"乐无异冲口而出，一号力士飞身翻滚，刀轮旋风弹出，叮叮叮一阵急响，双方刀刃撞击了不知凡几，火花迸溅，刀光飘雪，双方形影交错，一时难分彼此。

这一交锋，众人大感意外——安尼瓦尔刀法精奇，势如狂风急电，金刚力士面对狼王，隐隐受到压制。

"二号！"乐无异断喝一声，二号力士略一下蹲，高高跳起，身后张开翅膀，四肢亮出长刀，居高临下，压向安尼瓦尔。狼王夷然不惧，跃起出刀，一连串金铁交鸣，二号竟被刀势荡开，狼王还未落地，一号翻身杀到，狼王一刀斩落，叮，刀刃相接，安尼瓦尔飞身跳起，反手一刀，挡开二号扑击。

偃甲上下夹击，攻势如潮，别说马贼心惊肉跳，闻人羽也觉眼花缭乱,心中又惊又喜,想不到数日不见乐无异的偃术又有精进,如此狂暴攻势,换了自己,也难以全身而退。

"噢!"狼王大喝一声,刀光星闪,叮,二号挡住弯刀,但被撞开丈许。安尼瓦尔如鬼如魅,双手持刀,势如苍鹰搏兔,飞身斩向无异。

"啊……"闻人羽轻叫一声,下意识攥紧银枪,忽见乐无异身子一晃,瞬间幻化数个虚影。

流影剑!剑不在,影还流,安尼瓦尔不知虚实,稍一迟疑,三号力士冲天而起,双手刀轮急转,向他凶狠斩落。

叮,安尼瓦尔横刀急退,身后狂风大作,一号、二号同时扑来。狼王大喝一声,拧身出刀,弯刀横扫,势大力沉,一串破碎声响,两只偃甲踉跄后退,所携刀刃均为狼王一刀震碎,刀气波及偃甲,吱吱嘎嘎发出异响。

安尼瓦尔翻身落地,丝毫不停,反手一刀,刀锋划破虚空,发出萧萧风声。

叮,三号长刀折断,哧溜一声,滑退数尺,双脚划过地面,留下深深凹痕。

双方由动而静,一时停顿下来。安尼瓦尔弯刀指地,滴答,滴答,鲜血顺着刀锋滴落,眨眼工夫,聚成小小一摊。

"大王!"马贼们齐声高叫。

"没事。"安尼瓦尔右手扬起,"屠休!"

屠休拔出弯刀,用力扔出。安尼瓦尔接过,环视偃甲,目光凌厉。

"安尼瓦尔!"乐无异手捏法诀,驱使偃甲走位,围绕安尼瓦尔,不住寻找他的破绽,"这一阵算平手怎么样?"

"呸！"安尼瓦尔扬眉冷笑，"姓乐的，不要小看人。"

"我是好心。"乐无异叹道，"刀剑无眼，伤了你可不好。"

"狂妄。"安尼瓦尔厉声喝道，"你只管尽力而为，留一丝气力不算好汉。"

"好！"乐无异十指微动，法阵旋转，三只偃甲刀枪齐动，快过狂风。

安尼瓦尔左来左迎，右来右挡，刀刀搏命，密不透风，仿佛笼中困兽，凶悍尤胜平昔。刀刃撞击声密如炒豆，数十声连成一响，阴沉沉有如闷雷。

乐无异汗珠滴落，呼吸发紧，体内灵力飞快流逝。偃甲行动，并非无源之水，调动操控偃甲也需耗费灵力，安尼瓦尔刀法迅猛、力大无穷，偃甲难占上风，时候一久，偃师不免后力不继。

"无异。"谢衣忽道，"生死相搏，求生为上！"

兀火罗因乐绍成而死，乐无异心怀愧疚，不肯妄下杀手。谢衣看出端倪，出声点醒。乐无异如梦初醒，把心一横，望着战场，牙缝里迸出一声："合！"

喊里咔嚓，三只偃甲撞在一起，交错、嵌合，合三为一，化为三头六臂，身如旋风，刀枪席卷而出。

叮，安尼瓦尔才接一刀，便觉不妙，眼前偃甲，无论力道速度，强了三倍有余。这一刀震得他虎口迸裂，半身失去知觉。眼看更多刀枪杀来，安尼瓦尔不敢硬接，节节后退，谁知偃甲手足不分，能从任何角度出招，招法绵密无间，仿佛大江大河一泻千里。

勉强躲闪数刀，不觉退到墙角，安尼瓦尔大吼一声，双刀奋力斩出。叮叮叮，连出三刀，嗖，一柄弯刀蹿上半空，安尼瓦尔仅剩一刀，稍一迟疑，偃甲猛扑上来。

砰，血光陡现，安尼瓦尔撞上墙壁，左胸鲜血淋漓，弯刀无力垂下，眼望着偃甲冲上前来，浑身刀刃轮转，掀起银光雪浪。

"停！"乐无异如勒烈马，硬生生拉住偃甲，胸口一起一伏，大口喘着粗气。

安尼瓦尔面孔惨白，瞪视前方——偃甲的刀尖离他不过一寸，乐无异收招稍迟，狼王必死无疑。

祭坛中一片死寂，马贼望着首领，如失魂魄。安尼瓦尔纵横大漠、所向无敌，马贼将他视为战神，从未想到"狼王"也有落败的一天。

"我输了。"安尼瓦尔随手甩开弯刀，面色极为阴郁，话却说得干脆利落，"按照约定，你们走！"

吱嘎嘎，偃甲收刀后退，安尼瓦尔松一口气，叮，胸前一物掉落在地，乃一枚红宝石雕刻的印章。

"大王。"屠休叫道，"信物掉了。"

安尼瓦尔心神恍惚，"嗯"了一声，拾起地上的印章，忽听乐无异叫道："慢着！"

"怎么？"安尼瓦尔怒从心起，"你赢也赢了，还想怎样？"

"这个，这个……"乐无异手指印章，"你、你打哪儿来的？"

"跟你无关！"安尼瓦尔正要低头，忽见乐无异伸手入怀掏出一物，摊开手掌，血红的宝石躺在掌心，赫然与地上那枚同样大小、同样做工、同样用料，只是印文不同。

安尼瓦尔死死盯着宝石，身子僵硬，脸色发白，过了半响,长吐了一口气,望着乐无异轻声说道:"真像……真像,我早该想到的,真的很像……"

"你、你说什么?"乐无异结结巴巴地说,"这两个……怎么回事?"

安尼瓦尔望着他,不知怎的,目光变得柔和起来:"你这印,是从哪儿来的?"

乐无异道:"我娘给的,我从小就戴着,我娘说这是我的本命符——"

安尼瓦尔神情复杂:"小兄弟,借你印章一用。"

乐无异递上宝石,安尼瓦尔看了一眼,似悲似喜,叹一口气,将两块宝石拼在一起。两枚印章原本各有印文,乐无异虽不认得,但也看得出来,自己那印章图案圆满,文字精细,绝非残片;如今两印相合,竟严丝合缝,原本貌似毫无瑕疵的纹路,连通一体,成为一个新的图案,一眼即知,那正是捐毒国远景图样。

两印合一,终成一印。

乐无异目瞪口呆,安尼瓦尔望着印章,也是不胜凄然,幽幽说道:"小兄弟,你认得印章上的字吗?"

乐无异摇头。

"这是捐毒文字。"安尼瓦尔指着自己的印章,轻声说道,"吉祥安康。你那个,是富贵绵长。"

"富贵绵长……"乐无异失魂般喃喃。

狼王攥紧印章,闭上双眼,胸口剧烈起伏,过了时许,才问道:"小兄弟,你几岁?"

"十八岁……"

"十八岁。"安尼瓦尔喃喃念叨,"你左肩胛下有一块铜钱形的褐色胎记,对不对?"

乐无异浑身一震,瞪着狼王张口结舌。

"怎么?不对?"安尼瓦尔声音发颤,隐隐惊慌。

乐无异呆了呆,拉下衣裳,露出肩头肌肤——光洁的皮肤上,一块铜钱大小的印迹格外醒目。

安尼瓦尔长吐一口气,整个人如释重负。

"你……"乐无异面色惨白,"你怎么知道我的胎记?"

"为何?哈,你竟问我为何。"安尼瓦尔惨笑,一字一句,"因为,你是捐毒人,你、是、我、弟、弟!"

马贼里起了一阵惊呼,谢衣等人也不胜错愕,乐无异更是面色如纸,后退一步,大叫道:"你胡说什么?我爹明明是……"

"乐绍成?"安尼瓦尔仰天狂笑,"好啊,好个定国公,好一场算计!"

"住口!"乐无异脑子里一团乱麻,他极力否定安尼瓦尔,可又直觉狼王句句是实。自小,他常问爹娘,为何他的眼睛与旁人不同,爹娘总说,那是因为娘亲来自南疆,与中原人有所区别……

"怎么?"安尼瓦尔恼怒道,"事实俱在,你还要认贼作父?你娘深得父亲宠爱,你还未降生,父亲便为我们准备好了兄弟信物。"指了指无异那枚印章,"你出生不久,捐毒城破,爹和你娘都……我以为你也死了。没想到……"

"不,这不可能。"乐无异连连摇头,"照你说的,我那么小，怎么可能活下来！"猛然想起一事，提起晗光，"禺期！你给我出来！你知不知道？禺期！"

晗光剑沉沉无声。

一旁谢衣长叹一声，欲言又止，最终，只是默默摇了摇头，神色悲悯。

"首领说的都是实话。"屠休上前一步，望着乐无异，拱手说道，"你的相貌跟二夫人很像，尤其眼睛鼻子，简直一模一样。"

"执迷不悟！"安尼瓦尔冷笑道，"你亲生父亲死于乐绍成的奸计！他养你，是因为他没能打败父亲！堂堂兀火罗之子，却被杀父之敌抚养长大，那有多么可笑！"

"你住口！"乐无异心中混乱，无处发泄，双眼憋得通红，恰好晗光在手，几乎不假思索，连鞘向狼王劈去。

叮，闻人羽银枪一横，格住晗光。乐无异略微清醒，却是越发悲愤矛盾，哀声道："闻人，我不是，我是乐无异，不是什么捐毒的……"

闻人羽心下不忍，眼睛也自红了，强忍着心下酸楚，大声道："生恩固然重大，可定国公夫妇抚养你整整十八年，他们对你有无坏心，你不清楚，谁还清楚？他们为人如何，你不知道，谁能知道？定国公至今只有一个孩子，自始至终，只你一个孩子，你不信他，又信谁去！"说到最后，竟是难止呜咽，落下泪来。

乐无异如遭棒喝，昏茫眼中灵光重聚，喃喃道："我不清楚，谁还清楚？我不信他，又信谁去？"

狼王正欲再言，却为谢衣打断："狼王，无异，此事关系重大。十八年前，捐毒之战，我也曾听说一些消息。"说到此处，他停顿片刻，似乎有所犹豫，"狼王所说事由，固然惨烈难当，但国破情形、先父之死，狼王可曾亲眼目睹？"

安尼瓦尔毕竟一方霸主，此刻情绪平复，压下心头怒火，回想片刻，缓缓道："十八年前，兵临城下，父亲悄悄将我送出城去，命人将我锁住，无论发生什么，都不准我返回捐毒。"看向无异，"当时你还未出生，否则我无论如何要将你带出。很快，捐毒战败，我撬开手镣逃走，然后……"

狼王回头望望副手屠休，目光沉痛："我本想赴阵而死，多亏屠休劝阻，让我为捐毒保留一线血脉，以待来日复国。于是我们避开大军，逃入沙漠深处，一路收拢那些战事刚起之时早早逃出城外的捐毒遗民。我们为求生存，沦为马贼，尽管如此，我只劫珍宝，不害客商，到如今，复国之事遥遥无期，而当初追随我们的兄弟，却老的老，去的去了。"安尼瓦尔神情坚韧，却又沧桑疲惫，众人想象他胼手胝足、艰难复国而又不忘初衷的气节，均是油然生出敬意。

谢衣叹道："这便是了。狼王未曾亲见，此事或许另有曲折。"

夏夷则也从旁道："定国公若是如此小人，为何却不贪恋权力，班师回朝后立即辞官？不合情理。"

狼王冷笑："你们中原人，说一套，做一套，心思弯弯绕，乐绍成狡猾无比，寻常人哪里看得透。"瞥向乐无异，眼色阴沉，"你终究不肯承认？"

乐无异咬着嘴唇，与狼王对视片刻，坚定道："我相信爹娘品行为人，等我问过他们，再下结论。"

谢衣也道:"凡事眼见为实,可否请狼王宽限时日,待我们回中原查证之后,再作计较?更何况,"谢衣垂下眼帘,叹息,"当年有传闻说,捐毒一战,除了捐毒王军和西征大军,可能另有一股势力参与。"

一旁闻人羽眼中豁然一亮,盯紧谢衣,神色乍喜还惊。

"好!"安尼瓦尔想了想,盯着乐无异道,"我等你三个月,三个月没有消息,我会亲自去长安找你。"停顿一下,扬手,"屠休,为我弟弟补上一份配刀礼。"

不久,屠休取来一个羊皮袋。安尼瓦尔接过掂量一下,对乐无异说:"在我们捐毒,男人十五岁成人后,父母会送给他一生中第一柄佩刀,以及一笔财产。如果父母过世,就由兄长代为赠刀。拿着。"

乐无异连忙推辞:"这么正式的礼节,我不能——"

狼王一瞪眼:"当年父亲很期待你的降生,早早准备好了你配刀时的礼物。我只是了结父亲的心愿。"

乐无异这才接过,低声道:"多谢狼王,我弄清身世,再来相见。"他心神不宁,只想离开,说完转身就走,只听安尼瓦尔在身后叹道:"我生母很早过世,你生母是中原人,开朗热情,我一直尊她为母。城西北面是王陵,她和父亲的衣冠冢就在那里,你的襁褓也在里面。如果他们得知你平安长大,定然高兴。"

"多谢告知。"乐无异拱手为礼,"这儿凶险得很,你们最好离开。"

安尼瓦尔点了点头。

乐无异忍住回头冲动,和同行诸人一道,沿来路折返。待走出地宫,望着长天沙海,才算稍稍心安。

"无异,"闻人羽忍不住问道,"你有什么打算?"

乐无异沉默一下,说道:"我想去一趟王陵。"

众人见乐无异情绪低落,想他身世,无不怜悯,均是有意安慰,于是随行前往王陵。

沙人·魔音

走了一程,王陵在望,乐无异说道:"各位稍待,我想一个人静静。"

众人会意,任他孤身前往。乐无异走到王陵前,但见其旁一座坟茔,四周空旷,沙子均被清理干净,坟前还有若干祭品。乐无异寻思:"此间风沙甚大,王陵也被遮盖,坟墓如此干净,必是兀火罗夫妇所有,祭品如此新鲜,当是安尼瓦尔刚刚拜祭过的。"

想着单膝跪下,掏出水囊,想了想,低声说道:"抱歉,二位在天有灵,不妨将我当作一位路人,若有什么交代,大可托梦给我……"打开水囊,向坟墓上浇了一些水,"来得仓促,以水代酒,还请不要介怀。"

远处,禹期悄无声息现出身形,远远望着无异的背影。

昔年他在剑中,常被用于杀戮无辜,久而久之,心生厌倦,多半时候选择沉睡,不愿去听去看外界之事,与兀火罗只见过寥寥几面,对捐毒灭亡经过更是不甚了解。虽然如此,他毕竟一早猜到无异的身世,却因不想徒增烦恼,自作主张隐瞒至今。

"抱歉了……"剑灵的话语消散在大漠长风之中。

须臾,禺期消失不见。

乐无异站立许久,只觉心思纷乱。世事变幻,因果无常,此刻坟冢中埋着的,与坟冢外站着的,究竟哪一个才是他?想着想着,索性找了处平坦沙地,坐下望着陵墓发呆。忽听身后有人叫他:"无异!"

"闻人!"乐无异叹气,"你也来了?"

闻人羽走到近前,看着坟茔问道:"这就是兀火罗夫妇的陵墓?"

乐无异默然点头,闻人羽恭恭敬敬地行了一礼,捻土为香,认真拜祭。事毕,在乐无异身边坐下。

两人一时无话。

闻人羽用手捞起细沙,看它从指间慢慢流逝,随风扬尽。

"那件事,你已经知道了吧?"忽然,闻人羽道。

"什么?"乐无异一怔。

闻人羽转过脸来看他,神色坦然:"我曾假扮萧鸿渐去过乐府。"

乐无异心中大惊,讷不能言,一时只觉满面发热,就好似做错的、欺骗别人的都是自己一样:"你——我——"

闻人羽摇头道:"自从西行以来,你就变了,心事重,脾气差,没有耐心,也常常不敢正眼瞧我。我猜,你是想问我为什么。"

见她言行坦荡,乐无异也平复下来,平静道:"不想。"

"不想?"此话大出闻人羽意料。她本已下了决心,要将秘密从头交代清楚,却不料乐无异主动拒绝。

"初一见面,你便救了我的命,这一路更是时时把我放在心上,"乐无异摇了摇头,垂下眼帘,"我不是不辨好歹,与其追究过往,不如寄望来日。我相信,你若有事瞒我,必定是有你的苦衷。眼下你来同我说,恐怕是因为我身世揭露,你同情我。"

闻人羽暗自叹息。乐无异看似贪玩随性,实际却极重感情,自尊心也强。自己一时冲动,倒是有些唐突了。

"你说得是。"闻人羽道,"是我错了,对不住!"

"别这么说,"乐无异连忙摇头,"你宁愿为难,也不想骗我,我很高兴。但你再想想清楚,等到真心以为能同我说了,你再说吧。"

风吹沙起,日影西垂,极目所及,一片荒凉景象。

"大漠孤烟直,长河落日圆。这般景致,中原可是看不到的。"闻人羽用手搭着凉棚,一面西眺,一面微笑道。

乐无异举目望去,沙海无垠,天地如一,太阳像是一只火鸟,穿过稀薄的晚霞,义无反顾地冲向沙海。沙子血染一片,仿佛百战金甲,沙尘随风起落,宛如美人脸上朦胧的柔纱。一支驼队在夕阳下踽踽而行,似灯光下的皮影,若隐若现,闪烁迷离。

两人都默不作声,直到夕阳落尽、暗夜降临,闻人羽这才起身,说道:"走吧,别让他们久等。"

"天都黑了。"乐无异站起来,闷闷不乐,"我觉得才只坐了一会儿,时间怎么总是走得这么快。"

"古人说,逝者如斯夫。"闻人羽道。

"是啊,逝者如斯夫,不舍昼夜。"乐无异望着落日余晖,"今日已经没有了。来日又会怎么样呢?"

闻人羽望着他,忽然内心悲伤起来。

回到宿地,天已黑尽,头顶繁星如麻,众人围着一堆篝火,正在烧烤沙蛇黄兔。

此行已经顺利找到捐毒指环,众人心下放松,却都顾虑乐无异,不肯大声热闹。

乐无异和闻人羽并肩回来,向几人打个招呼,大马金刀地坐了下来,扯下烤肉,大咬大嚼。众人见他恢复常态,均是放下心来,不多一会儿,也有说有笑起来。

闻人羽坐在谢衣身旁,忽然道:"谢前辈好像对捐毒之战很是熟悉。十八年前,前辈来过捐毒?"

她如此发问,心下其实很是矛盾。谢衣光风霁月,一路相携,她相信谢衣与流月城绝非同道,但事关师父下落,又不得不做这小人行径,小心探问。

谢衣颔首:"我来过。"闻人羽心头一松,知道谢衣果然如她所想,并非恶人。众人纷纷支起耳朵,只听谢衣道,"当年城破之后,定国公向天玄、太华、丹霞诸派求援,我从友人处得到消息,前往援助。"

乐无异大惊:"那谢伯伯你可曾见到——"

谢衣知道他想问什么,歉然道:"我赶到时,战事已近尾声,之后我忙于收拾战局,你身世种种,我并不知情,当年我也未曾见过兀火罗或浑邪。"

乐无异不禁失望,谢衣拍了拍他的头顶。他那缕呆毛都被拍得瘪了下去。

谢衣笑道:"此次西域之行,顺利找到捐毒指环,要多谢诸位相助,如今我心愿达成,待回到中原,就该向诸位告辞了。"

"啊——"几人都吃了一惊。乐无异道:"可是,你的事还没弄清……"

谢衣道:"实不相瞒,我已隐约猜到,我当年寻找昭明的原因。"

"那到底是为什么?"

谢衣笑道:"这是谢某私事,不便将你们牵扯进来。"

乐无异犹不甘心:"谢伯伯,那件事是不是很危险?"

谢衣不置可否,笑了一笑:"非要说的话,倒并不见得如何危险,不愿、不想、不敢,才是我多年来始终犹豫的原因。回想起来,多年之前,那件事犹如梦魇,曾日夜徘徊在我心头。而出行西域这段短暂空白之后,我虽然仍旧不时想起此事,但心中却总有一个声音,让我放下过去,潜心偃术。久而久之,险些连最后一丝心气也消磨殆尽。"

乐无异只觉谢衣话语之间,似乎颇有憾恨。

"无异,你曾问我,世间可有一事非你不可。"谢衣注目无异,眼眸凝聚锐芒,光彩慑人,"其实又怎会没有?在你父母师友眼中,你向来便是独一无二之人,行独一无二之事。谢某亦然。倏忽百年,目睹捐毒、朗德种种惨状,衡量时局,仍是非我不可。当年那件事，若非如今重提，或许我会将它彻底搁置。多谢诸位，多谢你，乐公子。"

乐无异赧然："我、我明明就什么也没做。"

谢衣摇头笑道："任何事都有它的意义。就像我遇到你们，你遇到狼王——也许终有一天，你也会感谢老天，让你在特定的时间，遇上了特定的人。"

众人心中不舍，却也知道谢衣心意已决、难以更改，唯有阿阮面色凄然，望着谢衣，久久不发一言。

谢衣叹口气，忽然端正神色，凝视乐无异，严肃道："你因我而成偃师，又学了我的偃术，地宫中，我自称是你师父，你也并未反对。"

乐无异呆呆的："欸？"

谢衣又叹一声，看向闻人羽："木木呆呆，怎生是好。"

闻人羽脸颊红了个透，扭开脸，小声道："他木他的，与旁人何干。"

乐无异这时才反应过来，深深一礼："那什么，谢、谢伯伯——"谢衣在他心中，始终天人一般，他忐忑惭愧，不好意思喊出"师父"二字。

他平日机灵，此时呆呆愣愣，倒叫谢衣起了逗弄之心，遂板起面孔道："怎么，我认了你这个徒弟，却连声'师父'也听不到？"

乐无异只觉手脚全不知该往哪儿放，坐也坐不住，跪又不好跪，思来想去，战战兢兢蹲了下来，咬紧嘴唇，还是不敢开口。

谢衣忍笑道："嗯？叫是不叫？"

乐无异被逼无法,小小声道:"师、师父……"

谢衣忍耐不住,笑出声来,拍拍乐无异肩膀,道:"好徒儿,这才乖。"

乐无异越发连话都不会说了,飞快嘟囔了许多,众人一句也没听清。阿阮在旁一边啃兔腿,一边说:"谢衣哥哥,别欺负小叶子了,弄哭了还要哄,麻烦。"

夏夷则听了,不禁嘴角微弯。他极少微笑,阿阮一见之下,颇有惊艳之感,又往夷则面前凑了凑,盯着他的脸看,弄得他好不自在。

十年夙愿,一朝得偿,乐无异自是喜不自胜,众人也为他高兴。

谢衣又道:"只是,为师有几句话要嘱咐,偃甲永远比不上生命,哪怕是一只飞虫,也比最精密的偃甲更珍贵。因为生命一旦逝去,就永远不会重来。"

乐无异端正神色,道:"弟子记下了。"

谢衣笑道:"你天性纯善,偃术资质上佳,注定会成为一代偃术大家。往后努力精进,不可懈怠。"

阿阮拍手笑道:"谢衣哥哥,你以前说过,徒弟就是用来干活儿的,那小叶子以后都要帮你干活儿了?"

"这个自然。"谢衣淡然点头。

乐无异连忙讨饶,几人笑闹成一团。

忽然,晗光剑自行出鞘,剑光耀眼,龙吟之声冲天而起!

"戒备!"几乎同时,谢衣袖底流光一闪,偃甲蝎凭空出现,挡在众人身前。乐无异四人各持兵刃,警惕四顾。

四下寂静如死。

只见远处沙丘上，几道黑影飞快掠过，带起股股尘沙。

随即，沙丘方向传来嗒嗒怪笑，随着笑声，地面震动起来，黄沙无风而动，向一处聚拢，顷刻间耸起一座沙丘，扭曲变化，渐成人形，数丈来高，俯瞰众人。

"呵呵呵……"沙人哄然发笑、震动四方，"流月城太阴祭司明川在此，尔等宵小，还不跪地相迎！"

"流月城？"众人无不震动，乐无异道："又是流月城，阴魂不散。"

闻人羽望着沙人，极力镇定："这应该是御灵之术，施法者就在左近。"

"不，不对。"阿阮困惑摇头，"灵力来源，就在沙里。"

"沙里？"闻人羽大吃一惊，"怎么会？"

"有眼界。"沙人放声大笑，身躯忽散忽聚，"一切有形之物，皆有湮灭之时……吾割肉抽骨以修秘术，终得此变幻无常、无形无质之躯，不损不灭，不生不死！"

"吹牛。"乐无异环顾四周，"你的真身肯定躲在一边，快点儿出来，不要当缩头乌龟。"

夏夷则沉声说道："乐兄，此人未曾说谎。"

"什么？"乐无异不敢置信。

"舍身之术，乃外道秘术，据说极其邪恶，修炼时无比痛苦，练成之后，无形物质，自成一体，虽死犹生，极难对付。"

明川厉声长笑："此间沙砾无数，吾只需寄形于沙，便能不惧生死，尔等蝼蚁之躯，焉能与本祭司抗衡。巨门之仇，这便让你们十倍以偿！"

沙人摇晃一下，挥拳送出，手臂变粗变长，形如巨柱，撞向谢衣。谢衣岿然不动，身前光亮迸闪，巨蝎一跃而出，猛地撞向沙人巨拳。

砰，声如响雷，尘沙迸散，巨蝎向后弹出，凌空翻一个身，稳稳钉在地上，蝎尾用力一甩，变长三丈有余，咻地掠空而过，化为一抹淡影，切开狂风，扫过沙人巨臂。嗦，人手分离，沙人仅存一臂，沙子簌簌下落，明川发出一声怒吼，它一缩一伸，唰唰唰又长出一只手臂，当空轮转，画一个大大的圆弧，形如锻炼铁锤，恶狠狠砸向巨蝎。

"三才偃甲，金刚合体！"乐无异一声锐喝，三只偃甲跳出法阵，咔咔咔飞快聚合，三头六臂，冲天而起，浑身刀轮狂转，形如一个巨大钻头，呜呜呜地钻入沙人巨拳，搅得尘沙飞扬，顷刻消失不见。

"噢！"明川发出痛苦的号叫，身躯忽高忽低，凸起处尘沙迸溅，露出雪亮刀刃——三才偃甲如疯如魔，左冲右突，将沙人之身钻得千疮百孔。

除了谢衣之外，众人均知乐无异偃术精进，此刻大开眼界，才知道方才与狼王一战，乐无异并未用尽全力。沙人左摇右摆，恍若烂醉，噗，胸口突然炸开，金刚力士一跃而出，落在地上，连转三圈，方才停下，刀轮呜呜旋转，似乎意犹未尽。

沙人僵硬一下，哗啦，土崩瓦解。众人纷纷后退，扫开沙尘，定睛望去，沙人消失无踪，沙丘化为平地。

"赢了……"乐无异一击得手，心生狂喜，才松一口气，忽听闻人羽叫道:"无异,小心!"

乐无异一愣,身前沙子突然拱起,巨大的拳头破地而出。砰,他挨个结实,身子腾空,百骸欲散,喉头微微一甜,噗地吐出一口热血。

不容他落地,唰,沙人一蹿而起,另一只拳头冲天打出。

"呀!"闻人羽尽力一纵,跳到半空,双手银枪轮转,"玄武之气"汹涌而出,黏黏糊糊,弹性十足。砰,一声闷响,沙人好似打中一张软布,软绵绵使不上劲。

闻人羽翻着跟斗向后飞出,"玄武护"挡下一拳,但也无法化解明川的巨力,一时胸口窒闷,气血翻腾,身子划空而过,向下坠落。

噗,金刚力士从下面钻了出来,拍着翅膀将她托住,闻人羽愣了一下,掉头望去——乐无异有如陨石,重重摔在地上。

乐无异召回偃甲托住少女,自身失去凭借,摔了一个结实。

"无异……"闻人羽话没说完,明川怪吼一声,第三拳向她打来。

闻人羽一咬牙,势如火凤冲天,挺枪迎向沙拳。

唰,雪光星闪,天剑降魔,夏夷则长衫飘飘,抢在少女之前——长剑忽而在手,忽而脱手,在手人剑如一,脱手游龙飞凤,翻翻滚滚,绕着沙人盘旋,剑光每闪一次,便有大块沙子簌簌落下,刹那间,沙人有如洋葱,层层剥离,越来越小,从数丈之高变为八尺有余。

砰,火球撞上沙人,闻人羽含怒一击,雷霆万钧,只见沙尘飞溅,沙人失去踪影。

闻、夏二人双双落地，对望一眼，闻人羽奔向乐无异坠落的地方，还没跑近，忽听剧烈咳嗽，沙子唰地分开，乐无异冒出头来，叫道："我没事，我……"伸手捂嘴，咳嗽出血。

"呵呵呵……"明川的狂笑声响彻大漠，闻人羽回头望去，沙人再次成形，比起先前更加巨大，周围的沙子活了一般，围绕它徐徐旋转。众人脚下虚浮，东倒西歪，只有谢衣纹丝不动，像是一株千年不死的胡杨，衣衫磊落，挺立在流沙之间。

"针！"谢衣厉喝一声。

唰，巨蝎从他脚下升起，原来谢衣站在蝎背之上，故而不为流沙所扰。

咔咔咔，巨蝎节肢入地，牢牢扎住，尾部幽光闪烁，飒飒飒，几蓬绿莹莹的蝎针射向明川，一旦命中，立马爆炸。中弹处变成惨绿，绿色活物似的在沙人身上蔓延，所过沙子崩溃下落。

弹丸很快告罄，炮火消失，沙漠一时安静下来。沙人再失踪影，一大片沙子变成绿色。

"死了？"乐无异惊疑四顾。

"笑话！"远处沙丘隆起，沙人拔地而起，轰隆隆发出大笑，"这儿可是沙漠，沙子无穷无尽。你可杀得死这整片沙漠？"

"今天真倒霉，尽遇上这种鬼东西。"乐无异哀叹一声。众人都明白他话中之意——先有浑邪，再有明川，全都是打不烂、杀不死、无形无状的死灵怪物。

"站上去。"谢衣手指毒沙，众人应声上前。流沙涌到毒沙边缘,立刻停滞不前,只能环绕毒沙流动。明川忌惮毒沙,不敢靠近,刚才它吃了暗亏,幸亏溜得快。

"这就能难住我?"明川冷笑一声,缩回沙里,稍一沉寂,呼,冲出一条九头沙蛇,蛇头伸缩如风,居高临下地冲向众人。

众人纷纷躲闪,不胜狼狈。

"玄武护。"闻人羽转动银枪,灵气化为"玄武之形",沙蛇撞上"玄武",被一股柔和之力弹开。明川愤怒咆哮,驱使沙蛇,鞭子似的轮番抽打,每一次重击,闻人羽都是一颤,但她紧咬银牙,苦苦支撑。

"夏公子,"谢衣忽道,"用水!"

夏夷则会意,挥舞长剑,法阵涌现:"玄凝剑、寒霜落!"霜白寒气掠过,虚空中出现无数冰雪小剑。

"去!"夏夷则锐叫一声,冰剑化雨射出,簌簌簌命中沙蛇,腾起一团团混白的水汽。

日落不久,沙子仍然灼热,冰剑与之一碰,一半融化,一半升华,沙子饱吸水汽,登时潮润起来。

"蠢材!"明川冷笑,"土克水,水遇沙子,自讨苦吃。"

夏夷则默不作声,不断抽取空中水汽,化为冰雨攻击明川。沙蛇摇来晃去,身上留下密密麻麻的凹坑,可惜未伤根本,明川一边嘲笑,一边继续抽打闻人羽。

如此相持不下,夏、闻二人的灵气消失飞快,闻人羽面红如血,两眼浑浊,夏夷则面孔惨白,冷汗涔涔流下。空中的水汽越来越少,可是无论多少冰雨,均被明川吸收消失,夏夷则力不能支,又不明白谢衣的打算,饶是一贯冷静,也不由得开口问道:"前辈,水够了吗?"

谢衣瞥他一眼,点头道:"差不多了!"右手一挥,身前出现一个法阵,蓝光流转,向外扩张,所过之处,沙蛇凝固不动,统统化为坚冰。

"原来如此!"夏夷则恍然大悟。就在他出声的当儿,九头沙蛇全都冻结,沙黄色身子变成了刺眼的冰白。

"该死……"明川发出悲鸣,谢衣不止冻住沙蛇,也将沙中的灵体一并困住。

"不愧是谢前辈。"夏夷则由衷赞叹,"千年玄冰乃冰中极寒者,坚如玄铁、万载不融,用来囚禁这怪物,当真再合适不过。"

"还差一点儿。"谢衣摇头,"阿阮,木克土。"

咔嚓,沙蛇出现一丝裂缝,大地动荡起来,明川垂死挣扎,力图破困而出。

阿阮一怔,明白过来:"好嘞!"取出巴乌,悠然吹响,伴随乐声,沙蛇身上唰唰唰地长出碧绿藤蔓,发芽、开花,越来越多,翠意深浓,转眼工夫,已将沙蛇层层裹住。

"呜……"明川发出一声哀号,"饶命……饶我……"

"师父,怎么回事?"乐无异难以置信,"这家伙居然求饶了?"

"藤蔓生长,汲取的是灵力。"谢衣说到这儿,不再多言。

一问一答的工夫,明川哀号声越来越弱,终于归于沉寂。

阿阮收回法阵,双颊嫣红动人,藤蔓汲取灵力,主人自也受益。阿阮元气充足,越发美艳动人。夏夷则望着女子,不由得微微失神。

谢衣道:"此地不宜久留——"

忽然,虚空之中,浮现一只幽蓝巨掌,以掌为刀,凌空横扫。哗啦,沙蛇崩溃瓦解,化为一堆破碎冰块。

众人身后,传来击掌之声。众人应声回头,不远处一名黑袍男子迎风而立。只见他面容俊秀,长眉飞扬如火,眉目间与谢衣隐隐有几分相似。

"暌违多年,一夕得见,当真令人心绪难平。"黑袍男子步态悠闲,负袖向众人缓缓行来,一双深蓝眼眸凝视谢衣,瞳孔中如有冰冷火焰在烧。

除谢衣外,在场众人均如被蛇盯住的青蛙,只觉四肢僵直,难以动作,竟连退避也做不到。

谢衣迎上一步,将众人挡在身后:"一别经年,你——"忽然一顿,语气怅然,"别来无恙?"

黑袍男子含笑点头:"自是无恙。"言谈间,他已走到谢衣面前,负手卓立,意态悠闲,似全不将乐无异四人放在眼中。乐无异忍不住道:"师父,你认识他?他是谁?"

黑袍男子莞尔:"本座是谁?呵……"一挥手,也不见他如何施为,乐无异瞬间如同身负万钧,几乎跪倒,无异立即以晗光拄地,这才勉强站立。

只听男子道:"本座乃流月城大祭司,沈夜。"眼睛依然盯着谢衣,摇头笑了起来,"荒谬,当真荒谬。待本座想想,该如何称呼于你……前代生灭厅主事?现任破军祭司?还是——"神情骤转肃杀,一字一顿,"本座的——叛师弟子?"

众人失声惊呼,乐无异脱口道:"这不可能!师父,他骗人,对不对!"

却见谢衣背影凝立不动，摇了摇头："他所说种种，皆是事实。"一抬手，唤出瞬华之胄，将众人护在盾中。

沈夜直面谢衣，嘴角一丝森冷笑意："看来，昔日爱徒是想与本座好好叙叙旧？"

谢衣挺立如故，平静道："往者已不可追。你我师徒之义早已断绝，旧日种种如川而逝，何必重提。"

沈夜忽然停顿一下，神色似乎颇为复杂，随即笑道："这是本座第二次听到这句话。谢衣啊谢衣，你实在有趣。恐怕连你自己都不明白，今日这一幕，究竟何等荒谬。"

谢衣叹道："足下授业之恩，谢某永世不会忘怀。只可惜……足下所谋太深，道不同不相为谋，请恕谢某不能苟同。"

"不能苟同？你一己之尊，当真重过整个烈山部的存亡？"

谢衣摇头："君子有所不为。谢某心意已决。"

长风吹彻，冷月无声。

沈夜嘴角那缕笑意消失不见，神情阴郁，盯着谢衣："时隔百年，你想对本座说的，只有这些？"

谢衣怅然，道："若非如此相见，我想说的，何止千言万语。但事到如今，即便再说什么，也不过徒然而已，于人于己又有何益？"说着端详沈夜，只觉面前这人森冷肃杀，宛若魔类，不似昔日模样。

谢衣眼中泛起痛色："这百余年来，大祭司有何遭遇，竟会变成这般模样？"

沈夜顿了顿，淡淡道："也没什么。只是……时间，真的已经过去太久了。"

昔日一别，百年倥偬，再相见时人事已非。

谢衣执刀之手过于用力，竟至微微颤抖，沈夜见了，神色愈发阴郁，似乎隐隐焦躁，身后开始凝聚灰黑色的暗影。

沈夜灵力之强横，是乐无异四人生平所未见，几乎不以咒法，便能以灵力凭空凝出实体。在他灵力压迫下，连风声都已止歇，那被扬到半空的沙砾，就这样静止不动。众人只觉身处噩梦。

沈夜宛如一尊杀意铸成的雕像，他看着谢衣，一时一刻也不肯错过，缓缓道："我来，是为亲口问你一句话——你，可曾后悔？"

谢衣眼神澄净如冰，直视沈夜，道："不悔。"

"好，好，好。"沈夜点头，"不愧是我看中的人。"

话音未落，他身后暗影涌动膨胀，风暴般向众人卷来。

"裂！"谢衣轻咤，沈夜脚下沙海开裂，巨蝎破沙而出，鳌爪齐动，蝎尾狂舞。沈夜身躯破碎，化为流光散影，但这不是人，只是一个幻影！

"师父！""谢衣哥哥！"众人惊呼，心直往下沉。

沈夜身影出现于谢衣身后。谢衣似乎背后长了眼睛，头也不回，矮身向前掠出，偃甲蝎跃起，压向沈夜头顶。

"引！"沈夜不退反进，足不染尘，虚空滑行，右手一扬，出现一条剑鞭缠住巨蝎，猛地掷出。

谢衣退得飞快，可剑鞭更快，蓝光倏闪，又将他缠住掷出。

砰，谢衣翻滚摔落。烟尘散去，只见谢衣横刀挺立，通身白光皎洁，结成无形甲胄。乐无异四人再也按捺不住，飞掠而出，持兵刃翼护谢衣身侧。

谢衣皱眉道:"你们不是他的对手。你们走,这里我自有办法。"

众人不愿,阿阮恨恨道:"我不!管谁要害谢衣哥哥,我都不饶他!"

沈夜冷眼相看,忽然向谢衣一笑,语带嘲讽:"你倒不像我,有个好徒弟。"说着一拍掌,道,"现身吧。"

沈夜身边光芒连闪,凭空出现两人,一男一女,女子俊朗灵秀,宛如仙人;男子装扮奇异,夜色深沉,难辨面目。

"华月?风珩?"谢衣扫视二人。

"谢衣……"华月轻轻出声,眼中神色复杂。

"师则,章二,目三。灭师悖命、累及他人者,杖二十,鸩杀。"沈夜寒声道,"谢衣,一身卓绝技艺就此灰飞烟灭,当真值得?"

谢衣目光清亮:"虽死无憾。"

"如此情怀,本座自当成全。"沈夜一字字缓缓说来,"永别了,破军。"

"何须大祭司出手,属下愿意代劳。"风珩怪笑上前。

谢衣冷然:"请赐教。"

风珩古怪一笑,应声消失,再次出现,已在谢衣身后。谢衣旋风转身,风珩一挥手,法阵涌现,两人四周出现一道白光,形如半球,将二人笼罩在内。

谢衣"哼"了一声,身前法阵转动。风珩笑容不变,脚下也涌出法阵。法阵灵光交融,势如狂潮,吞没二人。

"万箭。"闻人羽枪指长天,一团火球跳跃而出,化为千万流火，向着沈夜泻落。

"呵！"沈夜大袖一拂，火光消失，穹宇一空，漫天星光粲然，不见一点儿火星。

这一拂神乎其技，简直闻所未闻。闻人羽身在半空，夷然不惧，身如火焰流星，猛地冲向沈夜。

沈夜身子不动，右手摊开，一团黑气汹涌而出。

"闪开！"谢衣的声音从光罩传出，充满焦急意味，"那是永夜！"

火星坠下，黑气蹿起，火星陡然消失，黑气汹涌而上，闻人羽惨被裹住，恍若一点流萤，稍一闪烁，就被黑暗吞没。

"闻人！"乐无异吼叫声中，三才偃甲呼啸而出，刀刃转动至极，白花花一团，神速冲向沈夜。

"舞！"沈夜随手一挥，剑鞭缠住偃甲，喀刺刺，一串破碎声响，金刚力士支离破碎，零件夹带火星，从剑光中簌簌落下。

"噗！"乐无异跪倒在地，口喷鲜血。

沈夜袖手不动，仪态潇洒，俨然不是打斗，而是观赏风景。

半空中，蓝白色的光亮慢慢消失，只留无际黑暗。乐无异望着静静的夜空，心如刀绞，大声叫道："闻人……"

"我没事！"闻人羽的声音从一旁传来，其中夹杂微微喘息。乐无异惊讶狂喜，回头望去，少女半蹲半跪，就在不远处，身子裹着一团黄光，坚凝厚重，形如铠甲。

轰隆隆，围裹谢衣与风琊的光幕之中，爆炸连连，灵力冲击之下，光罩荡起阵阵涟漪。谢衣和风邪开始交手，二人昔日同为流月城顶尖高手，此时尽力相搏，惊天动地，只见电光石火，压根儿看不见二人的影子。

"诸位，"夏夷则盯着沈夜，极力保持镇定，"对手太强，独木难支。"

"对！"阿阮道，"一起上。"

闻、乐二人对望一眼，纵身扑向沈夜，夏夷则挥剑，阿阮吹巴乌，两人四周法阵涌现，冰白流光，七彩飞藤，绚丽灿烂得不可思议。

沈夜双眉一扬，右手微微抬起，闪烁蓝白光芒。

"既是杀鸡，焉用牛刀？"华月弹动箜篌，倩影晃动，倏忽间，对方四人，每一人身前都出现一个华月，另一个华月身在原地，笑语嫣然，弹起箜篌。

沈夜未加阻止，手中光芒渐隐。

五个华月同时弹起箜篌，五只箜篌，就有五种声调——宫商角徵羽，高低快慢各不相同，五音纷呈，化为交响，众人一听，忽觉心烦意乱、头昏脑涨。

"那是'界·凝音'。"谢衣声音传来，"以乱音破之！"

虽得提示，四人还是深觉不妙——闻人羽所对华月弹奏羽调，羽声清越，音波如剑，锋锐杀意扑面而来。音波拂过银枪，发出叮叮激鸣，扫过遍地黄沙，留下一道道深刻的划痕。闻人羽若非玄武护体，只怕一个照面，就会死无全尸。

乐无异面对角声，角声潇洒洪亮，音波来去，化为磅礴劲力。乐无异使流影剑，冲开劲力，扑向华月。后者分身飘忽，手中演奏不停，身前音波纵横，化为无形障壁。乐无异连刺数剑，均如刺入棉花堆里，不但没能伤敌，反被音波缠住。本想使出"新月连环"，见此情形，只恐反被操纵，稍一犹豫，音波纠缠过来，乐无异仿佛陷入沼泽，四周黏黏糊糊，全无着力之处。

徵调变化莫测，素以悲壮著称，荆轲刺秦，高渐离奏变徵之声，闻者流涕，风悲水寒，此刻夏夷则所听，胸怀激荡，气血沸腾，竟连灵气也难以凝聚，冰雪尚未凝结，法阵忽又崩溃，纵然凝结飞出，还未接近华月，就被音波击碎。焦躁间，忽听哭声传来，他掉头望去，忽见阿阮陷入商音陷阱，藤蔓自缠自绕，哀哀切切，痛哭失声。

华月本体居中，面露微笑，从容演奏宫调——四个分身就如四条丝线，四个对手好比四个傀儡，由她随心牵扯、任意驾驭。四人试图摆脱，可是音波没有实体，音律操纵人心，有力无处使，有剑无处刺，仿佛数叶小舟，出没惊涛骇浪，渐渐心随乐动，无法自已——闻人羽鲁莽冒进，乐无异烦躁不安，阿阮只知流泪哭泣，不知身在何地。

夏夷则出身玄门，自幼修持，清心寡欲胜过常人，其他三人均为音律迷惑，独他还有几分清醒，情知若任由华月施展下去，势必全军覆没，但要顶住攻势、回以乱音，却又谈何容易？

"呔！"夏夷则长剑上指，寒气涌出，空气中出现若干细小冰晶。

"黔驴技穷。"华月莞尔，"小小雪花，能奈我何？"

夏夷则冷冷不答，长剑一挥，冰晶撞向明川所化玄冰，叮叮叮音声悦耳，起初零零星星，嘈杂不纯，但随着冰晶增多，撞击繁密,旋律流转,渐渐冲淡了箜篌韵律。

华月暗暗吃惊,夏夷则音律之精、手段之妙固不待言,灵力控制之细微,也是匪夷所思,好在修为尚浅,假以时日,必是劲敌。

华月起了好胜念头,全力催使箜篌,夏夷则的音律也随之变化。两人隔空斗乐,极力压制对方节奏,久而久之,均是若断若续,节律大乱。夏夷则意在搅局,好听与否无关紧要,华月音律一乱,"界·凝音"七零八落,威力大减。

"落石飞岩。"阿阮率先醒悟,祭起法阵,乱石如雨落下。华月无奈,分身改为羽声,音波如枪,岩石撞上,纷纷粉碎。

"万箭!"闻人羽放出火球,火箭漫天洒落。华月应付不及,羽分身乱箭穿身,箭孔冒出缕缕白烟。

华月惊怒交集,待要反击,忽见乐无异高高跃起,剑指苍穹:"九霄神雷!"

群星无光,乌云蔽月,云层电光闪烁,轰隆隆,百十道闪电落下,华月本体分身,全都笼罩在内,箜篌同时一变,全都变为"角"声,音波迭起,如墙如壁,与闪电相抗。一时间,浓云盘旋,聚而不散,闪电精白耀眼,煌煌生威,直如飞龙惊蛇,似要撕裂天地。

沈夜在旁负袖观望,此际突然冷冷道:"不准输。"

华月心头一沉,厉声说道:"刚才只是序曲,如今才是正调!"箜篌调子一变,铿锵有力,刀枪激鸣,仿佛城门陡开,千军万马冲杀而出。

"五音钧天,七弦灭世!"华月的声音中透出阴森杀气。

五道人影腾空而起，手中箜篌发出血红光芒，彼此交错相连，形如巨大的芒星。音波怒潮似的涌向四方，柔如水，锐如剑，冰晶粉碎，乌云流散，火箭化为朵朵烟花，落石变成团团飞烟，电光不知所终，天地一片血红。

红光化为了细弦，一丝丝，一缕缕，盘绕人影之间——众人骇然发现，就在沙漠之上、天地之间，出现了一个巨大的箜篌幻象，人为轴，光为弦，轰然奏响，调子悲苦至极，以天倾星坠之势压向对手。

闻人羽红光压身，玄武之气只剩薄薄一层；乐无异挥剑狂舞，晗光吐出长长的剑芒，勉强切开袭来的音波；阿阮旋风狂舞，脸色苍白如纸，巴乌吹得不成调子……

可是一大半的音波都压在夏夷则身上——华月心里明白，这精通乐律之人才是劲敌，想要击败四人，先要击败夏夷则。

音波翻腾，红光弥漫，夏夷则苦苦支撑，灵气渐渐枯竭，箜篌声侵入脑海，勾起生平的孤苦、悲伤、屈辱、愤恨，不由得自伤自怜，恨不得一死了之。

"不！"绝望中，一个女子的声音在心底响起，"孩子，你不能死，你要好好活着……"

"母亲……"夏夷则猛地惊醒，一抬眼，注目箜篌幻象，眸子渐渐变蓝，仿佛碧海青天，通身散发出耀眼的白光，猛地冲开红光的笼罩。

夏夷则仰天长啸。

他的身子向内一缩，跟着舒展开来，啪啪啪，体内响起一连串清晰的声音，似有什么东西破裂粉碎。白光忽然散开，更加强烈的蓝光汹涌而出，伴随着无穷无尽的冰寒之气。

"妖气！"华月大吃一惊，来不及多想，匆匆放过他人，音波全向夏夷则倾注。

蓝光稍一收缩，猛地暴涨，化为一条巨大的苍龙，冲天而起，与红艳艳的"箜篌"对抗。

气温骤降，空气中水分凝结，冰晶簌簌下落，地面剧烈震动，沙地上出现了一条长长的裂缝。

夏夷则面孔抽搐，神情十分痛苦，腋下、背上软骨耸起，恍若巨大的鱼鳍，皮肤鳞甲浮现，耳朵变尖，头发变蓝，指甲、牙齿变得尖利。

"你是妖？！"乐无异冲口而出，闻人羽大惊失色，阿阮注目夷则，忧虑难言。

哗啦，地缝中冲出浑浊的喷泉，泉水化为冰块，相互撞击，砰砰砰声如巨雷，琴音夹杂其中，有气无力，就像是狂风中飘荡的柳絮。

夏夷则妖力觉醒，引出了深藏在地底的水脉。他一身法术不离于水，水越充足，威力越大，只见蓝光如海、白汽如霜，冲散弥天红光，击碎箜篌幻象，寒冰有如万弩齐发，华月的本体、分身全都无处躲藏。

弦断、音绝，华月从天摔落，鬓发散乱，口角流血。

"好强的妖气！"华月盯着夷则，不胜迷茫，"你……你到底是谁……"

泉水回落，寒冰下坠，夏夷则站在其中，如妖神，如真龙，形影萧索，可气势逼人。

"夷则，"闻人羽轻声说道，"你……"

"不错，我是妖。"夏夷则声调冷硬，不肯回头面对众人，

"你们怕了?"

乐无异咽下口中血沫,恨声道:"怕,怕死了,怕你总算找着理由不做朋友。"闻人羽横枪身前,傲然无畏:"族类之别,有何紧要?咱们同生共死!"唯有阿阮不发一言,挥动巴乌,一股清纯灵力,将众人包裹其中,飞速疗愈伤势。

夏夷则热血上涌,抬起头来,蔚蓝色的眸子明亮有神。

"大祭司!"华月不胜沮丧,"属下有负所托,罪该万死。"

"情有可原。"沈夜冷冷望着夏夷则,"知己知彼,方能百战百胜,对手妖灵之力,天下少有,难免措手不及。"

华月心下惴惴,不敢多言。

沈夜周身透出灵白光芒,灵力持续提升,刀尖般的杀意直指众人。乐无异目眦欲裂,沈夜看他一眼,忽然道:"那个表情——是憎恨吧?你恨我?很好。"

"要打就打,少废话!"乐无异摆出起手式。

沈夜微笑:"憎恨,是最强烈的感情,能令人变得冷酷而坚韧。不妨更憎恨我一些,再更多一些。否则,你们永远只是蝼蚁,甚至不值得我亲自踩死。"眼色骤冷,一挥手,"风珝,行刑!"

"砰!"华光爆出,远处光幕内传来一声巨响。

"谢前辈!"无异、闻人、夷则同声高叫。

"谢衣哥哥!"阿阮的叫声带上了哭腔。

"沈夜!"乐无异悲怒难当,嘶声咆哮,"不杀了你,我誓不为人!"

晗光剑身几如燃烧,红光跃动,烈火般指向沈夜。

夏夷则长剑挥出，泉眼迸裂，寒冰夹杂沙子，怒潮似的向前涌动，层波叠浪，越积越高，势如山崩天裂，凌空压向沈夜。

"九霄神雷！"乐无异剑指上空，一道闪电直透苍茫，浓云聚合，霹雳横生，闪电从天而降，密如丛林，强烈的电光淹没大地。

"陷阵！"闻人羽晃身消失，带起一溜儿火影，再次出现，已是沈夜头顶，银枪一抖，火光土气汹涌而出。

沈夜左手一挥，剑鞭扫中少女，闻人羽翻个跟斗，凌空一个盘旋，忽然再次迫近，枪法使到极致，只剩一团红黄间杂的虚影。沈夜并不理会，剑鞭左右盘旋，一变二、二变三……冰雪狂沙、银枪神雷，均被格挡在外，无一能够近身。

"天剑降魔。"夏夷则高高跃起，通身蓝光暴涨，形如蛟龙冲出云团，长剑光转，冰雪横飞，剑气刺中剑鞭，登时化为乌有。

乐无异闪电用尽，也杀入战团，身化流影，剑如新月，人剑分分合合，变化难料难测，剑光绵绵密密，势如泻地水银，不断寻找巨灵掌的破绽。

三人一反常态，抵近强攻，无论速度力量，均是远胜过往。

沈夜的鞭影越变越多，铺天盖地，无所不在，三人却如扑火的飞蛾，猛打猛冲，有进无退，即便遭到重击，翻个跟斗，立马扑上。沈夜面对三人，顾此失彼，竟难以分神他顾。他轻皱眉头，转眼望去——阿阮站在不远处，凝神吹奏，巴乌中飞出三股淡绿灵气，若有若无，仿佛无形丝线，连接其他三人。

"清心净土？"沈夜笑道，"你出自神农一脉？"

阿阮被他道破法术，心头微微一乱，"清心净土"极其神妙，一旦加诸人身，金刚不坏、百邪不侵，灵力取之不竭，心头无所畏惧。交锋之前，阿阮偷偷告知其他三人，故而三人在前，阿阮在后，暗中加持术法，相助众人对敌。

呼，沈夜剑鞭一翻，拍向阿阮，夏夷则救援不及，冲口而出："阿——"阮字还没出口，剑鞭落地，沙海为之塌陷。

众人看在眼里，心中冰冷，忽见剑鞭收回，留下若干藤蔓支离破碎。

沈夜略感惊讶，夏夷则心生狂喜，忽听巴乌声传来，回头望去，阿阮站在不远，横着巴乌，继续吹奏。

"移花接木？"沈夜略略点头，"以生换生，以灵换灵，用花草生灵换你自身性命。"说话间，剑鞭呼呼挥舞，一面抵御攻势，一面分出几条，追击阿阮，每每击中女子，却都化作残花败叶。阿阮神出鬼没，八方游走，"清心净土"始终不绝。

剑鞭越来越快，阿阮束手束脚，腾挪的空间越来越小，不知不觉，距离其他三人越来越近。阿阮乐得如此，夏夷则却觉不妙，挪移过近，绝非阿阮本意，而是被剑鞭赶了过来。

"莫非？"夏夷则心头一动，定睛望去，沈夜右手所托的光球不涨反缩，变成鸡蛋大小，可是光球变小，灵力并未削弱，天地大能无休无止地涌入其中。

"正是。"沈夜冲着夏夷则微微一笑。

"不好！"夏夷则变了脸色，失声高叫，"快退！"

众人不明所以，纷纷后退。沈夜举起右手，轻轻吹了口气，微风托着光球向前送出，起初飘飘荡荡，忽然快过闪电，眨眼工夫，追上四人。

"唉。"华月不忍再看，闭上双眼。

四人无路可走，呆呆望着光球逼近！

"呵——"沈夜冷笑一声，眼中那冷冽火焰重又燃起，身如巨枭，向后飘退。

众人眼前一黑，偃甲蝎从天而降，蝎背上一条人影，长袍飘飘，潇洒无比。

"师父！"乐无异冲口而出。

光罩已经消失，风琊趴在地上，不知死活，巨蝎外壳溅上了点点血迹，谢衣半身浴血。谢衣看向乐无异，眼中光华璀璨，夷然无惧，只听他轻声道："昭明可破流月结界。替我去找昭明。"

乐无异心头巨震，惨呼："师父——"

黑影一闪，沈夜钢鞭又至，隔开谢衣与众人。沈夜手托蓝白光球，一步步走上近前，灵力平地卷起风暴，众人几乎被扯起，再无抗争之力。

"走！"谢衣眼中锐光一现，看向夏夷则，断喝。夏夷则瞬间明白了他的意思，点头捏诀，其余三人未及反应，身周光辉乍起，竟被夏夷则用术法强行传送离去。谢衣抬头，最后一次看向众人。

那个瞬间，乐无异永生难忘——谢衣回过头，深深地看了他一眼，目光明亮如水，再然后，谢衣笑了。

沈夜停顿了一刹。他伸出右手，似乎想抓住谢衣，或者做个阻止的手势。可巨蝎动了，偃甲猛地蹿出，一头撞上沈夜手中光球，光球爆炸，化为千万道光剑。

"师父……"乐无异的叫喊湮没在惊天动地的爆炸中,他的眼前白光一片,强烈的冲击波将他甩了出去。

谢衣已然消失,只有那一瞬微笑,永远留驻于天地之中。

秘辛·紫鸟

黑。漆黑一片,无边无际,纯粹浓郁。

什么也看不到,甚至于连自己是否存在都无法感知。

触摸自己的身体,像触摸空虚,感觉不到自己是否依然存在。

"这是哪儿……黑乎乎的。"乐无异站立在黑暗中,一种前所未有的恐惧浮上心头,"闻人?夷则?仙女妹妹?都不在?"但他却不敢深想,笑嘻嘻的,"我该不会是被那个大祭司一掌打死了?唉,连个黑白无常都没派来……阎王爷你到底靠不靠谱啊?"

乐无异坐在地上,有些疲惫:"莫名其妙死了也就算了,居然还迷路……真是……唉,想爹娘了。以前活着时路痴,还有爹娘制作路牌指引,现在死了还是路痴,难道要跟阎王爷拜个干爹……"

"咦,闻人他们不在,那就是还活着?太好了!不过估计也凶多吉少……咦,对了,浑邪能变成厉害的鬼,说不定我也能。要么努力一把,变个厉鬼回去救他们?不过不知道他们在哪儿……"

乐无异不知道自己身在何处。但他耳边却似乎听到父亲的声音。定睛看去,却见狼王安尼瓦尔从眼前一闪而逝,神情似乎期待,又似乎很是怒其不争。

但黑色立刻吞噬了一切,安尼瓦尔也消失了。

随即又有一些人影从他面前闪过,阿阮、夷则、闻人,闻人甚至将脸一抹,变成了当初"萧鸿渐"的模样。

但她也渐行渐远,消失不见。

乐无异坐在黑暗中,像一缕被人世遗弃的幽魂。

不知不觉,已泪流满面。

"可恶……可恶、可恶、可恶……"乐无异任滚烫的眼泪流下,"我不甘心!我不甘心啊!还有那么多事没来得及做……怎么能甘心!"

"我——不要死啊!"

泪眼蒙眬中,前方似乎出现一团白色温暖光芒。

乐无异抬头望去,只见一人白衣红氅,衣袂翩飞,手提一盏素白灯笼,从光芒中缓步行来。

在这几乎消解一切的黑暗之中,在生与死的边界之地,唯有他,一身洁白,皎然如优昙初绽。

是谢衣。

"无异,你怎么坐在这儿?这不是你久留之地,还不快走?"谢衣走到近前,停下,一如往日般,言笑从容。

乐无异呆呆地看着谢衣:"师、师父?你,你不是已经……"

谢衣笑笑:"为师不放心,折回来看看你。"

"我……我太没用了,只会让师父操心。"乐无异擦拭脸上的泪。

谢衣温声道:"既然知道为师操心,那还不快走?"

乐无异站起身,摇头:"不,师父,我不想再撇下你一个人走了。这一次,师父你跟我一起走吧!我带你回去!"

谢衣摇头:"傻徒弟,死生之间极可畏。正因如此,为师才想以人力创制生命,如此或许千万年后,世人无须再饱经生死之苦。然而,生死何其玄妙,终非人力所能企及。"

乐无异大声道:"我不管!师父,我不想眼睁睁看着你死掉!求求你,跟我一起回去!"

谢衣无奈,摇头笑道:"死缠烂打,倒真有几分像年轻时的我。"

说着一挥手,乐无异只觉一道光亮兜头扑来,眼前景象尽化虚空。

火光跃入眼帘,乐无异头痛欲裂,身子动了一下,四肢百骸似要散开。

意识渐渐回归,扫视四周——墙壁阴冷潮湿,地面肮脏冰冷,还有粗若儿臂的精钢栅栏……

"这儿是牢房?"乐无异心中苦涩,"刚才那是……梦?"

他挣扎一下,身子似要撕裂,痛得他几乎昏过去。可是这一动,灵力开始缓慢地流转。"我不能死,我要活着!"乐无异继续打量牢房。让他惊喜的是,闻人、夷则、阿阮都在房里,或是趴在地上,或是侧卧外向,好在肩背起伏,分明都还活着。

乐无异鼻酸眼热,泪水模糊了视线。

"还活着,都还活着……"他心中反复念诵,恨不得大叫大喊,"太好了,大家都还活着……"

可是……师父呢?乐无异扭转脖子,四处寻找谢衣。

一无所获。

谢衣不在……或许,他被沈夜捉去,关在其他地方——乐无异极力安慰自己,可是心底深处却明白——为了救他们,谢衣已经死了。

"死了……不……"乐无异趴在地上,想要痛哭,却连一滴眼泪也流不出。

他闭眼调息,求生的念头驱使灵力,麻酥酥的感觉全身游走,仿佛蚂蚁在身子内外徐徐爬行。

疼痛缓减,酸麻渐去,乐无异一点一滴地恢复,附近的同伴仍是昏迷不醒。

伤口缓慢愈合,气力注入身体……也不知躺了多久,乐无异双手撑地,慢慢站起,剧痛蔓延全身,但他不为所动。

晃晃悠悠,乐无异终于站直,他环视四周,目光坚毅,这一刻,他不再是无忧无虑的公侯之子,也不再是任性妄为的少年偃师,仇恨成为支撑他前行的筋骨。

"报仇……流月城……报仇……沈夜……"乐无异望着黑暗深处,眼神炽热起来。

孤灯如豆。

灯下一颗头颅——谢衣两眼微闭，神情恬静，带着一丝若有若无的笑意。

沈夜袖手站立，沉默地注视人头。华月在他身后，望着人头，目光伤感。华月轻声道："无厌伽蓝浊气浓重，停留若久，恐对大祭司不利。"

沈夜神色平淡："如若回去，怎样瞒过砺罂耳目？"

华月语塞，见沈夜伸出手去，掌心柔和蓝光犹如丝线，丝丝缕缕浸入头颅皮肤之中。连番施用高阶术法，即便沈夜，此刻面色也不免苍白。

华月迟疑一下，试探道："大祭司大人，属下有一事不明。"

"说。"

华月道："那时偃兽自爆，极其危急，而尊上却甘冒大险，先强破瞬华之胄，后斩下破军头颅，不知……"说着，以余光偷偷看向沈夜。

沈夜不以为意，淡淡道："本座只是好奇他究竟在想些什么，才设法窥探一二罢了。结果，还真看到了有趣之事。"

华月面露忐忑，低头不语。

沈夜含笑扫华月一眼，等她追问。见她不愿开口，忽然没了兴致，随口道："谢衣曾寻找神剑昭明。昭明乃上古之物，可阻断灵力流动。"

华月瞬间想通其中关窍，悚然道："流月城外有伏羲结界，固然困住我们千年，但也确保他人无法进入。若有昭明——"

沈夜点头："伏羲结界便形同虚设。而且，阻断灵力流动，便能破除法力联结。"他看向华月，两人同时想到一物，却是附上矩木的砺罂。

沈夜叹息一声，不知是叹惋谢衣至死不悔，还是遗憾昭明踪迹难寻："只可惜，昭明早已崩碎，碎片四散，需设法寻找碎片、将其拼合。谢衣曾制作'通天之器'，用于搜寻昭明碎片。但通天之器已被拆解，不复存在。"

华月想了想，道："是否请瞳尝试将通天之器复原？"

沈夜摇头："谢衣的偃甲，瞳也琢磨不透。"

华月遗憾不已，但她不通偃术，无可奈何。

沈夜道："无妨。谢衣死前，曾让他那个徒弟去找昭明，想必曾传授相关技艺。那孩子恨本座入骨，只须轻轻推他一把……"说到此处，笑而不语。

"是。"华月敛裾行礼，悄然退下，"属下知道该怎么做了。"

室内只剩沈夜一人。沈夜凝视头颅，若有所思，忽然徐徐转身，望着房间一角——那里挂着一幅帷幕。

沈夜挥手，帷幕自行拉开，幕后有个黑衣男子。他头戴面具，面目隐藏于枷锁般的青铜面具后面，默默单膝跪地，上身笔直，垂头不与沈夜对视，无声而恭敬，像一尊完美的奴仆偃甲。

沈夜毫无温度的视线，长久停留在他眉间。

"相隔百年，与自己的巅峰之作再度重逢，当真令人无限感慨。"沈夜的语气几近恶意，"你说——是吗？"

黑衣人沉默地看向头颅，一动不动，若非胸口略微起伏，就真和偃甲毫无区别。

沈夜一弹指，头颅无声燃烧起来。

不过一瞬，它就在蓝色的火焰中，化作了尘埃飞烟。

"闻人，闻人……"乐无异推了推闻人羽，少女一动不动。

乐无异心中焦急，又推夷则，后者也是昏迷不醒。

"怎么办？"乐无异看向阿阮，硬着头皮上前，"阿阮妹妹？"手指刚刚碰到，阿阮嘤咛一声，苏醒过来。

"阿阮妹妹！"乐无异又惊又喜。

阿阮挣扎坐起，茫然四顾："小叶子，这是哪儿？"

"我也不知道。"乐无异闷闷地说，"像是一座牢房。"

"谢衣哥哥呢？"阿阮盯着乐无异，眼神哀伤。

"他……"乐无异哽咽道，"他……"

"我梦到他了。"阿阮痴痴地说，"他说，他走了，去一个很远很远的地方……"

乐无异眼眶一热，几乎落泪，只得狠咬嘴唇，生生忍住。

阿阮用手捂着嘴唇，勉力压抑抽泣："我不能哭呀，我在梦里答应过谢衣哥哥了，要和你们好好相处，每天都开开心心的……"

"不哭，不哭。"乐无异喃喃道，"大家都不哭。"

"他们呢？"阿阮僵直地转身，呆呆望着闻人和夷则，"他们怎么了？"

"不知道……"乐无异黯然，"似乎受了重伤。"

阿阮起身上前，看了看闻人羽，念咒施法，淡绿光芒照在闻人羽身上。闻人羽长出一口气，肩头耸动，突然剧烈咳嗽。

乐无异连忙上前，扶起闻人羽，轻拍她的后心，闻人羽吐出一口瘀血，慢慢张开眼睛，看见乐无异，也欣慰，也迷茫："无异，你、你还活着吗？"

"活着！"乐无异喜极而泣，"你也活着。"

"我的枪……"闻人羽枪不离手,神志恢复,第一个想到随身武器。

"被拿走了。"乐无异苦笑,"我们的物件一样不落,全都不见了。"

"这个还在。"阿阮手中光华凝结,昭明剑柄赫然出现,"他们没有发现。"

闻人羽尽力抬头环顾,见夏夷则仍然昏迷,便对阿阮说:"先看看夷则。"她吐字吃力,气息断续,显然内伤不轻。

阿阮点头,继续施术,灵光照在夷则身上,夏夷则仍是不动。

"奇怪。"阿阮皱眉,"明明治好了。"想了想,换一个咒语,哧,夏夷则身上灵光闪现,一蓝一白,大蛇似的相互纠缠。

"怎么回事?"乐无异大为惊奇。

"我、我也不知。"阿阮有点儿惊慌,"他身上有两股灵力,互相打来打去。"正说着,蓝白光芒消失,夏夷则长吐一口气,睁开双眼,坐了起来,望着众人正要说话,两股灵光又蹿出身子,夏夷则抿嘴皱眉,流露出痛苦神情。

"夷则!"阿阮不解,"你还好吗?刚才那是?"

"无妨。"夏夷则脸上毫无血色,好在气息尚稳,尚可支持,"在下强行冲破妖力封印,眼下正受封印反噬。再过数个时辰,封印自行恢复完毕便无事了。"

"原来你的妖力一直被封印。"闻人羽叹息,"无怪一点儿迹象都没有了。"

阿阮沉吟道:"妖力如此之强,封印你的人一定很厉害。"

"是在下师尊。"夏夷则道。

"你师父？"乐无异不胜惊讶，"他为何要封印你？"

夏夷则沉默不语，片刻，叹息道："在下不知。但如今想来，若非万不得已，他也不愿如此行事。"说着看向众人，"此事关系重大，不可让他人知晓。"

众人神色郑重，一一应诺。

夏夷则道："追根究底，我并非妖类，而是人与鲛人所生混血之子。"

"鲛人！"众人无不惊讶。

乐无异心下暗道，难怪当日博卖行要卖鲛人素商，夷则头一个忍耐不住。

闻人羽想了想，道："人与鲛人结合，并非没有先例。何必隐瞒？"

"这一半鲛人血统，原无讳莫如深之必要。"夷则微微冷笑，"然而我另一半血统来源，乃当今圣上。"

"啊！"比起鲛人为母，这一消息更让众人吃惊。

"圣、圣上……"乐无异结结巴巴地说，"就是、就是长安那位？"

夏夷则点头："我乃当朝三皇子李焱，字夷则，'夏'是母姓。"看向乐无异，"我们小时候见过。"

乐无异一惊，茫茫然回想半天，终于有了头绪："是、是你？那个发带——"

夏夷则点头："你至今没有赔我。"

"我……"乐无异哑然，心中回想起小时入宫，所见种种烦琐礼节、人情冷暖，脱口道："这么多年，你怎么瞒过来的？"

夏夷则叹道:"我自小便受母妃殷殷嘱咐,无论发生何事,决不能当众哭泣。起初我并不明白,后来才慢慢发现,那是因为我像传说中的鲛人一样,能泣泪成珠。"

一旁阿阮喃喃道:"连哭都不行,太可怜了。"

"没什么,都过去了。"夏夷则道,"后来,我觉得奇怪,忍不住去问母妃。而母妃只是垂头哭泣,她的眼泪也一滴滴凝结成了明珠。"

夏夷则说得平淡,似乎果真早已释然。乐无异看着他,忽然发觉,父母对自己的教导与守护弥足珍贵。夏夷则身份高贵,一向姿态也似高出众人之上,可是那些寻常父母兄弟间的温情关怀,只怕夏夷则从未体验。

"皇帝信任师尊,常召师尊进宫,后来更允许师尊带我去太华修道。"夏夷则思索道,"师尊曾言,我与旁人不同,天赋一股特异灵力,易伤人自伤。故而自我出生时起,他便将这股力量封印在我体内,每过数月加固一次,并命我决不能擅自解封,否则定有性命之虞。未曾想到,原来这封印不仅压制住我先天灵力,也令我不复半妖之形,平素一如常人。前些时日,我闻听母妃获罪,违令下山,途中遭遇劫杀,拼斗之中,封印动摇,化出妖形,我这才知道,原来我并非人类。"

众人这才知道,他身上那两股相冲力量,正是他本身灵力和残存封印。

"那,上次你是怎么变回人形的?"闻人羽问道。

夏夷则道:"上次封印破损不重,半日之后,自行复原。"

"这回恐怕已不止半天,"乐无异忧虑不已,"你还能自己变回去?"

夏夷则垂目不言，显然也无把握。

"有法子了！"阿阮眼睛一转，忽道，"既然经常加固，你一定知道封印口诀。我现在就帮你加固，好不好？"

夏夷则一笑，轻轻摇头："不行。姑娘灵力精纯无比，在下妖力恐于姑娘有损。"

阿阮道："我是神仙，我不怕。上次那个石头小狗，不是你帮我换到的？就当还你人情好啦。"

"……那是桃拔，亦名辟邪。"

"不许打岔！"阿阮将手一挥，"区区凡人，别想反抗。"

夏夷则记事以来，还从未有人对他这般刁钻霸道，更不曾有人为了他，不惜如此伤损自身。一时夏夷则心内感怀，终于不忍推拒，点头轻声道："好。有劳。"

阿阮和夏夷则相对而坐。阿阮瞑目背诵封印口诀，十指翻飞，捏出咒印，体内隐隐透出淡绿灵光。光辉所及，夏夷则四周出现一个法阵，半分阴阳，周流旋转。

夏夷则收敛心神，闭眼压制逆气。

法阵流转变快，升起点点金光，金光随着咒语凝成符字，缥缥缈缈，进入夏夷则的身体，锁住两股灵气，明灭闪烁不定。

"成了？"乐无异盯着封印，不知是好是坏。

"不！"闻人羽神色凝重，"还没有……"

突然妖气暴涨，阿阮惨哼一声，向后摔出老远。夏夷则张开双眼，一跃而起，后发先至，双手托住女子。

"阿阮姑娘！"夏夷则急道，"你何须勉强，若有意外，我、我……"

阿阮脸色泛白,掉头望去,法阵光芒暗淡,徐徐消失,心中好生失望,惨然道:"妖气太强,我……咦……"瞪着夷则,又惊又喜,"夷则,你变回来啦,变回来啦!"

夏夷则一愣,低头看去,发现妖态消失,回归往日人形。

"好啊!"乐无异拍手大笑,"封印成功了。"回头一看,却见阿阮软软倒地,好在夏夷则身影一闪,已扶住了阿阮。

"阮姑娘,你怎么样?"

阿阮脸色发白,神情虚弱,脸上犹有喜色:"哈,你已经变回来啦。"她缓缓抬手,似乎想触摸夏夷则的脸庞,却被夏夷则握住,"变回来就好,夷则还是变回来好看。"

怀里身躯轻若羽毛,夏夷则心底已是惊涛骇浪,面上却只道:"在下何德何能,令姑娘如此……"

阿阮垂下眼睫,幽幽道:"谢衣哥哥曾经说过,路长而歧,所有人都是一样的。我没懂他的意思。可是如今他……我没有为他做过任何事情。至少,等到下一次分别时,我不想再像今天一样后悔。"

夏夷则一时竟不知如何开解,只默默握住手中柔荑。

一旁闻人羽连咳几声,唇角又现血丝。阿阮听了,神色忧虑,向夷则道:"我没事,你去看看闻人姐姐。"

夏夷则点头,走来为闻人羽搭脉,手刚放上脉门,便不由得皱起了眉。

闻人羽道:"不妨事,爆炸时震动了脏腑。"

"五脏受损,不可大意。"夏夷则说道,"在下师门传有一篇益气清心诀,可培固脏腑元气。闻人姑娘,在下这便将口诀传授给你。"

闻人羽自愈无方，只好笑道："那就有劳了。"

夏夷则说出口诀，闻人羽依法修炼，运转三个周天，胸口窒闷尽消，脏腑疼痛也减轻了不少，不由得喜道："不愧玄门正宗，太华山道术不同凡响。"

"不过初见成效，如要完全康复，还须好好静养。"说到这儿，夏夷则皱一下眉头，伸手入怀，摸出一个圆溜溜的东西。

"偃甲蛋？"乐无异不胜惊讶，"你也有一个？"

"在下先前在桃源仙居中偶然所得。"夏夷则沉吟道，"私心念及或许关系通天之器，在下未曾声张。还请见谅。"说着将偃甲蛋递给乐无异。

乐无异知道，夏夷则一向寡言，此举意在将谢衣遗物交还给他，做个念想。顿时心中又一阵闷闷绞痛。

一旁闻人羽忽然道："其他东西，流月城人都搜走了，为何唯独漏了偃甲蛋和指环？又为何不杀我们，将我们关在这里？"

"姓沈的鬼鬼祟祟，或许暗藏什么阴谋。"乐无异环视周围，"好在大家没事，想想如何出去。"

"谁？"阿阮忽然掉头，瞪眼望着栅栏外面——禹期抱着双手，静静地飘浮在半空。

"禹期！"乐无异喜出望外，"你怎么在这儿？晗光剑呢？小黄呢？还有别的东西呢？"

禹期没好气道："一个一个问！"

"哦哦，"乐无异眼见脱身有望，心中欢喜，"快快，救我们出去！"

"救你个大头鬼！"禹期百般不满，斜眼瞥他，"吾若不来解救，你们多半要困死此处。唉，世风日下，晗光剑主当真一代不如一代……"

"停。"乐无异举手告饶，"你瞒我身世，我还没和你计较呢，你还念叨。这是哪儿？怎么出去？"

禹期哼了声，正色道："此间是地下一处牢狱。尔等行囊锁于库房，吾取之不难，但要脱困，只恐不能。此间禁制高明，吾也难靠近。"说着看了眼闻人羽，似乎颇为犹豫，"吾听此地守卫言语，似乎不久之前，此地曾关押一名天罡战士。"

闻人羽大惊："可是师父？！他如今何在？"

禹期黯然："说是……死了……"

闻人羽容色惨变，一时竟说不出话。

禹期连忙又道："只是传闻。况且吾一番搜寻，并未见到尸骨遗物。"

话虽如此，可众人心知，那人若是程廷钧，只怕已凶多吉少。闻人羽闭一闭眼，勉力克制悲伤，声音微微颤抖："得从长计议。烦请前辈，先将我等物品取来。"

"稍待。"禹期晃身消失，众人彼此对视，心中燃起希望。

流月城中。

"鸟……小鸟……"沈曦茫然坐起，迷迷瞪瞪地观望四周，"静萍姑姑……"

"曦小姐！"侍女静萍走上前来问道，"你找我吗？"

"刚才有一只鸟儿，紫色的。"沈曦怅然若失，比画一下，"可一转眼，它就不见了。你、你帮我捉来好吗？"

静萍甚是为难。沈曦所见分明是梦境，可是沈曦浑浑噩噩，分不清是梦非梦，若是听从，这小鸟子虚乌有，如何找来？若是不听，一想到沈夜的手段，静萍不由得打了个冷战。

"好，好……"静萍支吾，"奴婢知道了，奴婢这就去找。"流月城中，不必说鸟，除了人和偃甲，连活物都不见一个，她只希望拖延片刻，再以他事搪塞。

卧房空寂下来，沈曦坐在床上，无精打采，两眼空洞洞的，浑如一只木偶。

"唧唧！"一旁传来鸟鸣，沈曦抬头，看见一只红眼紫羽的小鸟。

"小鸟，小鸟……"沈曦欢喜起来，"静萍去捉你，你却在这儿，你跟她捉迷藏吗？"

鸟儿拍翅飞起，绕着沈曦飞两圈，忽向门口飞去。

"小鸟，你去哪儿？"沈曦下床，跌跌撞撞追出，"等等我，等等我！"鸟儿一路向前，飞得不快不慢，沈曦落后，它就盘旋等待，等到女孩儿靠近，才又继续飞行。不知不觉，巨木参天，浓荫垂地，沈曦突然止步，惊觉已到矩木边缘。

"这儿是？"沈曦对这神木有着本能恐惧，她的记忆只有三日，停留在被强制送入矩木核心之前。

"唧唧！"鸟鸣就在上方，沈曦抬头一瞧，小鸟拍着翅膀飞上祭坛，钻入浓雾深处。

"小鸟……"沈曦想要上前，可又心存畏惧。

"小曦！"雾气忽然分开，显出大树树干，一个明丽万方、秀颀动人的女子镶嵌在大树中，此刻正向沈曦微笑。紫鸟歇在她的肩头，猩红的眼眸闪动诡谲光芒。

"沧溟姐姐！"沈曦惊讶地望着女子，"你醒来了吗？"

"夜深了，"沧溟看了看天，"你怎么一个人跑来这里呢？"

"小鸟。"沈曦指着紫鸟，怯生生说道，"我想和它做朋友，可它一直飞啊、飞啊……我追着追着，就到了这儿。"她歪头盯着沧溟，"沧溟姐姐，哥哥知道你醒了，一定很高兴，我这就去告诉他！"

"先别着急，给他一个惊喜，岂不更妙？"沧溟淡淡一笑。

"好啊，"沈曦拍手笑道，"好想看到哥哥吃惊的样子。"

"唧唧……"紫鸟发出鸣叫，眼里红光更浓，沈曦看见红光，心中恍惚起来："小鸟，小鸟……"

"你想要我的鸟儿？"沧溟笑嘻嘻地问道。

沈曦痴痴地点头，她也不知为何想要，但与紫鸟四目相对，心里便有说不出的渴望。

"这是姐姐的宝贝。"沧溟笑道，"你若想要，得拿胸前的宝石来换。"

"宝石？"沈曦低头，看到挂在脖子上的魔契石，"哥哥说，不能拿下这块石头，因为要防备一个坏人。"

"坏人？"沧溟一笑，"那你不想要小鸟了？"

"想要，可是……"沈曦犹豫着。

"有沧溟姐姐和哥哥在，流月城中哪里有坏人呢？"沧溟道。

"嗯！"沈曦放下心来，用力点头，摘下魔契石，递给沧溟。

沧溟接过，端详一下，心满意足，挥了挥手指，鸟儿飞向沈曦。沈曦摊开右手，托住紫鸟，噗，鸟儿突然消失，化为一团紫黑魔气，循着沈曦的手臂盘旋而上。

"啊!"沈曦失声惊叫,"沧溟姐姐,这是什么?好难受,我好难受……"她向沧溟求助,沧溟冷冷注视,无动于衷,直至魔气尽数钻入沈曦的心口。

沈曦捂着心口,痛苦挣扎。

"好了。"沧溟一挥衣袖,"小曦,过来!"

沈曦抬起头,目光涣散,仿佛牵线木偶,一步一顿地走向沧溟。

沧溟伸出手,摸了摸女孩儿的额头,温柔地将魔契石挂回她的脖子,说道:"好孩子,你什么都没遇到,什么都没发生,一切都是梦,梦里的事儿,不要对人说起。"

"是!"沈曦木然点头,"什么都没遇到,什么都没发生……"

"去吧!"沧溟诡笑,"睡个好觉!"

沈曦转过身,呆呆地返回,晨雾翻涌,悄然将她吞没。

沧溟形貌散去,紫黑魔气浮起,魔气逸出之时,显现出砺罢相貌。原来,先前那沧溟影像,竟是砺罢幻化而成。

望着沈曦背影,砺罢嘻嘻笑了起来:"呵呵,有神血庇护,又戴着魔契石——所以你便以为万无一失了吗,大祭司?可惜啊,你这妹妹,连小小幻术也无法识破,可怜得很!"

想到高兴处,砺罢身形一晃,化为一只巨大蜘蛛,攀上树顶魔气巨网,纵声狂笑:"且让我看看,这枚棋子,究竟能折磨你到什么地步!你那些扭曲的憎恨与不甘,可是我早想品尝的美味啊!呵呵呵呵——"它张开双手,放肆尖笑,魔气汹涌而起,势如一条紫黑色的恶蛟,在矩木之上盘旋、舞蹈、张牙舞爪……

脱困·回京

"什么味道？"阿阮抽了抽鼻子，睁眼跳起，警惕地望着远处。

一转眼，近二十天过去，每日守卫送来饮食，禁制却未削弱半分。乐无异向守卫询问沈夜下落，不料守卫又聋又哑，害他白费力气。好在禹期将物品放入"桃源仙居图"，悄悄送了过来，众人疗伤修炼，准备越狱之需，此刻听到阿阮叫声，纷纷站起嗅闻。

"什么气味？走水了？"乐无异道。

"没错。"禹期凭空浮现，"地牢失火，守卫行将撤退！"

"撤退？"闻人羽吃了一惊，"那我们怎么办？"

"趁此良机，走。"禹期伸手摸了摸牢门，"这禁制大约久未加固，大不如前。"

夏夷则抚摸铁栏，点头道："前辈说得是，果然削弱了。"幻出长剑，喝一声，"开！"灵力注入栅栏，咣当，牢门洞开。

沿途不见一人,巷道浓烟弥漫,不见五指,若非阿阮引来清风,众人纵不迷路,也会窒息而亡。饶是如此,走了小半个时辰,仍在巷道间打转。

"禺期前辈。"闻人羽忍不住唤道。

"何事?"禺期现身。

"岔路太多,怎么出去?"

"此间规模庞大,歧路无穷。三日来,吾探究此地,亦未将之穷尽,但看大体情形,出路当在东北。"

"东北?"阿阮道,"这儿黑咕隆咚,哪儿分得了东南西北?"

"这有何难?"乐无异从行囊中取出指南针,"跟我来。"

他当先引路,又走半个时辰,前方烟雾消散,微风流动,阿阮喜道:"好哇,有风就有出路。"

乐无异精神一振,快走两步,眼前忽然开阔,来到一座圆厅,举目望去,四壁高耸,危不可攀,整个就如一眼深井。

闻人羽惊叹:"我们真在九泉之下?"

"奇怪。"夏夷则望着黑暗深处,"流月城耗费如此人力物力,到底为了什么?"

"管他呢!"乐无异看见墙壁上悬挂木梯,二话不说,翻身爬上,"上去再说!"

地牢有法术禁制,不能御剑飞行,因操纵偃术需要法术,故而也难以施展,纵如夏夷则,也只好徒手爬行。沿途楼梯多有朽坏,好在层层相连,不曾断绝,尽管时有惊险,倒也无碍攀登。

爬了不知多久,阿阮回头下望,黑洞洞深不见底。她心惊胆寒,手足发软,不慎踩到一截朽木,咔嚓,失足向下坠落。

"啊!"阿阮惊叫出声,忽然一只手闪电伸出,将她手腕攥住。阿阮悬在空中,来回晃荡,抬头望去,夏夷则一手抓着木梯,眼中惊慌尚未褪去。

"夷则……"阿阮涩声笑道,"多谢啦!"

夏夷则摇头,用力将她拉扯上来。两人均不说话,默默向上攀升,又爬了半个时辰,终于脱出"井口",踏足地面。众人站在"井"边,俯视下方,玄冥幽窈,深不见底,回想前情,真不知是怎么爬上来的。

突然传来喊杀声,众人吃了一惊,循声赶去,进入一间大厅,忽见数名流月城祭司正与几个男女交手,男女均使长枪,矫健神速,枪影所过,祭司纷纷倒下。

"秦百将!"闻人羽又惊又喜,纵身上前,刺向一名祭司。

祭司腹背受敌,应枪扑倒,对战的男子见了闻人羽,先是惊喜,继而微微皱眉。

"百将大人。"闻人羽扶枪跪下,不胜惶恐,"属下自知罪大,脱离险境,再请大人责罚。"

男子体格魁伟,虬髯浓密,扫了闻人羽一眼,冷冷点头,转身跳出,唰唰两枪,刺倒两个敌人。

"闻人?"乐无异问道,"这些人都是天罡?"

闻人羽点头,指着虬髯男子:"他是我师兄秦炀!"

问答之际,祭司均被打倒,天罡合兵一处,前来相见。闻人羽上前说道:"属下见过各位大人,不知……这是什么地方?"

"你所留信标,百草谷已收到,因中途你断了消息,我才来救援。"秦炀道,"这儿叫作无厌伽蓝,地处北疆,是流月城在下界的据点。"

"无厌伽蓝?"闻人羽动容,"我听流月城的祭司说过,师父就在这里失踪。师父他可能就是在这里遇害——"一时哽咽难言。

"师父失踪之事,我已知晓。"秦炀道,"快走,火烧过来了。"

走上地面,天色已晚,皓月清辉洒落大地。众人游目望去,四周残垣断壁、佛像颓败,却是好一片寺庙废墟。

"真狡猾。"乐无异愤愤不平,"居然藏在佛寺的废墟下面!"

"秦百将!"一名男天罡问道,"何去何从,还请示下。"

"苏琼你先回百草谷复命。"秦炀向一个女天罡说道,"我和司马百将随后就来。"

苏琼拱手行礼,转身使出"神行术",快如疾风,瞬息不见。

"好快。"乐无异回头笑道,"闻人,比你快多啦!"

"天罡里数我本事最差。"闻人羽苦笑一下,"这几位都是百将,自然比我厉害。"

"看呀!"阿阮忽然手指上空,"两个月亮……"

众人抬眼望去,夜空中月有双影,一个光白皎洁、一个猩红如血。

"两个月亮?"乐无异大为诧异,"还有一个红的?"

众人都循声望去,大感诧异。

"不!"夏夷则冷冷说道,"红色的不是月亮,上面影影绰绰,还有楼宇轮廓。"

"难道说……"乐无异若有所悟。

"不错。"夏夷则点了点头,"那就是流月城!"

"流月城在天上。"乐无异一拍双手,恍然大悟,"原来如此。'苦寒之地,远离中原',师父说的,果然就是流月城。"想到谢衣,又觉伤感。

"秦兄,"夏夷则问道,"此间离捐毒国多远?"

"捐毒国?"秦炀想了想,"向南一千里吧!"

"向南?"夏夷则愣了一下,"这儿地处北疆?"

秦炀点头:"不错。若非你们北来一路都留有痕迹,万难寻找得到。"说着提高音量,"各位!这儿不是久留之地,不如移驾百草谷,有些事想跟各位商量。"

"百将大人。"闻人羽忙说,"他们要去长安。"

"不,不。"乐无异双手乱摆,"你师父的事更紧急,先去百草谷也好。"

"可是你的身世……"

"不要紧!"乐无异沉声道,"十多年都过来了,也不急于这一时。"

夏夷则也说:"在下也无甚急事,走一趟无妨。"阿阮无处可去,点头赞同。

"好!"秦炀慨然道,"我们这就出发。"他动身要走,乐无异道:"且慢!"掏出小黄,"我们乘鲲鹏过去。"

"鲲鹏?"秦炀一愣,忽见蓝光闪过,小黄变成巨鸟,展翅长叫,声动四方。

天罡们无不骇异，怔怔地望着无异一行上了鸟背。闻人羽笑着招手："各位大人，还不上来？"

天罡齐声答应，纷纷跳上鹏背。不过数日，鲲鹏又长大不少，承载多人也不吃力。

此后穿云绝雾，鲲鹏再无停留，第二日下午时分，到达百草谷上空。

为免扰乱谷中秩序，鲲鹏降落于百草谷外围。天罡将士们先行离开复命。

"闻人，"秦炀忽道，"你跟我来。"

闻人羽黯然低头，顺从地走上前去。乐无异忍不住问道："秦百将，你要惩罚闻人吗？"秦炀冷冷扫他一眼，并未作答。闻人羽道："无异，这是我们天罡内务，不要担心。"

乐无异看她一眼，叹了口气，低头不乐。秦炀板着面孔，瞧他半晌，哼一声，转身就走。

闻人羽默然跟上，两人一前一后，走到一块巨大的石碑前，碑上墨汁淋漓，书写"忠魂"二字，四周镌刻无数姓名，均是从古至今阵亡牺牲的天罡。

"跪下！"秦炀冷冷喝道。

闻人羽面向石碑跪倒，深深行了一礼。

"你交了几个不错的朋友。"秦炀忽道。

闻人羽不想他说出这话，愣了一下，支吾道："是吗？我还当师兄对他们……"

"师父带你离谷，是为调查身世。如今身世已分明？"

闻人羽点头："已经查清了。"

秦炀明明露出欣慰神色，言辞却依旧严厉："那为何师父失踪，你不立即回谷？"

"我……"闻人羽无言以对。她离开长安，事出突然，后来与乐无异同行，的的确确抱有私心。

"你能活着回来，我很高兴。但天罡令行禁止，你不经通报，擅离职守，不可不罚。明日起，禁足二十日。"

闻人羽大急："可是，流月城之事……"

归来途中，他们已将断魂草、流月城等事，一一告知秦炀。闻人羽本以为，秦炀会带她面见巨子，然后便能与乐无异等人一道，继续追查流月城。却不料听秦炀的意思，并不打算再放她离开百草谷。

秦炀冷冷道："随我回谷走这一趟，就是为了再度抗命？"

"师兄！"闻人羽急声道，"流月城到处散布'断魂草'，作恶无数。他们高居天上，占尽地利，易守难攻，如今我们好不容易有所突破，怎能放弃？请师兄宽限时日，待我查出流月城的弱点，再回谷领罚可好？"

"弱点？"秦炀似乎不为所动。

闻人羽点头道："谢衣最后跟我们说，'昭明可破流月结界'，我思来想去，这句话只可能有一个意思：流月城数千年来不为人知，是因为它被包裹在某种结界之中，我们若要进入，必须先设法破开结界，也就是找到神剑昭明。"

"昭明……"秦炀微微眯眼，若有所思，"若是寻找不到呢？"

"纵然寻找不到，"闻人羽神情坚定，"这段时间，便劳烦师兄奔走，调查流月城，寻找精通封印与解封之术的高人，共商大计。"

秦炀略作考虑,叹息一声,道:"流月城本是神农一脉,如今却倒行逆施。世殊时异,令人惋惜。"

闻人羽察觉他语气软化,追问:"师兄准了?"

秦炀不答,"哼"了一声,道:"照你们所说,流月城大祭司修为通神,其余各祭司也绝非庸手。假设修仙道联手围剿,必定代价惨重,各派之间早有利益纷争,又多少怀着门户之见,此事未必能成。"

闻人羽美目怒张,恨声道:"未必能成,也要一试。否则,捐毒一国百姓,朗德无辜寨民,谢衣前辈、无异亲生爹娘,还有师父,岂非都白死了?!我们天罡又有何面目,说自己是正义之师,惩恶扬善?"

"好!"秦炀忽而拍手称赞,神色松弛下来,点头道,"师妹不曾辱没师父的教导。师父的仇,我们必定要报。此事我即刻去办,必定求得巨子首肯。"

闻人羽大喜:"师兄答应了?"

"只给你三个月。"秦炀伸出三根手指,肃然道,"三月期满,无论如何,你必须回谷受罚,禁足三年。你可答应?"

"好,一言为定!"闻人羽和秦炀击掌为誓。

当下,两人又将各路线索归拢一遍,秦炀细细记下,留待上呈巨子。秦炀将随身伤药、符灵、纸鹤,全数送给闻人羽,要她时时传讯,不可再轻率妄动。

末了,秦炀转过头,远远打量无异三人。三人等得焦急,夏夷则姿态端严,站得笔直,最为打眼。

"那一位夏公子……"秦炀略作犹豫,"你知道他的来历?"

"怎么?"闻人羽一惊。先前她为保护夷则,从未提起夷则身份。

秦炀道:"他姓李,上有两位兄长,对否?"

闻人羽心下一跳,知道瞒不过去,硬着头皮道:"是。"见秦炀神色颇为微妙,又道,"他是我的朋友,我们一道出生入死,师兄务必不要声张。"

"好大胆子。"秦炀不置可否,"劳烦师妹请他们过来。"

闻人羽见他脸色阴沉,不觉忧心忡忡,找到乐无异三人,带到忠魂碑前。

秦炀盯着夏夷则,后者颇不自在,拱手道:"秦百将有何指教?"

秦炀叹一口气,还礼道:"百草谷天罡秦炀,参见三皇子殿下。"夏夷则大吃一惊,回头看向闻人羽。闻人羽苦笑道:"我什么也没说。"

"与闻人无关。"秦炀沉声道,"两年前我前往太华,远远见过殿下一面。"

"如此。"夏夷则一向行事爽快,便也不绕弯子,"在下戴罪之身,流落江湖,'殿下'二字,还请不必说了。"

秦炀肃容道:"于公而言,百草谷无意参与政争。于私,你是师妹好友,有一件事,想必你还不知道。"

"请讲。"

"殿下离京之后,淑妃娘娘因罪失宠,如今正在慈恩寺修行忏悔。"

夏夷则脸色一变，血色尽褪。世人皆以为，他至今仍在太华修行，而秦炀一开口，就点破他曾去往长安。故而，秦炀的消息，只怕十分准确。

"淑妃娘娘？是夷则的娘亲吗？"阿阮不胜讶异，"夷则的爹爹，把他娘赶到寺庙里去了？好狠的心啊。"

乐、闻二人均不作声，望着夏夷则不胜同情。

夏夷则咬牙道："母妃目下境况如何？"

秦炀摇头："大约出于今圣授意，此事十分隐晦，知情者寥寥。"

夏夷则呆了会儿，心中只有一个念头：那人终究出手了，那人终究毫不顾忌夫妻之情、父子之恩，哪怕自己百般退让，委曲求全，也还是难逃这个下场。他越想越是面色冷峻，冷冷道："母妃因我获罪，我要立即赶回长安。"

"不行！"乐无异叫道，"你现在回去，不是自投罗网吗？"

秦炀点头："事关生死，还望殿下谨慎行事。"

"我一介微末之身，生死荣辱有何紧要，"夏夷则冷然道，"既然母妃在他手上，那就算龙潭虎穴，也只能闯上一闯。"

"久闻三皇子仁孝重义，今日一见，果然名副其实。有几句话，趁闻人师妹也在，卑将斗胆，请三皇子聊为一听。"秦炀目露赞许，诚恳道，"今圣开盛世之端，倘若后来能有一位守成之君，便是苍生之幸。然而今圣三子之中，长子跋扈凶蛮，次子阴毒狡诈，唯有三子内敛沉静，堪当守成之任。天下兴亡，往往系于君王一身。只望他日公子若得显贵，勿忘广济苍生。"

此言略出夏夷则意料。他本无意争夺权位，但事到如今，他的意愿已经不再重要，故而只抱拳道："足下今日之言，我必铭记一生。"

秦炀还以天罡之礼："潜龙在渊，只待其时。请公子多多珍重。"看向闻人羽，"还有件事，如今说来或许迟了，不过还是告诉你们为好。百年之前，本谷有一位墨者和谢衣会面，当时谢衣预言，将有吞噬人心的草木降临人间。"

众人大惊，乐无异失声道："断魂草？！"

秦炀点头："此事本应调查。但墨者发觉，谢衣身带奇异的恶浊之气，墨者怀疑那是魔气，下令暗中追缉。却不料，谢衣从此消失，再无踪迹。"

"你是说，谢伯伯是魔？"乐无异连连摇头，"不可能！"

夏夷则也道："谢前辈身上，绝无断魂草气息。"

秦炀叹道："那墨者早已过世，若非师父失踪，我也绝难打听到这桩旧闻。总之，谢衣此人，谜团重重，你们一路多加小心。"

四人道谢，为防节外生枝，约定这便离去。闻人羽向秦炀挥手道别："秦师兄，多谢你为我们一再破例。"

"快走吧。"秦炀挥一挥手，"将军与巨子那边，一切由我承担。"

"百将大人保重。"闻人羽拱手行礼，带着众人离开忠魂碑。

走到宽阔处，乐无异放出鲲鹏。闻人羽回头望去，秦炀站在碑前，凝目眺望。闻人羽心口一热，拱手屈身，行起天罡之礼。秦炀默然点头，也回以天罡之礼，师兄妹遥遥对望，心中都是感慨万千。

"闻人姐姐。"阿阮声音传来,闻人羽恍然一惊,转身登上鲲鹏。大鹏展翅,向着长安飞去,下方的百草谷渐小渐远,一晃眼,消失在云雾之间。

"闻人姐姐,"阿阮关切道,"你似乎不大高兴?"

"没有。"闻人羽笑了笑,"能以身证道,我很高兴。我只是觉得,自己本事不够,对不起师父和师兄。"

"哪里的话,闻人你最好了,对谁都很好。"乐无异大咧咧说道,"别多虑了。"

闻人羽看他一眼:"这一次不比从前,必须赌上所有,才有几分胜算。"

"邪不胜正。"乐无异手握拳头,望着北方天空,"我们一定会赢!"

"正邪之分,原不紧要。"夏夷则低声自语,眼中如凝霜雪,"恩必偿,仇必报,以德报怨,何以报德?"

鲲鹏飞行极快,数日即到长安。

为免惊世骇俗,乐无异令鲲鹏在附近山中降落,此后,因夏夷则身世之秘,加之两位皇子相争甚急,为谨慎行事,闻人羽与乐无异先易容前往长安城打探消息。

此时距离当日离开长安城已过去将近半年,望着长安城中车水马龙,熙熙攘攘,两人均有物是人非之感。

对于闻人羽来说,打探消息是必备本领,又有乐无异掩护,两人打扮成一对外地来此经商的中年夫妇,在酒楼、客栈、码头打听几日,见朝廷对夏夷则的暗中追索已不甚急,大皇子和二皇子保持均势,局面还算平稳,至于乐府,似也如常，慢慢放下心来。

如此又过数日，闻人羽放出信号，接应夏夷则和阿阮步行进入长安。

其时正是傍晚，城门行将关闭，行人稀稀拉拉，若干守军站在门前，无精打采地应付差事。

入城之后，夏夷则忽地停住脚步，向三人道："各位，天下无不散之筵席，大家就此别过。"

闻人羽道："真的不要我们帮忙？"

夏夷则摇头道："人手多了反而不便，在下独自前往便可。"

闻人羽皱眉想了想，取出伤药等物，分了大半给夷则，道："若有危险，立刻联络。"

夏夷则道谢接过。一旁阿阮忽然道："夷则，既然长安这么危险，你当初为什么会离开太华，跑来长安呢？"

这一问可谓正中关键，乐无异和闻人羽也想询问，却每每因顾忌夏夷则身世，最终缄口不言。一路走来，四人生死与共，夏夷则再无戒心，当下将事情原委一一道来。

当时夏夷则在太华修道，他的师尊因故暂离太华。一日，夏夷则辗转听闻，淑妃于京师之中，受后宫妃嫔倾轧，获罪受罚。这消息对淑妃平日饮食喜好、衣着装扮，描摹得极为准确，夏夷则心神紊乱，不顾一切，违命下山去往长安。途中遇袭，暴露妖形，自此断绝重回太华之路。

来到长安后，趁淑妃出宫进香，夏夷则暗中匆匆见了淑妃一面，却遭淑妃叱责。原来淑妃一切安好，那消息无中生有，只怕还有后招。淑妃要夏夷则速速离京回山，不要理会京中局势。夏夷则却心怀忧虑，犹疑难定，想要探明局势。后来，多方打探无果，京城貌似一切如常，夏夷则便随偃甲船离开了长安。

"那么，夷则，你又为什么要找通天之器？"乐无异追问道。

夏夷则道："若是说了，恐怕你嗤之以鼻。"

乐无异不信："难道你想问怎么才能长生不老？"

阿阮扑哧一笑。夏夷则也不由得微笑，摇头道："因为当时在下想知道，究竟做何抉择，才能保全母妃一世平安。"

此话一出，众人沉默。最是无情帝王家，虽然夷则没有争权之心，那两位皇子，连同皇帝，却未必相信。

"夷则夷则！"阿阮忽然插嘴，"我跟你去好不好？闻人和小叶子一起，我跟你一起，也好有个照应。"

夏夷则能回绝天下任何人，唯独无法回绝阿阮，甚至懒得犹豫，直接点头："可。"

"好啊！"阿阮欢喜拍手，"我们这就去。"扯着夏夷则的衣袖就要离开。

"慢着。"乐无异道，"这两日办完了事，后天辰时，在长安书院后的小竹林碰头，那儿僻静。"

"好。"夏夷则点头。

"你可一定得来。"乐无异脸上平静，心里却很是忧虑。

"小叶子放心，我一定把他带回来。"阿阮笑嘻嘻挥手，"小叶子，闻人姐姐，到时见。"说完扯着夷则一溜烟跑远了。

恩仇·父子

抵达乐府，天色已晚。

站在大门前面，乐无异盯着乐府二字，呆呆地看了很久，他回过头来，看看闻人羽："我忽然有些不敢进去了。"

闻人羽道："天都黑了，要么明天再来？"

乐无异摇头，仍没进去的意思。回想离家时，他留给爹娘的豪言壮语，心头不由得惭愧。如今他的偃术大有精进，可是，师父谢衣却……倘若当初他留在家中，或许谢衣至今仍平安在世。

世事无常，一至于斯。

谢衣当日话语，忽于心头回响："人都是很固执的，尤其在选择要走哪条路时，更是半点儿不能强求……"

乐无异无声地叹了口气，忽然拉起闻人羽的手，道："走！"

乐无异拉着闻人羽的手，沿着高高的围墙，向另一边走去，走了一会儿，绕到西侧，乐无异道："我逃出来时，就是从这里翻墙出来的，这里一向少有人来。"

闻人羽微微一笑，道："好吧，就陪你走一回'盗门'。"两人跃到围墙上，见果然静无一人。

跳下围墙，辨明方向，两人快步向乐无异原来的偃甲室行去。

说来奇怪，乐无异在家中时，时常迷路，如今重返家中，时将入夜，天色昏暗，他却对道路极为熟稔，完全不必再去看路牌。

到了原先偃甲室所在，乐无异一见，不由得大吃一惊，只见那偃甲室赫然矗立在那里，室内那盏灯火，也如先前一模一样，恍然如在梦中。

乐无异按捺心中狂跳，快步行到跟前，忽地听到一阵呼啦啦响，一看，却见正是那日"萧鸿渐"所指导栽下的五心剑兰，如今却已长得高大许多，在风中轻轻摇曳。

乐无异站在偃甲室门外，良久不敢动，心思又是脱口而出："为什么？当日这偃甲室父亲明明已下令拆掉了，为什么如今却好端端就在这里？"

就听偃甲室中传来一个声音："是无异孩儿回来了吗？"

"娘亲！"乐无异再也忍不住，推开门，拉着闻人羽，冲了进去。

傅清姣从椅子上站起，喜出望外，伸出双臂，抱住乐无异。在另一张椅子上坐着的，自然就是定国公乐绍成。

母子相拥许久，傅清姣推开乐无异，道："看看你父亲吧。"

乐无异走到父亲跟前，低头不敢看父亲，小声道："爹。"

"嗯。"乐绍成淡淡应道。

傅清姣从旁道:"无异,不要记恨你爹。那日你离开家,是我和你爹一起想的主意,那也是我们所能给你最好的一条路。"

乐无异其实早已想到,晗光剑,偃甲匣……世间哪有那么多巧合?内心深处,他早已原谅了父亲。当他看到偃甲室重现的刹那,心中已对一切有了答案:无论乐绍成和傅清姣是不是他的亲生父母,他都永远是他们的孩儿。

乐无异伸出双手,抱住父亲的肩膀,乐绍成忽然有些窘迫,一时也不知自己该是站立还是坐着,但最终还是站了起来,伸臂抱住乐无异。

闻人羽站在屋中,看着这一切,神色沉静,什么话也没有说。

良久,乐无异才想起来,走到闻人羽身边,道:"爹,娘,我要给你们介绍一位朋友,闻人羽。"

傅清姣的目光看了闻人羽一眼,笑道:"百草谷天罡,程廷钧程百将高徒。"

闻人羽早就想到,定国公夫妇早晚会查明"萧鸿渐"身份,故见怪不怪,向乐绍成和傅清姣施了一礼,便站在原处不动,一时有些冷场。

乐无异看看这个,看看那个,最后挠了挠头,向乐绍成道:"爹,这次孩儿去西域,遇到狼王安尼瓦尔——"

却见乐绍成挥了挥手,示意他先等一会儿。

乐绍成道:"有稀客。"乐无异诧异,过不多时,就听脚步声响,来到偃甲室外,不再动作。

乐绍成道:"进来。"

偃甲室门从外推开，一个高大人影站立门外，眼神阴鸷，在室内众人脸上逡巡不去。

"狼王！""安尼瓦尔！"

乐无异和闻人羽大吃一惊。

来人正是安尼瓦尔，他身披狼皮披风，腰挂长刀，威风凛凛。他身后，屠休等人站在院中，手扶刀柄，似乎随时可能暴起发难。好在，他们每人后面，都立着一名布衣武士——虽是家丁打扮，却个个肌肉紧实、机敏剽悍，多半是沙场好手。

"乐、绍、成。"狼王一字一顿，眼中杀意翻滚。

"久仰狼王威名，请坐。"乐绍成点头致礼，重又落座，示意下人更换茶水。狼王站立不动，下人将茶水捧到他面前，他拿起茶盏，"啪嚓"一声在地上摔得粉碎。

"乐绍成，你究竟是何居心？"狼王语气森然。

乐绍成抿了口茶，道："好茶。"见乐无异、闻人羽二人目瞪口呆傻傻站着，抬手示意他们坐下，这才向狼王道，"请狼王少安毋躁。"

狼王依旧不动。

乐无异这时才回过神来，磕磕巴巴道："老、老爹，他是我——他怎么……"

"你已经都知道了？也好。"乐绍成淡淡道，"数日前，眼线来报，有西域人进入长安，不似客商模样，衣着语言均类捐毒人。眼下长安是什么地方，说龙潭虎穴也不为过。若肆意妄为，岂非自寻死路？为父便将他们请到府上。"

乐无异仍是不解，看向狼王："你们为何来长安？不是约好三个月吗？"话未说完，已听身边闻人羽叹了口气，瞬间明白过来：狼王怨愤难平，此行是为寻仇！顿时心下一寒，望向狼王的眼神也冷了几分。

乐绍成道："阁下想必有话要说？"

狼王冷笑道："杀我国民、害我生父、掳我幼弟，令我们兄弟分离整整十八年，还骗他认贼作父！乐绍成，我今日败于你手，来日必加倍讨还！"

乐绍成微微一笑："败兵之将，何敢言勇？"

狼王面色难看至极。捐毒人最重勇力，他潜入长安复仇，一行三十七人，被乐绍成派人擒获，又过短短两日，连来历也被查得一清二楚。狼王心知，中原卧虎藏龙，定国公占据地利，又有如此实力，要杀自己实非难事。但心下毕竟不甘。

见狼王不语，乐绍成点点头，说了下去："我将你们请来，并非有意折辱。捐毒血统留存不易，我不愿见你们枉死长安，此其一；关于十八年前捐毒之事，有几句话想告诉你，此其二。"

乐绍成说话平缓淡然，并不故作腔调，但格外有种奇妙的说服力。

"狼王安尼瓦尔，十八年前逃离捐毒，纠集捐毒遗民，纵横西域，直到今日。我还知道，十六年前那桩悬案，姑墨佛宝失窃，也是你的手笔。"

狼王不禁暗自吃惊，佛宝一案，他自认从未留下线索，乐绍成为何知道？

乐绍成似乎洞悉他心中所想，摇头道："我并未在你身边安插眼线。我早知道你是兀火罗之子，若我要杀你，你活不到今天。"

狼王并不扭捏，硬气道："是。"

乐绍成道："昔年捐毒王阻塞西行商路，圣上体恤商旅往来不易，方才下令平寇。君王有命，身为人臣，我自当尽心竭力。至于兀火罗，我与他各为其主，从来无所谓对错善恶。沙场相逢，惺惺相惜，我敬他是条好汉。可惜，未及攻城，浑邪王听信谗言，怀疑兀火罗拥兵自重，派使者赐死兀火罗。"

狼王眼中寒光一现："赐死？"

乐绍成点头："浑邪王晚年多疑，想必你也有耳闻。兀火罗不甘屈辱就死，一怒之下杀了浑邪来使，随后拔剑自刎。临终之前，他命令副官，将自己的头颅送来给我，宁可让我领功，也不愿便宜了小人。"

一时，狼王眼色复杂，沉默不语，乐无异心下也是一阵难受。

乐绍成吹开茶沫，神情有几分萧索："当年之事，狼王可还有什么不明白的？"

狼王道："两军交战，必有死伤，但我捐毒百姓几乎死尽，不是你乐绍成的功劳？"

乐绍成摇了摇头："捐毒亡于瘟疫，非战之罪。我一生杀人无算，血债累累，不必在这种事上诓骗于你。"看了眼乐无异，"无异，他是你的亲哥哥。"

乐无异讷讷点头："我知道——"

"前尘已矣，只谈当下。"乐绍成见狼王抿嘴不语、杀意收敛，心知会面已近尾声，语气越发平淡，"无异是你的弟弟、兀火罗的幼子，但也是我和清姣的孩子。你们之前见过，想来也曾相谈。无异已经大了，有他自己的主意，我不会干涉。至于狼王,"抬眼看向安尼瓦尔,"狼王要走,可以,以后若来,欢迎。"

安尼瓦尔默然片刻,道:"走!"

众马贼应诺,转身便走,利落干脆。

"大哥——"忽然,狼王被人唤住。

只听乐无异道:"大哥,你不问我……"

安尼瓦尔回身,望向乐无异,神色冷毅:"你已到了配刀的年纪,应有主见。往后若有机会,来西域看看。"

马匪都在门外等候,也不说话。

乐无异看着安尼瓦尔,双目对视,乐无异道:"等我忙完手头的事,就去西域找你。"一旁傅清姣不由得紧张,乐无异见娘亲面色发白,连忙笑道,"这里是我的家,永远不变,但西域可以是我第二个家嘛。"

安尼瓦尔摇摇头,神情有些复杂,不甘夹杂欣慰,又好似隐约失落。他忽然回身向乐绍成和傅清姣道:"多谢你们养大我兄弟。有一个消息,也许你们愿意听到——你们的女儿,还活着。"

乐绍成和傅清姣同时站起。"什么?!"傅清姣道。

安尼瓦尔道:"城破之后,我赶回捐毒,只见满地残尸,没有一个活人,家人全都不知下落。我决心报仇,尾随你们,潜入大营,恰好营中空虚。我发现一个女婴,本想杀了她,究竟不忍,恰好有人走近,我便带她离去。世道混乱,找不到女人喂奶,只好到处找刚下崽的母狼。养了几天,只觉不是办法,正巧,有人去捐毒探查,我留下线索,引他们找到女婴,将她带走。"

"多谢、多谢！"傅清姣身躯颤抖，道，"多谢你不杀之恩，那带走我们女儿的，究竟是什么人？"

安尼瓦尔摇了摇头，道："那时我不会汉话，事后回想，大约是白（百）草一类。"

"百草谷！"傅清姣惊喜交加。

"不错，正是百草谷。"这时，只听一个声音接道，"当日那百草谷来人，名叫程廷钧，他收养的女婴，叫作闻人羽。"

闻人羽走上前去："百草谷天罡，闻人羽——正是在下。"

安尼瓦尔一怔，满脸不可置信，摇摇头，走出门外，忽然发出几声大笑："哈哈哈哈！"率群匪离去。

乐无异、乐绍成、傅清姣张口结舌，犹如泥塑木雕。

良久，才听傅清姣颤声道："当年你是早产，你一落地，我便血崩昏迷，从未亲手抱一抱你……我只记得，你右耳背后，有一颗红色的痣——"

闻人羽掀起头发，露出右耳后面，确是一点红痣。

夜色已深，星月暗淡，一只黑猫轻盈地越过屋脊，蹲在檐角，俯视下方的巷道，绿莹莹的眼珠仿佛跳动的鬼火。

巷道尽头，人影摇晃，夏夷则走出阴影，阿阮跟随在后。

夏夷则停下脚步，默默注目前方——慈恩寺重檐叠屋，灯火阑珊，偌大的寺庙静得出奇，墙边树梢上，不时传来夜枭的叫声。

"夷则。"阿阮轻声道。

夏夷则并不回头，道："已交丑时，这便行动，以免夜长梦多。"

"好呀!"阿阮绽颜一笑,"咱们走!"她当先走向寺庙,夏夷则愣了愣,快步赶上。

阿阮走了几步,忽然停下。

"嘘!"阿阮回过头,竖起食指,做出噤声手势,雪白的面孔莹莹有光,夜色之下,有如一朵绽放的栀子,"小声一点儿,前面有人!"

夏夷则也压低声音:"你怎么知道?"

"阿狸说的。"阿狸不知何时,出现在阿阮怀里,探头探脑,一双眼珠溜溜闪动。

夏夷则深知阿狸嗅觉奇灵,沉默一下,捏个咒法,身影一闪便消失了。过了片刻,提剑返回,沉着脸说道:"前面有暗卫埋伏。"

"暗卫?"阿阮不解,"那是什么人?"

"皇帝多疑寡恩,暗卫是他亲自选拔的精锐侍卫。"夏夷则沉吟,"慈恩寺里果然有皇族要人。"说到这儿,暗暗发愁,想要硬闯,又怕打草惊蛇,连累母妃。

阿阮见他神色,忽道:"要不然,让阿狸先进去。"

"阿狸?"夏夷则看着阿狸。

"我有一个法术,能将神识附着在阿狸身上,"阿阮道,"它所见听闻,我都能一一感知,当年在巫山,我和阿狸常这样玩耍。"

当下,阿阮放出阿狸,小兽跳上房顶,一溜烟跑过屋脊。黑猫受惊,轻叫一声,匆匆闪到一边。

望着阿狸消失,夏夷则微感迷惑,这时手心一凉,阿阮伸手将他握住,夏夷则正要开口,"嘘,别出声,"阿阮定定望着前方，口中念念有词，"洞冥觉幽、万华自现！"

夏夷则只觉一股清凉之意从阿阮手心蹿起，透过手臂，直达双眼。双眸仿佛浸入山泉，眼前景物倏忽朦胧，仿佛升起一片迷雾，紧跟着，迷雾散开，景物变幻——花木繁森，池沼溶溶，佛龛石塔青灯如豆——敢情瞬息之间，视线已随阿狸进入了慈恩寺。

景物飞快变幻，夏夷则仿佛化身狸猫，于墙根草丛间四处游窜，这感觉万分奇妙，夏夷则不由得心跳加剧，五指微微用力，握紧阿阮的小手。

寺内布满法阵，且有暗卫散布，阿狸举动无声，巧妙绕过守卫，似入无人之境，跑了半晌，途经一处禅房，忽听有人交谈。

夏夷则听见声音，浑身一颤，心叫："停一下……"

心念才动，阿狸应声停下，凑近门缝，竖耳聆听。

阿阮心下奇怪，忍不住瞥了夏夷则一眼，后者呆呆愣愣，仿佛身在梦中。

阿阮见状，也不由得定睛望去，只见禅房中灯火明亮，两人端然对坐，正在对弈围棋。一是年迈老僧，一是半百男子。那半百男子华服峨冠，容颜闲雅，通身高华清贵，难掩睥睨天下的英武之气。

"阿弥陀佛。"寂如拈起一子，欣然落下，"贫僧熬了半宿，总算等来这半着好棋！"

"委实绝妙。"华服男子拈须沉吟。

盯着棋盘看了时许，华服男子摇头叹道："老和尚忒狠，好个'通盘劫'！你我对弈这许多年，你这棋路是日见刁钻。

再过个两年，可不敢再来自讨没趣喽。"

"不敢、不敢。"寂如合十笑道，"若论筹谋布局，谁又能与陛下匹敌？"

"陛下？"阿阮心中惊讶，"这老头儿便是皇帝？"想着，偷眼去看夷则，只见他注目凝望，眼中也是一片迷茫。

"滑头。"圣元帝笑道，"越老越滑不溜手。"

"哪儿话。"寂如叹道，"黑白经纬间，输赢不过笑谈；陛下赢来的，却是万里河山。"

圣元帝心下舒畅，笑道："方才你说'半着好棋'，朕听了好不疑惑——"

"陛下敏锐。"寂如微微一笑，"因缘和合，事无常性，举凡世间劫难，破解之法，有时不过一念之间。便如眼前这'通盘劫'，是追是放、是紧是松，全在陛下一念之间，结果也自不相同。"

圣元帝盯视寂如，眼露精光："老和尚含沙射影，该打！"

"阿弥陀佛，贫僧不敢。"

圣元帝手拈棋子，端详许久，见寂如姿态恭敬，方缓缓落下一子："罢了，你们出家人，最是婆婆妈妈，便饶你这回。"

寂如连忙谢恩。

圣元帝又道："近年朕躬省为政得失，得处自在人心，所失唯有一条，便是膝下竟无足继大统之皇子。"

寂如连宣佛号："两位皇子人才出众，均是极好，陛下言重了。"

"有才无德，便是祸患，难免不管配不配的，都想伸手先摸一把，尝尝滋味。"圣元帝道，"诸皇子中，唯有夷则沉稳守礼，或许可堪守成之任。这十数年来，朕是如何疼爱夷则，想你也当看在眼中。"

三皇子自幼出宫，极少回京，寂如也只见过寥寥几面。虽则如此，寂如仍点头称是。

圣元帝叹道："然而夷则自幼体弱，一月倒有二十日卧病，朕唯恐他倏忽夭折，方才允他离宫修行。朕这十数年悬心挂胆，也难说与你听。"

"陛下莫要伤怀。"寂如有意无意，看了门外一眼，"三皇子温和闲雅，若能选择，他又何尝愿意生为半妖？"

"若能选择……"圣元帝面色沉静，叹道，"天意弄人。倘能选择，朕又何尝愿意赐死红珊？"

阿阮只觉夏夷则浑身剧震，回头望去，夷则两眼大张、脸色煞白，手也冷了下去，握在阿阮手里，就如一块寒冰。

"夷则？"阿阮忍不住轻轻道，"你、你怎么了……"

"'朕又何尝愿意赐死红珊'……"夏夷则声音冷厉，一字一顿，"又、何、尝、愿、意、赐、死、红、珊！"

阿阮伸手，轻抚他的后背，却只觉他身子冰冷，连脉搏都似一时摸不到了。

"世上竟有如此虚伪之人，而此人竟是我的父亲！好，很好……很好！"

一时间，他面目凶暴几如猛兽，眼角连连抽搐，似要痛哭流泪，可是两眼干涸，不见一点儿泪光。

室内，谈话仍在继续。

只听寂如叹道："淑妃娘娘……唉，阎浮提中，尽是些可怜人哪……"

"夷则血统已经暴露，朕不得不做个了断。"圣元帝仍然注目棋盘，落子精准，与寂如搏杀，"当年群妖并起，朕受命于天，血战数载，方换来今日太平。朕又如何能对妖类心无芥蒂？老和尚，朕不想杀红珊。可是朕老了，若朕不在了，几个皇子会否放过夷则？红珊会否反抗？红珊是妖，只须略施法术，便能令宫闱大乱。"说着，叹了口气，道，"倘若早知这泼天祸端，宁可当年不去南海，不曾遇上红珊。"

"南海之行？"寂如也落一子。

圣元帝道："朕年轻时，曾远游海外，于南海明珠海，邂逅一鲛人女，一见倾心。但朕心系天下苍生，不能因一己私爱，荒废苍生大业。于是朕告别鲛女，返回中原。多年后，红珊入宫，面目绝类当年鲛女，朕一心宠爱……"眉间怒色升腾，恨声道，"却不料，红珊便是当年鲛女，以秘术化为人形，入宫争宠！欺君之罪，实无可恕！"

寂如默默不语。

片刻，寂如道："不知陛下要如何安置三皇子？"

"朕曾考虑过留不留他。"圣元帝棋风犀利，连挖数子。寂如一惊，不禁失声道："陛下……"

圣元帝摆了摆手，道："朕的心也是肉做的。他们母子有罪，但红珊已死，朕不愿继续追究。朕放出红珊被囚的消息，只为诱他前来、将他生擒。然后就寻处山清水秀的世外桃源，让他衣食无忧过完一生。"

"阿弥陀佛。"寂如叹一口气,"如此……倒也算是两全之策。"

说话间,一局终了,竟是和棋。

圣元帝笑道:"老滑头。"寂如起身告辞:"陛下安危要紧,贫僧还需前往寺内各处察看,暂且告退了。"

圣元帝挥一挥手,寂如躬身合十,移步退出禅房。

夏夷则仍是咬紧牙关,挺立如冰。阿阮担忧至极,却不知如何安慰,轻声道:"他们说完了,我们走吧?"

话音未落,两人脚下白光转动,出现一座法阵,夏夷则神思不属,不及应对,就被法阵吞没。一阵天旋地转,夏夷则定一定神,只见身处一间僧房,对面寂如盘膝而坐,身前宝炉焚香,经筒浮空自转。

阿阮怀抱阿狸,人兽双双昏迷。

夏夷则持剑单膝跪地,护在阿阮前面,略低头,不持剑的那只手放在剑刃上,鲜血沿剑身滴落。他抬起头来,眼中血光跃动,有如精灵,冰澈寒冷。

"血燃犀?"寂如起身,走到夏夷则面前,低头看他,神色慈祥,"未及弱冠便能施展如此术法者,放眼太华上下,恐怕也只得三皇子一人吧?"

夏夷则起身,持剑戒备:"大师为何知晓此术?"

寂如合十:"阿弥陀佛,贫僧寂如,在这慈恩寺修行二十余载,与太华观略有往来。'血燃犀'乃太华秘术,借血而发,号称持续之时,能令世间法诀尽告无效。既动此术,三皇子应当知晓，此处并无法阵布置，亦无术士埋伏，更未设下幻术。"

夏夷则闭眼感应一下，点头，收剑入鞘，上前见礼："确如大师所言。这位阮姑娘纯属无辜受累，能否请大师撤去法术，令她醒转？"

寂如摇头："请殿下稍待片刻，贫僧并无他意，只是受人之托，有些物事要转交与你。"

夏夷则一惊，神色动摇："大师是受何人所托？"

寂如："是淑妃娘娘。"说着，将锦囊、信函递与夏夷则。

夏夷则心底冷寂如死，如今听人提起母妃名讳，也只如寒风透体，竟再也感觉不到痛楚悲凉："这是？"

寂如叹息："殿下离开长安不久，淑妃被押来寺中，不久后便定罪赐死，只是消息一直未曾外传。"

"如此。"夏夷则点头，打开信函，见确系母妃笔迹，不禁以手指轻轻摩挲。

寂如又道："那锦囊之内，是一粒鲛珠。娘娘有言，男儿有泪不轻弹，殿下万金之体，万勿为她悲泣伤身。"

夏夷则闭目，片刻之后，缓缓睁眼，神色一如平时，不见半分悲戚："多谢大师！"

寂如颔首，半是欣慰，半是哀悯："悲戚怨恨，切不可泄露人前，否则淑妃娘娘泉下难安。"

夏夷则道："请问母妃归葬何处？"

寂如道："已遵淑妃娘娘遗诏火葬，骨灰倾入渭河。"

夏夷则心头一痛："母妃至死都为我考量，竟连遗骨也不敢留下，唯恐落人把柄。"

寂如长叹，摇头不语。

"时辰不早,去吧。"寂如捏诀施法,一束金光笼罩于阿阮身上。夏夷则扶起阿阮,寂如挥手,夏夷则面前景物变幻,一瞬之后,竟又立于先前之处,明月清风,一切似乎全未发生。

定夜钟鸣,寂如的声音从虚空中远远传来:"嗔恚之害甚于猛火,能破诸善法。殿下珍重。"

夏夷则道声多谢,带着阿阮,沉默而去。

阿阮悠然醒来,扭头四顾,只见夏夷则坐在柳树下,手捧一页信笺,凝神沉思。

"夷则!"阿阮轻声呼唤,夏夷则回过头,静静地望着她。

"这是哪儿?"阿阮侧耳聆听,"哗哗的,像是水声。"

夏夷则收起信笺,道:"这是渭水。"

阿阮原本想问为何来此,但看夏夷则神色如常,半分不见伤心哀恸,反而更觉难过,垂头不语,探出一根手指,怯怯地去勾夷则的手。勾住了,见夷则并未挣开,这才小心翼翼,牵着他的手,用力握住。

"怎么不说话?"夏夷则道。

阿阮仍是不言不语。

夏夷则叹道:"我并未十分难过。这十几年、六千余个昼夜,我朝不保夕,无人庇佑,不敢有任何眷恋和期待,今日之事,我早有预料,想必母妃亦然。"

阿阮道:"我陪着你。我没爹娘,要是有,分给你用。"

夏夷则一时难以作声,像安抚小动物似的,用另一只手,轻轻抚摸阿阮秀发。这么沉默许久,夏夷则道:"阿阮姑娘,等流月城事毕,我们恐怕要分别了。我有些事要办,你不会喜欢。"

"你要报仇？"阿阮十分敏锐，一眼看穿他的心思，"你爹浑蛋，是该好好教训。"

夏夷则叹息一声，未置可否。阿阮又道："我没有不喜欢。"

夏夷则知道，阿阮并不清楚，他的"报仇"，究竟是什么含义，又会有什么后果。阿阮天真单纯，不懂人心险恶，更不知天家权力斗争是何等尔虞我诈、血腥残酷。等她懂了，只怕她今日如何看圣元帝，来日便会如何看他。

夏夷则凝望阿阮，轻声道："若有朝一日，我变得面目全非，你是否还会如此待我？"

阿阮不假思索："会呀。我喜欢你，不管你做什么，我都喜欢。"

一时间，夏夷则几乎站立不住，心跳得快要从喉咙里蹦出来，张了张嘴，却一个字也说不出。

只听阿阮又道："我也喜欢小叶子、闻人姐姐，还有谢衣哥哥。"停顿一下，"人没有那么容易变化。就像谢衣哥哥，隔了一百年，他变了一些，可最终，他还是那么固执，宁可死，也不会改变心意。我想夷则也是一样的。"

"但愿如此。"夏夷则怅叹，又道，"等一切结束，我就前往南海。母妃生前误滞凡尘，身后总该回去故乡。"

阿阮急忙道："那么，我陪你去好不好？"说着自顾抓起他的手，拉钩，"就这么说定了，不许耍赖。"

"耍赖？"夏夷则摇头，"除非冬雷夏雪，否则决不食言。"

溯往·通天

一路由南疆至西域,又由西域到北疆,再去百草谷,最后回到长安,迢迢数万里,风尘仆仆,惊心动魄。狼王刚走,乐无异心头大石刚去,又被闻人身世一吓,终于积劳成疾,发起高烧,迷迷糊糊被送回房。再醒来时,只觉头脑昏沉、胸口闷疼,难受极了。

他哆嗦一下,睁开双眼,傅清姣的面孔跃入眼中,父亲、母亲望着自己,流露不胜关切。一旁,闻人羽已换了装束,却非平日劲装,而是一身华丽飘逸的广袖长裙,头挽高髻,典雅大方,乐无异一见之下,不由得"啊"了一声。

乐无异这才发现,傅清姣与闻人羽,五官长相并不很像,但眉宇间的自强坚韧,却是一模一样,一时心中不知是何感觉。他看了闻人羽半晌,忽然扑哧笑了:"当初你为何要扮萧鸿渐,我可算知道了。"

闻人羽微露惭色,点了点头。乐无异看三人神情,知道自已昏睡期间，闻人羽已经和爹娘相认。乐无异仍有些恍惚，想了想，忽然道："欸？这么说，你比我小一两天，是我妹妹？我可算有妹妹啦！"

三人啼笑皆非，傅清姣道："你稳着点儿，一睡就一天一夜，成什么样子。"

乐无异眨眨眼睛，向闻人羽笑道："你说，是我抢了你的爹娘，还是你抢了我的？"

闻人羽低声道："我本想永远不来认亲的。"

乐无异身世敏感，若传扬出去，一个弄不好，乐氏夫妇便要被问欺君之罪。闻人羽自始至终，不愿置乐府于险境。

乐绍成和傅清姣听了，都叹了口气，傅清姣道："好孩子。"乐无异也明白过来，握了握闻人羽的手："闻人，你太善良了。"

见乐无异苏醒，精神不错，乐绍成和傅清姣便先退了出来。奇变骤生，这说不清理还乱的关系，每个人都需要重新梳理。

眼下若谈得太多，难免尴尬，闻人羽索性不聊身世话题，微笑着向床边走来："有一件事，你一定很想——哎呀！"惊叫一声，却是步子迈得太大，被那长长的曳地裙裾绊倒，一头栽在了床前。

乐无异吓了一跳，赶紧掀开被子，探身张望。见闻人羽迟迟不起，便伸手去拽她："你没事吧？怎么还不起来？"

"你、你……"闻人羽抓着他手，挣扎爬起，捂着鼻子眼泪汪汪，"我的鼻子、我的鼻子还在不在？"

见她狼狈模样，乐无异忍了又忍，到底忍俊不禁，扑哧一声，哈哈大笑。

闻人羽气道："早知不跟你说！"一甩袖子，将一物丢在了床上。

乐无异接过一看，不由得大喜：那竟是一枚偃甲蛋！翻过一看，上面果然有"四一二"字样。闻人羽道："你昨夜病倒，我通宵未睡，与傅前辈……与你娘，说起偃甲蛋和通天之器，你娘就给了我这个，说是多年以前，谢前辈交给一位呼延前辈的。"

"原来如此！"乐无异恍然，心下暗道，当日大皇子送的那枚偃甲蛋，被封在一只偃甲匣内，若娘亲早知道其中玄机，恐怕能早些解开这个疑问。

当下，乐无异将四枚偃甲蛋一一排好，摆弄研究。

他托起一枚偃甲蛋，咕哝两声，向床上一扔，偃甲蛋滴溜溜乱转，迸发微弱灵光，叮，两枚偃甲蛋相撞，发出清越鸣响，第二枚蛋受了带动，急速旋转，撞向第三枚蛋，叮，第三枚蛋应声转动，又撞上了第四枚蛋。

这么一来，四枚偃甲蛋同旋同转，忽集忽分，方位不断交替变换。

"这是？"闻人羽皱眉不解。

"若是属于同一偃甲，零件会因灵力相互吸引。但，不同于磁力，这种灵力间的吸引，需要部件、属性一一相合，才会作用。偃术中称呼这一类部位为'导灵点'，每个偃甲都不相同，若要拼合零件，先得找到导灵点，使其一一对准，才能发生感应。"

闻人羽恍然："你让偃甲蛋转动，是要让导灵点彼此对准？"

"这是个笨法子。"乐无异目不转睛，"若是寻常偃甲，很快就能找到导灵点。奈何偃甲蛋是师父所造，精妙繁复，超乎想象，我看来看去，也找不出导灵点的位置，只好让它们转动起来，自相感应，如果运气足够……"

叮，一枚偃甲蛋忽然停下，紧跟着，另一枚蛋也凝然不动，有如灯盏一般，蛋壳之中明亮起来，射出一缕灵光，若有若无，将两枚偃甲蛋连接起来。

"有了！"乐无异握紧拳头，"还有两个……"

话音未落，第三枚蛋也停了下来，发出两道灵光，连接先前二蛋，剩下一枚呜呜乱转，绕着三枚蛋来回穿梭，俨然一个活物，钻来钻去，不曾撞到同类半分。

乐、闻二人看在眼里，不由得屏住呼吸。

叮，一声鸣金溅玉的急响，第四枚蛋说停就停，三道灵光从其他三枚蛋中射出，有如三条缰绳，将第四枚蛋硬生生扯住。

偃甲蛋停在那儿，射出三道灵光，连接其他三蛋。

灵光在偃甲蛋之间流转来回，莹白炫目，越来越亮。偃甲蛋纷纷颤抖起来，发出蜂鸣似的嗡嗡声。伴随鸣响，四枚偃甲蛋越来越亮，浑如四颗硕大的宝石，强烈的灵光让人睁不开眼睛。

"怎么回事？"闻人羽以手遮眼，失声惊问。

"一个法阵！"乐无异一瞬不瞬，着迷地望着偃甲蛋之间的灵光，"太奇妙了！"

"嗡!"一声激鸣,偃甲蛋撞在一起,强光满屋,整个卧室都被灵光淹没。

乐无异眼前白茫茫一片,隐约看见——偃甲蛋开裂、变形、重构、拼合,他的双眼隐隐作痛,可又不忍闭上双眼,眼珠又酸又痛,快要流下泪来……就在他忍耐不住的当儿,白光忽然消失,床上多了一个古怪偃甲。

"这是什么?"乐无异拿起偃甲,好奇观望——偃甲四四方方,晶莹剔透,光华流转,似有日月星辰藏身其中。

"真漂亮!"闻人羽由衷赞叹,"无异,这是干什么用的?"

"唔……"乐无异颠来倒去,仔细查看,不慎碰到偃甲底部一枚隐藏的圆珠,只觉指下微微凹陷。他愣了一下,不及说话,偃甲陡然炽亮,迸发出耀眼白光。

"啊!"乐、闻二人齐声高叫,眼前天旋地转,倏忽来到一片桃花林中。

乐无异大病初愈,险些摔倒,闻人羽急忙将他扶住,定一定神,环视四周:"这里,很是眼熟?"

"当然眼熟,"乐无异白她一眼,"这儿是桃源仙居。"

"桃源仙居!"闻人羽恍然点头,"不错,只是,你看那山石亭子,好像和桃源仙居里的不一样。还有那里,不是该有座水车吗?"

乐无异道:"对,还有,房子之类看着很新,我觉得,像是许久之前的桃源仙居。"

"那个偃甲呢?"闻人羽问道。

"没带进来。"乐无异摊手苦笑,"偃甲上附了咒术,初次启动，咒术生效，把我们两个传了过来。"

闻人羽沉吟片刻，眼睛一亮："若是从前的桃源仙居，阿阮妹妹还是石像。"

"对！去看看！"乐无异跃跃欲试。

两人提气纵身，刚一举步，闻人"哎哟"一声，险些又被裙摆绊倒。乐无异强忍笑意，一脸严肃地扶着闻人羽，两人步履蹒跚，慢吞吞走了半晌，方才走到池边。

举目一望，亭中并无石像，却有一个男子，面对池水，沉默伫立。

"谢前辈？"闻人羽冲口而出。

"师父！"乐无异神色陡变，胸口传来一阵剧痛。

亭中男子应声回头，襟袖垂落，正是谢衣。他脸上带笑，点头说道："劳烦远道而来，谢某惭愧。实不相瞒，此地种种皆为虚幻，我自也不例外。"

"幻境……"乐无异泪涌双目，心中万分失落。他始终抱有幻想，以为谢衣手段通神，或许当日侥幸逃脱，如今尚在人间……

此处谢衣果然只是幻象，对身周种种如未听闻，只是一路缓缓叙述下去。

"既有人入此幻境，想必我已不在人世。来人纵非采薇，也当是一名出色偃师，想必知晓我名讳生平。我半生倥偬，毁誉加身，徒负无数虚名罪名。生前我不敢有一字自辩，身后……但愿世间能有哪怕一人，解我毕生隐衷。"

乐无异再也承受不住，单膝跪下，道："师父，弟子在此。你交代的每一个字，弟子都会牢牢记住，至死不忘……虽然，你永远也不可能知道了。"

谢衣微笑道："布设此幻境时，我即将前往捐毒。此去凶多吉少，故此，我将生平经历写入一卷帛书，留与后人。"抬手幻出一物，飘飘然飞到两人面前。两人接过一看，果然是一卷帛书。

谢衣看不到二人失魂落魄、几欲落泪的模样，仍旧含笑说道："死生亦大矣，我也难以免俗，终是做了多余之事。然而，通天之器已拆解四份、散布各处，重组之机极其渺茫，想来若这段幻象竟能得见天日，必定是冥冥中上天有意成全。"

闻人羽惊道："通天之器，拆解四份？所以那四枚偃甲蛋——"与乐无异交换个眼神，两人恍然：原来那四枚偃甲蛋，就是通天之器本身！

幻象已近尾声，谢衣身上散落银白光点，萤火虫般向天宇飘去。

谢衣似乎也贪恋这片刻旧梦，抬头仰望苍穹，语带叹息："此生未尝虚掷一日，余心已足，不复怨怼。所愧疚者……余力绵薄，终究难以回报故人之挚情、恩师之错爱。这数十年人世嬉游……实在太短、太短了……"

他的身影逐渐淡褪消失，声音也低弱下去："当世偃师奉我为圭臬，只因为我造的鸟雀会飞翔，牛马会奔跑，行动俱如活物。然而，我很清楚，它们堪称完美，只是没有生命。"

乐无异终究忍耐不住，神色慌张，试图用双手笼住散逸的光点，然而光点纷纷穿过了他的手掌。

谢衣身影已几不可见。直到这一刻，他仍是温润自持，风采卓然："生命……至为灿烂、至为珍贵……而又永不重来……身为偃师，万望敬之畏之、珍之重之……"

惊鸿照影，梦幻空花。

乐无异垂头跪地，久久不言。

闻人羽上前，将手放在他肩上，用力沉了一沉。乐无异伸手，覆住她的手背，也同样，用力压了几下。

"帛书上，写了什么？"乐无异按捺下诸般感怀，问道。

两人展开帛书，仔细研读。帛书中讲述了流月城的由来，与他们之前所知并无二致。但其中许多内容，他们也是初次听闻。

天柱倾覆，女娲补天。灾劫之后，大地浊气增加，不再适于烈山部人生活——烈山部人体质特殊，过度接触浊气将会折损寿命，因此唯有远离大地。

神农仁慈，允许流月城长留北国天穹，以供烈山部人栖身。离去之时，他承诺将尽快为烈山部人寻找出路。

可是，神农再也不曾回来。

伏羲为防止五色石和矩木等机密外泄，布下结界，流月城从此与世隔绝，烈山部人无法踏出城外半步。岁月流逝，大地浊气日见浓郁，即便高居天上，烈山部后裔仍难逃浊气侵蚀，体质衰退、寿命减短，甚而罹患绝症，肢体溃烂、痛苦而死。

看到此处，乐、闻二人互看一眼，都是一般心思：流月城人为非作歹，固然可恶，但究其源头，也可悲可悯。

接下来便是谢衣生平。

闻人羽对着帛书念道："时如逝水，千载已矣。我出生前，连老城主独女沧溟都已染上绝症，命不久矣。而当时大祭司的两个孩子——沈夜和沈曦，也开始出现绝症症状。为了尝试借神血之力治愈沧溟，大祭司将沈夜兄妹送入了矩木核心，以为试验。两人在矩木中经受神血灼烧，病症痊愈，然而沈曦却从此每过三日，记忆便重回进入矩木的前夜……其中惨痛，难以尽述。十二年后，老城主及前任大祭司先后亡故，沈夜继任大祭司。同年，我拜入沈夜门下，开始尝试破除伏羲结界。"

乐无异眼色一凛："'昭明可破流月结界'……看来，即便另有办法，也是极为麻烦，否则师父不会舍易求难。"

闻人羽点头，继续读了下去："多年后，一次试验中，我成功割裂伏羲结界，使其短暂裂开一丝缺口。却不料心魔砺罿在魔域中窥伺已久，趁机潜入城内。心魔靠吞噬心念与七情来增强魔力，但若长期滞留人界，它们的魔力便会渐渐消散。而伏羲结界，恰恰将流月城与人界隔绝开来，使得砺罿能够存活。于是砺罿许下承诺，它将慢慢引魔气感染城民，使城民不再惧怕浊气。而作为交换，流月城人需将矩木枝叶散布下界。如此，它便能通过矩木，源源不断吸收下界七情。沈夜接受了它的条件。之后，城中爆发动乱，牵连无辜者甚众。我迫于形势，最先接受魔气熏染，以争取时间调查心魔的来历和弱点。然而最终我发现，心魔已附上矩木，以矩木为盾牌。而如果矩木被毁，那么整个流月城都将不复存在。"

闻人羽停顿一下，梳理思绪："所以，流月城不仅有沈夜，还有心魔砺罿？昭明不止能破开伏羲结界，还能克制心魔。"

乐无异道："既然如此，那一定要找到昭明。下面有没有提昭明的事？"说着接过帛书，仔细搜寻。

帛书记载,谢衣叛逃下界,寻找克制心魔之法。他偶然从巫山一座古祠的残简中,读到了神剑昭明的传说。可惜,时隔千年,昭明踪迹全无。

"为此,"乐无异用手指比着帛书,一字字念道,"我制造了通天之器,用于重现木石记忆,由此,我发现,昭明已被分为'柄''光''影'三个部分,流散下界。只可惜,我行迹暴露,只得拆解通天之器,以待来日。"

读到此处,乐无异忽然停住,难以再吐一字。

倘若帛书内容至此而终,固然令人难过,却不至于如此哀恸。彩云易散琉璃脆,世间憾恨,莫过于此。

谢衣在帛书末尾,如此写道:

"我一生心血尽付偃术,满以为终有一日,能以偃术超越所谓天道。

"然而,恰恰因为我试图逆天行事,才给了心魔可乘之机。多年来我时常自问,我所做的一切,究竟是对是错?

"以凡人渺小之力,试窥浩瀚天道,终究不过镜中捞花、苍猿捉月。

"后世能重组通天之器者,必是出色偃师。同为偃师,我明白,穷尽天地奥秘、探求偃术极限,乃至超越世间一切天道规则,是我们最迫切的愿望。

"只望此书能令后来者略微感慨天命可畏,切切。"

谢衣一生漂泊,助人无数,百年之后,仍有人受他恩泽。

尔后,捐毒大漠,皓月黄沙,一代偃术宗师,慷慨赴死,以身殉道。"

谢衣幻象消失不久，咒术失效，乐、闻二人便又回到了先前房中。

闻人羽手握帛书，微微出神；乐无异望着窗外，心潮起伏不定。

"这么一来，线索串起来了。"闻人羽开口，慢慢说道，"我已经把一路见闻告诉了定国公。傅——你娘，昨日同我说，十八年前，捐毒并非亡于战乱，而是亡于断魂草。"

"什么？"乐无异一怔。

"你娘说，断魂草一事机密，不可传扬，否则只怕引发恐慌。"闻人羽道，"她说，围城后，某天深夜，由北天飞来许多光点，流星般划破天幕，坠入捐毒城内外。光点落地，生根发芽，转瞬间变作参天大树，扩散出紫黑色雾气，之后便与朗德一般无二。"

"原来如此——"乐无异紧咬牙关，一拳砸在床沿，"国恨家仇，不可不报。"

闻人羽点头："若放任流月城，后果不堪设想。"她一向仁心宽厚，想到捐毒的惨状，也不由得动了杀气。

乐无异神情坚定："说得是。我们既然已经牵涉其中，就要善始善终。更何况，我们有通天之器、昭明剑柄，此事非我们不可。"

"对了，剑柄！"闻人羽眼睛一亮，"可以用通天之器读取剑柄的记忆！"

两人正高兴着,忽然想起,剑柄还在阿阮那里。当下商定,明日一早,去书院与夷则、阿阮会合,商量下一步计划。

想到夷则,两人均是担心不已。可至今没有消息传来,也只得明日见面再说。

解仇·灭口

据线报,狼王离开乐府后,便已快马加鞭返回西域。乐无异再三思量,问过爹娘,终于还是拜托老爹,设法将捐毒亡国真相告知狼王,请他在西域好好保重,等待乐无异复仇成功的消息。

次日一早,乐、闻二人按时起身,收拾齐整。

乐无异只是一时疲累过度,不是什么大病。沉睡一日,几乎已完全复原。两人向乐绍成夫妇道别。

乐绍成不舍一双子女,但他眼界不凡,既然子女决意,他便不会拦阻,只说将尽力帮助秦炀,说服中原修仙道。傅清姣却是心直口快,她心疼闻人羽,故而只呵斥乐无异:"胡闹,病还没好,出去乱跑什么?"

乐无异苦笑道:"娘,我都多大了,这点儿小病,还得躺个十天半月不成?"

傅清姣不死心,还要再说,乐绍成开口道:"清姣,罢了。

倘能除去断魂之毒，功在天下。"又向无异道，"我不杀伯仁，伯仁因我而死，我对兀火罗始终有几分愧疚。他武功盖世，一代名将，本该战死沙场，可惜……"

乐无异轻声道："老爹，我从未怪过你。"

乐绍成颔首，道："为父始终当你是亲生孩儿。你平安快乐，为父才能安心。"又看向闻人羽，"事了之后，来长安吧，十八年了，让爹娘好好看看你、陪着你。"

闻人羽双眼微红，行天罡礼，道："一定。"

"再等三五日，病好了，再走也不迟啊。"傅清姣不死心，还要再说，乐绍成道："天下安危，匹夫有责，咱们的孩儿有出息了，你该高兴才是。"

傅清姣眼眶微红，点了点头，再不多言。

庭前一双儿女，拱手齐声道："爹、娘，在家保重，孩儿去了。"

乐氏夫妇一路送到门口。

乐、闻二人强忍心酸，转身离开，走到街角，回头瞥去——傅清姣站在门前，还向这一方翘首凝望，母子之间，人潮来往，虽只一条长街，却如天涯相隔。刹那间，两人心中离愁别绪，酸楚不已。

时辰尚早，街上少有行人。

两人来到长安书院，找到那处小竹林，正想四下寻找，忽见一头小兽从角落蹿出，冲着二人吱吱直叫。

"阿狸。"两人双目一亮，快步赶上。

阿狸掉头就跑，弯弯曲曲，兜了几个圈子，来到一处僻静的山石背面。只见夏夷则与阿阮一坐一立，虽然默默无话，却有种难以言表的亲昵默契。

"夷则、阿阮！"见两人安然无恙，乐无异心头欢喜。夏、阮二人应声回头，却不及乐、闻二人志得意满，尤其夏夷则，眼眸有如深潭，冷洌哀婉，令人看了无端便觉伤心。

乐无异脱口道："夷则你……"

闻人羽拉住乐无异的手，轻轻摇了摇。乐无异与她心意相通，顿时住了口，倒是夏夷则淡淡说道："母妃已为皇帝赐死。待流月城事了，在下会替母妃讨个公道。"

乐、闻二人难以置信，乐无异更"砰"的一声，拍碎了手边一块石头。但众人心知，夏夷则生性高傲，内敛多思，若大表同情，只怕令他更加难过，于是很快将话题岔了过去。

向阿阮讨来昭明剑柄，乐无异一面琢磨通天之器用法，一面交代乐府经历、闻人身世，夏夷则和阿阮也是震惊不已。

摆弄一番，乐无异拿过剑柄，放在通天之器上方，触摸底部圆珠，一丝灵光从剑柄抽出，灵光凝结成字，一行行浮现于剑柄正上方：

"吾闻下界星罗岩所居部族，为凶兽所扰，日夜祈求，盼吾解救……

"如今司幽等人远派在外，吾又分身乏术，且不便直接干涉下界事务……

"昭明剑身崩裂，分为柄、光、影……

"剑影主凶煞杀戮，既是剿灭凶兽，不妨将剑影投往下界……"

"星罗岩?"夏夷则略一回想,便道,"在下有所耳闻。星罗岩地貌奇特,据传是一处远古遗迹,恢宏壮丽,传说上古仙人隐居其中。古时,常有人为了求仙访道,冒险进入,最后大多有去无回。久而久之,星罗岩成为禁地。没想到,那地方竟与昭明有关。"

当下四人便议定行程。闻人羽易容术高明,为大家一一易容,便是四人彼此之间,也再难认出了。

流月城中,风和丽日,阳光透过矩木枝叶,温温落入城中。虽然清寒,却已是流月城难得的好天气。

"铮!"箜篌弦断,华月望着指尖鲜血,眉尖微蹙。

"廉贞祭司。"风珝傲慢的声音传来,"心乱则音乱,意断则弦断,看样子,你的心思不在弹琴上面。"

"贪狼祭司。"华月收起箜篌,冷冷说道,"你什么时候也懂音律了?"

风珝"哼"了一声,出现在大殿门口,身后跟着两个祭司。

"凡人常说,没吃过猪肉,也见过猪跑。"风珝望着华月一脸嘲弄,"听廉贞祭司弹琴,听多了,自然懂一点儿。"

"那也未必。"华月不动声色,"凡人还有一句话,叫作'对牛弹琴',倘若对方蠢如牛马,不管弹多少次,他也听不明白。"

风珝面皮涨紫,嘿了两声,冷笑道:"废话少说,你找我干吗?"

"还记得捐毒大漠的那几个凡人吗?"

"记得!"

"他们去了星罗岩。"

"星罗岩?"风珝皱眉,"与我何干?"

"这正是叫你来的原因。"华月扫了风珝一眼,"大祭司让你前往下界,留意他们一言一行。"

"前往下界。"风珝老大不快,"你干吗不去?"

"大祭司谕令,岂是你我所能妄议?"华月面色冷肃。

风珝愣了一下,不情不愿地拱手:"属下不敢,我立即前往下界。"

"用你的骨蝶。"华月目光一转,望着角落里一只蝴蝶,紫白相间,若聚若散,"那几人本领不弱,你不要贸然露面。"

"知道了。"风珝眉宇间的不耐之色已经掩饰不住。

华月瞅他一眼,步子款款,飘然离开。

风珝望着她背影,咬牙切齿:"臭娘们儿,有什么了不起的?要不是沈夜偏心,你能骑到老子头上拉屎?"

"大人……"一旁的祭司低声提醒,"当心隔墙有耳。"

"老子怕个屁。"风珝愤然道,"我去下界闻浊气,他们待在上面享福,天底下哪儿有这样的好事?公羊修、蓝合,你们说是不是?"

两个祭司连声称是,公羊修说:"眼下流月城危机四伏,随时都会变天。大人当务之急,应是极力忍耐,得到大祭司的信任。"

"没错。"风珝点了点头,"沈夜和砺罂早晚要拼个死活。沈夜就算赢了,恐怕也只剩下半条命;输了嘛,哼,华月女流之辈,曈是个废人,那时候,能继承大位的只有我了。"

"大人英明!"两个祭司齐声恭维。

"你们两个!"风琊看看四周,诡秘说道,"去瞧一瞧矩木。"

"瞧什么?"公羊修问道。

"大祭司让我治愈矩木的枯枝,我要去下界,你们代我完成此事。"

"枯……枯枝?"公羊修大为震惊,"矩木枯萎,可是天大的凶兆!"

"不信吗?"风琊冷笑一声,"去瞧一瞧不就知道了?"

"可是……"蓝合怯生生地说道,"寂静之间是城主安眠之所,寻常祭司不能靠近。"

"这是大祭司的旨意。"风琊十分不耐烦,"快去,误了治愈矩木,谁也承担不起。"说罢挥了挥手,转身离开。

两个祭司对望一眼,默然走向祭坛。

日影憧憧,就在两人身后,树影之中,浮起一个人影,仿佛一个幽魂,无声无息地凝望二人。忽然,微光一闪,人影消失不见。

矩木苍苍,参天而立,距离地面不远,一根树枝已经泛黄,显得极为刺眼。

矩木万年常青,烈山部,流月城,都因此长盛不衰。流月城的烈山部族人,视矩木命运如烈山命运,只望部族亦如矩木,千千万万年永远兴盛下去。

但矩木居然开始枯竭,这是从未有过的事。

一叶落而知天下秋。

祭司蓝合、公羊修站在树下，骇然望着枯枝，两人对视一眼，各自发现对方的恐惧，并在对方恐惧的眼眸中发现了更加恐惧的自己。

良久，两人同时沉重地颔首，随即双手合十，拢印，开始施法。

祭司口中念念有词，随着两人手势的动作，雪白的灵光绕着枯枝流转——枯黄淡去，苍翠重生，枯枝上生出细小的嫩芽。

"你们在做什么？"一个冰冷的声音飘来，看似询问，实则质疑。两人心中一惊，回头望去，只见一人黑衣如墨，袖手立在寂静之间入口，微卷长发随风飘扬。

"大祭司！"两名祭司急忙行礼。蓝合不胜惶恐，硬起头皮禀报："矩木枝干枯萎，我等正在设法施救。"

"哦？"沈夜目光阴郁，扫过两人，准确地停留在方才那根枯枝上——虽然枯枝已重现青翠，但灵力痕迹犹在，瞒不过身为大祭司的沈夜。

沈夜伸出手去，轻点枯枝："矩木万年长青，何曾有过片叶枯萎？"

蓝合猛地抬起头来，回身指向枯枝，道："那——"忽地自己袖子被公羊修拽了拽，接着就听公羊修轻轻咳了一声，霎时想到先前风琊的话，立时会意过来，急忙垂下头去，道，"是，属下误判，请大祭司责罚。"

沈夜淡淡道："没有本座谕旨，任何人不得擅入寂静之间。你们，胆量不错。"

两位祭司惊恐对望，蓝合结结巴巴地说："贪狼祭司说，治愈、治愈矩木是大祭司的旨意。"

"风琊？"沈夜微微侧头，皱眉沉吟。

蓝合和公羊修不敢答复。

"今日晴好，惠风和畅。"魔气涌动，砺罂的笑声适时喈喈响起，"大祭司既来了，何不打个招呼？"

蓝合和公羊修悄然对视一眼，隐隐松了口气。在沈夜强大的压迫感下，两人连思维也几乎停顿了。

"我流月城内务，与你无关。"沈夜抬起头，冷冷望着奔腾的魔气。

"我与流月城同气连枝，与时舒卷。"砺罂喈喈笑道，"何况，小事一桩，似乎并不值得大祭司如此在意呀……"

忽然，身后传来一个声音。

"今天是什么日子，怎么来了这么些人？"

一人长裙曳地，悄然如静水深流，款款而来，正是廉贞祭司华月。

华月上前，向沈夜行礼，禀道："奉大祭司旨意，风琊已经下界去了。"

"嗯。"沈夜想了想，亦不再理会砺罂，只扫了两名祭司一眼，"风琊假传旨意，我自会处置。你们误听误信，妄入寂静之间，又当如何处置？"

蓝合和公羊修脸色惨白，身体剧烈颤抖，忽然掉头狂奔。

沈夜扬手，甩出一条雪亮剑鞭，半途中一分为二，分别缠住两人。半空中蓦地腾起两团血雾，两人不及惨叫，已化为乌有。

嗒嗒两声，两枚魔契石掉落在地。

"好！"砺罢鼓掌，"大祭司好手段。"

华月黯然上前，拾起魔契石，魔契石握在手中，似乎还带有温度。

那是她的同僚，同族。尽管她不喜欢他们，但那毕竟也是……两条性命。

华月将魔契石送到沈夜面前，眼睛清亮，望着沈夜。沈夜却未回望于她，只是冷冷一瞥，转身离开。

"呵呵呵……"砺罢阴阳怪气，"大祭司慢走，有空不妨来陪我说说话。"

沈夜理也不理，转眼不见踪影。

砺罢怪笑，缩回矩木——矩木深处，一块红色的晶石形如心脏，沉重地搏动。

"呵呵呵……"心魔的笑声包围晶石，"矩木枝枯萎，矩木也撑不了太久，矩木死，烈山亡，是时候进行下一步了……呵呵呵呵……"

沈夜一路沉默，华月怀抱箜篌，跟在后面。

"有事？"走出许久，沈夜才回头问道。

华月停下脚步，徐徐吐了口气，道："他们是无辜的。"

沈夜做个"噤声"的手势，袖底光芒一闪，等光芒暗去，两人已传送到沈夜寝宫。

"这边说。大约也只有本座房中，它才不敢肆意窥探。"沈夜皱眉道。

沈夜居所陈设简洁，远不及小曦房中华丽，也很少允许他人进入。只见术法书简、符样图纸、偃甲图谱、小曦的偃甲玩具……各色杂物随意堆放，乱七八糟，甚至有个鲜血淋漓的怪物眼球，被随手套了个金色结界，就那么丢在床上。

不知道这人平时是怎么睡觉的。

华月看一眼便觉头痛，垂下视线，道："他们什么都不知道，何不网开一面？"

沈夜反问："依你之见，风珝为何假传我的旨意？"

"我猜吗？"华月苦笑一下，"他早已发现矩木正在枯萎，让蓝合和公羊修来，并非治疗矩木，而是要让他们发现真相、散布流言，从而扰乱城里的人心。你也知道，当年输给那人，没能成为你的弟子，风珝一直怀恨在心。"

"矩木枝枯萎，意味着矩木内部神农之血即将耗尽。而神血耗尽之日，便是矩木倾覆、流月城崩溃之时。"沈夜停顿一下，神色平静，"除了你我，任何发现矩木枯萎的人，都不应该留在世上。"

他行事一向很讲道理。

华月却忍不住叹息："可是，阿夜，我们杀的人已经太多了。如果说一切都是为了烈山部，那他们难道就不是我们的族人？"

沈夜垂下眼帘："那么你就好好去想，怎么让这些人不要白死吧。"

华月哑然。

"今日之事，并非偶然。"沈夜想了片刻，道，"初七。"

华月尚未反应过来，已见墙边暗影之中冉冉浮起一个人影，起初模糊缥缈，很快凝为实体，景象诡谲，宛如幽魂降世。那人身形高挑利落，一身黑色劲装，长发束于脑后，脸上却戴着面具，遮住了面目。

那人单膝跪地，向沈夜行礼道："主人。"

"这是？"华月诧异。

"他是初七。本座一手调教出的……"沈夜一笑，神情忽然有些微妙，似是自傲，又像自嘲，"一柄利剑。"

初七依旧跪在远处，恭顺静默，华月仔细一听，发觉听不到他的心跳声，连呼吸也格外浅淡。华月脸色微变，喃喃："初七……怎么从未见过？"

沈夜眼色冷冽，哂道："举凡无双利器，与其把示于人，不如纳之于袖，如此方能一击制胜。"看向初七，道，"你，立即去往下界星罗岩，暗中盯着谢衣之徒那一群人，顺便料理了风珈。"

"是。"初七未看华月一眼，化作虚影，瞬间消失。

华月这才回过神来："万一风珈并非蓄意——"

"何来'万一'？"沈夜冷冷一笑，"即便是有，那又如何？错杀一人算得什么，本座杀的人还少吗？大局将定，凡可能阻我大计之人，除之便可，不需多言。"

华月黯然，沈夜继位之初，并非今日性情，那时候，连普通祭司的禁足罚令，沈夜都要逐一亲自审过，才可下达。

时间的确过去太久了，人们已忘却了自己原本的模样。

但也有些东西，至今仍未改变——想到此处，华月不由得自嘲一笑，或许这才是真正可悲之处。

"当务之急是尽快将城民送往下界。风珈这一闹，砺鼍多半已有所觉察，需小心与它周旋……"沈夜眉头紧锁，若有所思。

华月道:"已收到瞳的密函,说那批矩木枝已准备妥当。"

沈夜"嗯"了声,见华月略显好奇,便解释道:"他做的这批矩木枝,也可以吞噬活物七情。只是每株都设有咒印,只需念动咒诀,便能瞬间截断它们与砺罌的关联。"

华月想了想,道:"我这就去选定投下矩木枝的地点。"

"好。"沈夜点头,眼瞳亮如鬼火,"天命不仁,那便与天一争。我倒要看看,这场百年豪赌,究竟谁赢谁输?"

乐无异一行四人一起出城。

到了长安郊外,乐无异放出鲲鹏,乘云直上。向西南飞了数日,因众人不知星罗岩具体方位,暂时落地,边找边问,不免多花了些时日。

第八日午未时分,鲲鹏降落在星罗岩附近。

四人跳下鲲鹏,踏足实地,举目望去,只见青山叠翠、白水分流,奇峰怪石层出不穷,深渊绝谷比比皆是。葰郁丛林之间,可见柱石轮廓,历经万年风霜,上古神殿屹立不倒,仿佛洪荒巨人留下的遗骨。

"好大一座山。"乐无异咋舌,"附近有没有村子?先找个向导吧。"

"在天上我看过,百里方圆,并无人家。"闻人羽停顿一下,皱眉道,"无异,你不觉得这山里有些古怪吗?"

"这么一说,真有一股寒气。"乐无异哆嗦一下,"不,不是寒气,就是,就是……"忽然一拍大腿,"对了,鬼气!这儿和捐毒地宫很像,鬼气森森的!"

"别乱说,"闻人羽毛毛的,"你看,天上太阳亮堂堂的,光天化日之下,哪儿会有那么多鬼?"

"有点儿道理。"乐无异挠头,"那是……"

"剑气。"夏夷则冷不丁开口,"很强的剑气。"

"昭明剑影!"闻、乐二人异口同声。

夏夷则点头,注目山中,神情严肃:"这一股剑气凶煞冲天,辟绝百兽。此间山清水秀,却无村落人迹,多半也是这个原因。"

"还好,"乐无异长吐一口气,"咱们办完事就能离开。"

"自古以来,此地多有修仙者失踪,必有古怪。"夏夷则道,"小心为上。"

乐无异笑道:"兵来将挡,水来土掩喽!"挥了挥手,幻出一只偃甲。此前金刚力士毁于沈夜之手,好在后来被困无厌伽蓝,他多有闲暇,抽空重做完毕。

乐无异轻轻一跳,跨坐在偃甲肩头,噔噔噔,金刚力士大踏步向前行走。

阿阮看得有趣,笑道:"小叶子,我们来比一比,看谁跑得更快?"

"比就比!来,闻人、夷则,你们也来!"乐无异大喝一声,驾驭偃甲甩开大步,连蹦带跳,冲进山谷。

呜,一阵罡风迎面吹来,卷起崖上藤萝,显露出"星罗禁地,入内者死"八个擘崖古篆,历经万年,血红不褪。

版权归网元圣唐所有,未经网元圣唐授权,任何人不得自行或授权任何第三方对本产品进行修改、制作、销售、复制、伪造等或任何其他类似行为。网元圣唐保留所有对任何侵权采取法律措施的权利。

书内凡无网元圣唐官方图书纪念卡者均为未经授权之非法版本

图书在版编目(CIP)数据

永夜初晗·贰/凤歌执笔. —北京:新星出版社,2017.9
(古剑奇谭2)
ISBN 978-7-5133-2796-1

Ⅰ.①永… Ⅱ.①凤… Ⅲ.①侠义小说-中国-当代 Ⅳ.①I247.5

中国版本图书馆CIP数据核字(2017)第199019号

古剑奇谭2:永夜初晗 贰

凤歌 执笔

故事原案:上海烛龙 蘑尼拔
出版统筹:陈 曦
策划编辑:吴志硕
责任编辑:汪 欣
特约编辑:石曼琳 王 叶
责任印制:李珊珊
装帧设计:阿 鬼
封面插画:嗷嗷嗷

出版发行:新星出版社
出 版 人:谢 刚
社　　址:北京市西城区车公庄大街丙3号楼　100044
网　　址:www.newstarpress.com
电　　话:010-88310888
传　　真:010-65270449
法律顾问:北京市大成律师事务所

读者服务:010-88310811　service@newstarpress.com
邮购地址:北京市西城区车公庄大街丙3号楼　100044

印　　刷:北京汇瑞嘉合文化发展有限公司
开　　本:910mm×1230mm　1/32
印　　张:9
字　　数:150千字
版　　次:2017年9月第一版　2017年9月第一次印刷
书　　号:ISBN 978-7-5133-2796-1
定　　价:35.00元

版权专有,侵权必究;如有质量问题,请与印刷厂联系调换。